Lá no Silêncio do Mar

CONTOS

Thomas Steinbeck

Lá no Silêncio do Mar

CONTOS

TRADUÇÃO
Luiz A. de Oliveira Araújo

2004

EDITORA BEST SELLER

Título original: *Down to a Soundless Sea*
Copyright © 2002 by Thomas Steinbeck
Licença editorial para a Editora Nova Cultural Ltda.
Todos os direitos reservados.

Coordenação editorial
Janice Flórido

Editores
Eliel Silveira Cunha
Fernanda Cardoso

Edição
Frank de Oliveira

Editoras de arte
Ana Suely S. Dobón
Mônica Maldonado

Revisão
Jane V. Santos

Editoração eletrônica
Dany Editora Ltda.

EDITORA NOVA CULTURAL LTDA.
Direitos exclusivos da edição em língua portuguesa no Brasil
adquiridos por Editora Nova Cultural Ltda.,
que se reserva a propriedade desta tradução.

EDITORA BEST SELLER
uma divisão da Editora Nova Cultural Ltda.
Rua Paes Leme, 524 – 10º andar
CEP 05424-010 – São Paulo – SP
www.editorabestseller.com.br

2004

Impressão e acabamento:
RR Donnelley América Latina
Fone: (55 11) 4166-3500

*Este modesto volume é dedicado a
Bill e Luci Post.
Em memória de
William Brainard e Anselma Post.*

As raízes mais profundas sustentam as maiores árvores.
— J. E. S.

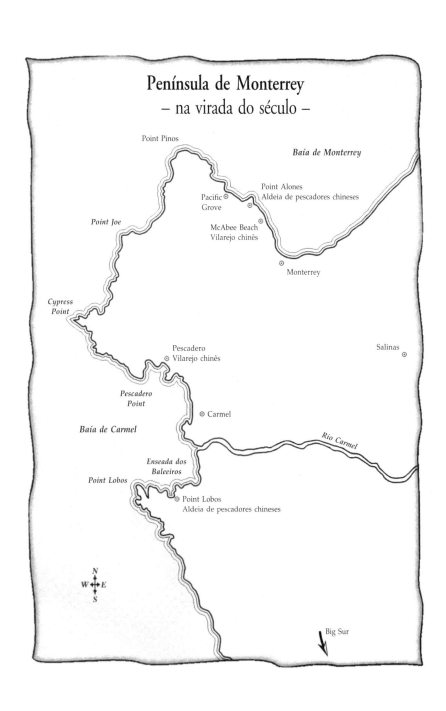

Índice

Agradecimentos 11
Nota do autor 13
O guia noturno 17
O sonhador 31
Pura sorte 44
Um favor duvidoso 112
O vigia 154
Carga estragada 183
Sing Fat e a Duquesa Imperial de Woo 197

Agradecimentos

EM PRIMEIRO LUGAR, gostaria de agradecer a Michael Freed, o criador do Post Ranch Inn, no litoral de Big Sur, cujo amor por essa terra o levou a encomendar o presente volume de contos. Seu respeito e admiração pelas almas destemidas que povoaram essas montanhas escarpadas e essas praias de contornos irregulares inspiraram o autor a ressuscitar e reexaminar as histórias que tantas vezes ouviu da boca de seus pais ou daqueles que sabiam de primeira mão alguma coisa de tais casos.

Também quero agradecer de todo o coração a inestimável contribuição de minha talentosa parceira e esposa Gail. Quando este livro estiver no prelo, ela terá lido e relido exaustivamente cada conto, no esforço pela correção e clareza. Sua inspiração, seu paciente bom humor e sua profunda sensibilidade literária mantiveram este projeto à tona, apesar das adversidades e recuos que muitas vezes ameaçaram obstar sua conclusão.

Para mim, o apoio mais indispensável foi o de um editor de texto perseverante e atento. Nesse aspecto, meu orientador é o professor Leonard Tourney, ele próprio um grande autor de contos históricos de mistério. Não seria exagerado dizer que sou um de seus maiores fãs. Foi um raro privilégio trabalhar com uma pessoa cujas próprias qualificações criam um padrão de tal modo inspirador.

Também gostaria de manifestar minha profunda gratidão a Peter e Patricia Benesh pela diligência com que aprimoraram o texto. Como editores, eles são verdadeiros guardiões da estrutura da frase e da pontuação racional. Devo-lhes litros e litros de tinta vermelha e uma semana no Taiti para que se recuperem da provação.

A pesquisa pertinente a este volume se deve a fontes familiares e locais, já que foi necessário conferir detalhes que se teriam perdido na miríade de versões de casos contados e recontados ao longo dos anos.

Houve uma fonte particular que me pareceu extremamente inspiradora e oportuna, pois erigiu meu interesse de toda a vida pelas primeiras minorias trabalhadoras que povoaram a Califórnia.

Chinese Gold, o livro excepcional de Sandy Long, foi uma fonte indispensável de história, mapas, nomes e *insights* tópicos que teriam sido impossíveis de compilar a tempo. Achei a história do sr. Lyndon não só meticulosamente pesquisada como também esclarecedora, interessante e muito bem escrita. Aguardo com ansiedade todos os seus livros futuros.

Por fim, desejo agradecer a Elizabeth Winick, minha agente na McIntosh & Otis, e a Dan Smetanka, meu editor na Ballantine Books, pela fé, pelo apoio e pelo empenho verdadeiramente inquebrantáveis.

Nota do Autor

Na infância, descobri, como creio que acontece com todos os meninos, que certas tradições veneráveis ligadas à vida familiar exigiam participação integral. De um modo ou de outro, a maioria das famílias conserva esses costumes lendários, cuja origem, em sua maior parte, é obscura. Para os mais afortunados, o núcleo desses rituais oferece um mínimo de graça e entretenimento.

Meu irmão e eu tivemos a sorte de contar com uma convenção familiar que costumava narrar casos. Somos os turbulentos filhotes de um aglomerado de escritores, compositores e contadores de histórias. Meu pai, o antigo chefe do nosso rebanho, adorava uma boa narrativa contada com perspicácia e habilidade. Mesmo em se tratando de amigos ou conhecidos, sua predileção eram os contadores de casos e aqueles em cujas lembranças figuravam personagens grandiosos e esquivos.

Parente ou não, qualquer um podia participar do nosso rito particular, mas ficava subentendido que era preciso compartilhar a paixão de meu pai pela arte de narrar. Porque não era apenas a história em si que tinha importância, mas também o talento do narrador, que muitas vezes acabava sendo o centro do balanço crítico na avaliação final.

Geralmente, empreendia-se o esforço narrativo à mesa do jantar, se bem que qualquer reunião, por mais improvisada que fosse, podia inspirar a erupção de um "Sua mãe já contou aquela da prima Fanny e o rei de Tonga?". Pedia-se a familiares e visitantes que relatassem "o caso de vovó Olive e o puma" ou "aquele de Ernie Pyle e o percevejo norte-africano que foi condecorado". Pouco importava como era a história ou se nós já a tínhamos ouvido em outra ocasião. A graça estava sempre no talento do narrador, coisa que nunca nos cansava.

Como a maioria dos garotos, meu irmão e eu vivíamos pedindo histórias de ranchos longínquos e isolados, de praias acidentadas e das inspiradas aventuras dos nossos antepassados. Por certo também gostávamos das histórias engraçadas, mas havia aquelas que nos deixavam arrepiados de pavor. Como a maioria dos garotos, preferíamos secretamente as histórias misteriosas, lúgubres, que nos eriçavam o cabelo.

Eu gostava muito dos casos da mocidade do meu pai e da história desse período, de qualquer coisa que descrevesse o ambiente de suas narrações. Não tinha a menor dificuldade para mergulhar nos pormenores da vida no distrito de Monterrey entre a virada do século e os anos 30. Achava essa época singularíssima e invejava toda e qualquer lembrança caleidoscópica das aventuras juvenis de meu pai.

Nós visitávamos com muita freqüência os parentes de Salinas, Monterrey e Watsonville, lugares que fascinaram minha meninice.

Cada recorte das montanhas, cada ondulação dos campos, cada vale rochoso estava vivo para mim por causa das histórias que os parentes me contavam. Mais tarde, descobri que havia assimilado, casualmente, muito mais conhecimento sobre o litoral de Monterrey e sua história do que noventa por cento da gente que lá morava. O grosso dessa informação incidental foi metabolizado na forma de relatos orais que, para mim, eram pura diversão.

Neste pequeno volume, tentei dar continuidade à tradição de contar velhas histórias, informalmente, é claro, como manda o costume da família. Tal como no passado, o entretenimento cai bem quando servido com uma comida caseira e na companhia de ouvintes afins. Mas os casos transmitidos pela tradição oral têm aquela aura do saber contar, aquele aroma de linguagem e aquela noção de época difíceis de reproduzir no texto impresso. O vernáculo de um caso contado por uma pessoa suficientemente idosa para recordar sua origem é muito diferente da linguagem empregada pelas gerações posteriores que o recontam. No entanto, são o modo e o colorido da narração original que emprestam autenticidade, peculiaridade histórica e matiz a esses anais.

Por isso, é uma manobra sempre complicada tentar reproduzir a linguagem empregada pelos participantes originais e torná-la verossímil ao ouvido moderno. Apesar da improbabilidade do sucesso em tal arena, eu me arrojei nesse precipício lingüístico armado unicamente de um ouvido bem adestrado e da consciência de que meus críticos não estão mais bem equipados do que eu para emitir um juízo. Também foi preciso ter em conta questões de minúcias de fundo. Quando se trata de uma história já contada inúmeras vezes, coloca-se o espinhoso problema da exatidão. O *quem*, o *onde*, o *quê* e o *quando*, tangíveis em qualquer relato específico, costumam extraviar-se na euforia de narrar. Problema que tende a se agravar com o número de diferentes versões da história em circulação.

Qualquer investigador de polícia competente há de confirmar a persistência desse problema. Se houver dez testemunhas de uma ocorrência, o mais provável é que o detetive tenha de enfrentar nada menos que dez relatos do mesmo acontecimento. Sendo escritor de ficção histórica e não um homem da lei, tenho uma inegável preferência pelas narrativas mais entretidas e moralmente ilustrativas. Mas também respeito a precisão fundamental dos fatos detalhados, e nisso sempre fiquei muito obrigado à qualificada pesquisa dos historiadores regionais.

Quero convidar o leitor a percorrer estas histórias no espírito em que chegaram a mim, pois elas pertencem a todo aquele que sabe encontrar um modesto mérito nas lições que elas oferecem.

O Guia Noturno

MIL OITOCENTOS e cinqüenta e nove foi o próprio ano do diabo com os vendavais que atingiram a costa Sur, cuja tumultuosa culminância se verificou lá pelo fim de abril. Avançando do sul-sudoeste com pirática ferocidade, o ciclo de ventanias trouxe água suficiente para que os rios Little Sur e Big Sur subissem um a dois metros acima das margens. Só os aluviões do pico Blanco mantiveram a inundação do Little Sur durante quase quinze dias.

Deploravelmente, toda criatura mortal que habitava aquela costa recortada sofreu os golpes devastadores do mar enfurecido. Durante dias a fio, ondas encrespadas de seis metros de altura e três quilômetros de comprimento minaram as rochas e os penhascos impenetráveis. De maneira inevitável, tudo que era ninho, cova, abrigo e hábitat foi varrido. O que restou da praia ficou coberto de cadáveres de todas as espécies conhecidas da vida litorânea. Os tubarões desfrutavam dias de infinita abundância após cada vendaval.

Em toda parte se encontravam vestígios de destruição. De Salmon Creek a Santa Cruz chegaram notícias de estradas, caminhos e trilhas estrangulados entre o emaranhado de árvores arrancadas e espedaçadas. As chuvas prodigiosas, por vezes tão intensas e horizontais que impediam respirar, perfuraram o solo tão incessantemente que provocaram enormes deslizamentos de terra no flanco das montanhas. Os muitos e grandes desmoronamentos isolavam invariavelmente as minas mais distantes.

Foi durante uma bem-vinda calmaria, entre as reiteradas tempestades litorâneas, que Boy Bill Post decidiu levar a esposa de Monterrey a um recém-adquirido pedaço de terra perto de Soberanes Creek. O lote fazia parte da antiga propriedade de San Jose e Sur Chiquito, e ele tinha posto na cabeça que sua parcela estava destinada sobretudo à criação do gado. O capim parecia abundante nos morros e nos pastos, e a vista esplêndida do oceano lhe oferecia um prazer constante.

A ansiedade com as recentes tendências do tempo levou Boy Bill Post a construir às pressas uma cabana onde pudesse abrigar a recém-inaugurada família. O nascimento iminente de seu primeiro filho aumentou ainda mais essa urgência.

Post tinha se casado com uma bela índia *rumsen*. Chamava-se Anselma Onesimo, e fazia séculos que seu povo habitava o vale do Carmel, com seu generoso rio. Segundo ela, a tribo brotara da terra no dia da criação. O povo rumsen considerava as montanhas Sur um solo sagrado e se referia ao pico Blanco como o umbigo do mundo.

A inclemência do tempo se agravou de súbito com o retorno das ventanias do sul. Bill foi obrigado a alterar instantaneamente os planos da cabana para se acomodar às necessidades presentes, e aquela não tardou a se converter em um mero barracão de telhado inclinado e um só cômodo, próximo de Soberanes Creek. E este logo se revelou um local pouco indicado.

O futuro pai passou horas empenhado em cortar toras de cedro, sem tempo para comer nem dormir. O parto de

Anselma estava desconfortavelmente próximo, e Boy Bill Post pôs-se a martelar de um jeito furioso, procurando adiantar-se à tempestade rasgada de relâmpagos que, naquele momento, ameaçava desabar sobre suas cabeças.

No interior da rústica habitação, os gritos de Anselma o informaram de que era bem possível que seu primogênito e o vendaval chegassem simultaneamente. Então, uma repentina trovoada anunciou as primeiras gotas grossas de chuva. E proclamou o bem-vindo choro de seu filho.

Post quase não conseguiu firmar as últimas toras no telhado a tempo de ir saudar Charles Francis Post. Seu presente para a florescente família foi um abrigo minúsculo, mas seco. Não chegava a ser grande coisa para se defender da ira divina, mas era melhor do que lona e estacas naquele território selvagem.

O dia 1º de março de 1859, em que o vendaval assistiu ao parto, também marcou a triste perda de quatro bons navios. Para selar a barganha, a costa de Monterrey foi tristemente alterada pelas marés carnívoras e as vagas que trituravam terra. Segundo a mãe, outros sinais singulares acompanharam o parto, mas foi só depois de algum tempo que alguém se deu conta de que o pequeno Fred era a primeira criança nascida no alto Sur sob bandeira americana.

Seja como for, o nascimento do menino foi considerado genuinamente auspicioso, e os membros da família notaram que todo ano aconteciam coisas extraordinárias naquela data especial.

No dia 1º de junho do mesmo ano, Bill Post terminou de construir um lar decente para a família, um pouco mais acima, à margem do Soberanes, e começou a instalar algumas reses para ver como elas se davam com o lugar antes de aumentar o rebanho.

* * *

Bill Post tornara-se um homem relativamente experiente. Filho de um bem-sucedido capitão reformado de New London, Connecticut, e de uma família que se orgulhava de ter antepassados a bordo do *Mayflower*, era um ianque típico, tanto inovador quanto prático, e sempre se sentia à altura das tarefas que empreendia, fossem quais fossem.

Em 1858, Bill Post teve o bom senso de se casar com Anselma e, por mais que considerasse sua vida riquíssima em experiência, nada o havia preparado para a paternidade. Ele se pilhava procurando reflexos diretos de seus instintos e modos na pessoa do filho. Anselma achava isso natural, muito embora as observações de Bill fossem adquirindo um caráter perturbador quanto mais ele estudava a matéria. O pequeno Charles Francis Post parecia demasiado absorvido em si mesmo e extraordinariamente introspectivo para uma criança.

Anselma insistia serenamente que não havia nenhum motivo de preocupação. Era influência do sangue *rumsen*. Os bebês índios raramente se mostravam clamorosos, a menos que fosse preciso trocar-lhes a fralda ou lhes faltasse a devida atenção. A verdade é que ela se interessava muito pelo temperamento reflexivo do filho. Dizia que era sinal de muito *insight*. Mas isso de pouco serviu para aliviar a preocupação do pai, e Bill continuou examinando atentamente o primogênito em busca de sinais de alguma indisposição sutil.

Não chegou a ter certeza de nada além de sua inquietação eivada de ansiedade, pois Frank seguia desabrochando normalmente, conquanto ficasse calado quando nada tinha de importante a dizer. Assimilava as informações com facilidade e se concentrava fixa e pacientemente em toda experiência nova. Quando o menino chegou aos três anos, Bill Post foi obrigado a aceitar a avaliação elementar que Anselma fazia da situação. O pequeno Frank certamente percebia e compreendia bem mais do que a maioria das crianças da sua idade, porém guardava seus *insights* para si, tal como costumava fazer o povo de sua mãe.

O pequeno Frank adorava seguir a mãe quando ela empreendia suas expedições às regiões áridas e aos altos desfiladeiros em busca de ervas medicinais. Às vezes se encontravam com outros grupos de *rumsens* empenhados na mesma atividade e passavam um ou dois dias alegres, excursionando juntos, colhendo pinhões e ovos de passarinho e caçando aves quando surgia uma oportunidade.

Essa prática singular contrariava muito Bill Post, que manifestou inúmeras objeções ao costume. Mas, se chegou a pensar um único momento que conseguiria desestimular os pactos e as tradições básicas da esposa índia, estava redondamente enganado. Anselma considerava a coleta de ervas uma parte importantíssima de uma responsabilidade familiar antiga e mágica. O próprio processo exigia vastos conhecimentos e humilde reverência, e o céu não favorecia quem nele interferisse.

Depois de algum tempo, Bill compreendeu por si só esse ponto espinhoso e, com o seu habitual espírito prático de ianque, deixou que Anselma fizesse o que quisesse. Simplesmente se acostumou como devia. Também se acostumou ao pequeno Frank, que às vezes olhava para o pai como se os dois tivessem se conhecido em outro lugar, em outra época: expressão bem desconcertante quando adotada por uma criança.

Bill também se habituou aos longos e pensativos silêncios do filho quando lhe faziam uma pergunta. O pequeno Frank parecia ponderar seriamente cada indagação, fosse qual fosse sua magnitude. Sempre respondia com assombrosa simplicidade e franqueza. Essas não eram necessariamente as qualidades a que Bill Post desejava que o filho renunciasse em troca da frívola espontaneidade social, de modo que passou a adotar uma atitude circunspeta quando conversava com o menino sobre qualquer assunto importante.

Do ponto de vista do pequeno Frank, o mundo inteiro tinha sentido. Um momento de reflexão equilibrada sempre servia para nivelar toda a realidade. A verdade sempre se tornava luminosamente evidente para ele. Mesmo submersa em um mar de distorção, a verdade era facilmente definida e compreendida. Sua relutância em dizer tudo que sabia tinha raízes profundas, coisa que sua mãe sempre afirmava. A fixa simetria evidente em todas as coisas, espirituais e físicas, ficava perfeitamente resolvida no modo de pensar do pequeno Frank.

Era com a mãe que ele tinha os maiores e mais diversos diálogos. Curiosamente, a maior parte deles não era verbal e precisava de pouquíssima inflexão física para desvelar infinitas sutilezas. O menino se exercitava plenamente em todos os idiomas à mão, sem mostrar grande preferência por nenhum em particular. Frases em inglês, em espanhol e em *rumsen* eram a mesma coisa para o pequeno Frank. Ele se expressava tranqüilamente, empregando elementos das três línguas ao mesmo tempo.

Embora lhe parecesse peculiar, o garoto nunca se enfadava quando o pai não conseguia captar ou discernir as particularidades mais encantadas que sempre lhe pareciam tão óbvias. No entanto, sendo dono de uma discrição nativa, nunca discutia aquela parte de seu mundo a não ser com a mãe e só em seus dialetos especiais. Não havia a menor dúvida quanto à herança índia de Frank, mas isso não queria dizer que Bill Post não tivesse deixado nele sua marca.

O menino apresentava traços evidentes da ingenuidade, da resistência e da coragem típicas do ianque de Connecticut. E, como prova irrefutável da linhagem do pai, tinha até mesmo o ar simpático e o andar oscilante de um marinheiro de Grand Banks.

O pequeno Frank também herdara do pai a paixão pelos passarinhos e pelos vastos panoramas do Pacífico. Pai e filho passavam muitas tardes contemplando o pôr-do-sol no horizonte opalescente, enquanto as gaivotas voavam em círculos e garganteavam lá no alto. Bill tentava explicar o que havia além dos oceanos, mas seu filho só se concentrava no que podia ser visto. Para ele, dava na mesma se nada existisse para lá do horizonte. Gostava da beleza do mar em si e não pedia mais do que isso.

Bill reparou que, ocasionalmente, a prolongada contemplação dos esplendorosos panoramas do oceano deixava seu filho quase embriagado. Era quando o pequeno Frank se punha a falar misteriosamente nos *antigos* que outrora habitaram aquelas montanhas, os seres humanos que tinham admirado aquelas mesmas águas esplendorosas muito antes que o tempo fosse registrado. Bill Post em geral achava curioso o modo de se expressar do filho; o objeto de sua atenção era muito diferente do das outras crianças de sua idade.

Se Bill Post pretendia ter uma prova válida das predisposições nativas do filho, esta se materializou em uma perigosa noite do meado de março. Foi uma noite açoitada por vendavais inclementes, ventanias ameaçadoras e relâmpagos que se apoderavam do céu por minutos inteiros. Uma noite parecida com a do nascimento de Frank, com a mesma pirotecnia que assistira ao parto. A partir daquela noite auspiciosa, o menino tornara-se um calejado veterano de tempestades da mesma ferocidade, mas os temporais nele despertavam mais curiosidade que medo. Aliás, o pequeno Frank bem que gostava de um sudoeste deveras impetuoso. Pedia ao pai que o levasse para ver os mares monstruosos rebentando nas rochas da costa.

Naquela noite, o pequeno Frank não achou graça na tempestade nem na morna segurança que lhe oferecia a cama macia e o acolchoado aconchegante. Três dias antes, sua mãe havia partido em suas habituais expedições de caça nas montanhas. Prometera voltar antes que o tempo mudasse. O pai de Frank lamentou amargamente ter deixado que Anselma continuasse a cultivar suas rotinas nativas, pois estava grávida novamente. Preocupava-o o efeito que o excessivo esforço e o terreno agreste podiam ter tanto sobre a mãe quanto sobre o filho por nascer.

Em qualquer outra ocasião, o pequeno Frank não teria se importado com a ausência da mãe, quando muito sentir-se-ia um pouco negligenciado por não ter podido acompanhá-la. Estava um pouco resfriado, e seu pai insistiu para que ficasse em casa até que os sintomas desaparecessem.

A violência da tempestade aumentou, e era cerca de meia-noite quando Frank ouviu o pai se levantar, vestir-se e sair para examinar o celeiro e o gado assustado. Foi então que um sentimento de apreensão e de pura ansiedade envolveu sua alma feito uma coberta molhada. Ele começou a tremer. Alguma coisa estava errada, e o pequeno Frank não conseguia entender o porquê de seu desespero. Sentando-se na cama, olhou pela janela fustigada pela chuva. A distância, avistou a luz da lanterna do pai, deslocando-se no celeiro, e compreendeu que ele estava bem. Mas o que o preocupava era sua mãe. Doía-lhe não saber onde ela se encontrava naquela noite tão terrível. Ele fechou os olhos com força para enxotar as imagens desagradáveis, porém mesmo assim percebeu uma luz mais forte tentando abrir caminho entre suas pálpebras cerradas para lhe chamar a atenção.

Primeiro o menino pensou que fosse a lanterna do pai, mas, quando abriu os olhos, percebeu que a luz tinha outra origem. Tremulava no canto do quarto, tremulava com uma luminescência delicada, diferente de tudo quanto ele tinha visto até então. Notara a esteira dos navios em trânsito que brilhava de modo parecido ao luar, e aquele pálido clarão, parente da estranha radiância da água, quase não iluminava os arredores.

No princípio, a luz adquiriu a forma de um pilar coniforme, mas, quando seus olhos se habituaram às sutis e maravilhosas variações de cor que emanavam da luminescência, ele se deu conta de que a luz era um *quem* e não um *quê*. Essa percepção lhe infundiu um calor e uma confiança que lhe pareceram totalmente naturais e admissíveis. Era como se ele sempre tivesse conhecido aquele fenômeno, ainda que não o tivesse vivido antes.

A coluna reluzente aproximou-se lentamente da porta do quarto de Frank e lá ficou aguardando, tremulando com palpitações de brilho verdes, azuis e violeta. O garoto assentiu com uma compreensão instantânea, saltou da cama e vestiu-se rapidamente. Um raio rasgou subitamente o céu. Seguiu-se o trovão quase de imediato. Uma vez mais alerta para a tempestade, o menino calçou as botas. O pequeno Frank não gostava de usar nenhum tipo de calçado. Sentia-se bem com a terra fofa entre os dedos dos pés, mas obedeceu ao pensamento que lhe chegou.

O pilar brilhante flutuou até a porta da frente e esperou. Pegando o casaco e o boné de pele de coelho, Frank seguiu a luz até o lado de fora, na chuva. Não viu sinal do pai em parte alguma, de modo que seguiu o clarão sem se deter. A luz o guiou com precisão por caminhos muito trilhados, que cortavam os pastos do leste, até chegar à montanha. Lá, o guia o aguardou antes de começar a subir vagarosamente uma trilha íngreme que levava para os altos penhascos. Frank acompanhara a mãe em muitos daqueles mesmos caminhos, colhendo ervas medicinais.

Quando ele começou a subir a trilha, a tempestade, que desabara com fúria nas seis horas anteriores, tornou-se perigosa ao extremo. Os raios riscavam o céu em todas as direções ao mesmo tempo. As trovoadas sacudiam a terra sob seus pés, e a chuva o metralhava feito granizo, a ponto de machucá-lo. A luz não hesitou nem se afastou do caminho, de modo que Frank a seguiu sem temor. O vento aumentou com uivos lamentosos, tanto que todo ramo e toda folha, toda grama e todo arbusto foram retorcidos e arrancados, obedecendo a seus caprichos.

Enquanto subia, Frank viu antigas árvores partidas ao meio pela força de ventos contrários, que primeiro sopraram do oeste e, a seguir, de todos os pontos cardeais. Por vezes, as rajadas pareciam vir de mil direções ao mesmo tempo. As árvores caídas e a vegetação arrancada iam se tornando mais densas à medida que ele subia, mas o guia luminoso permaneceu fiel e constante, sem se desviar um único grau do centro do caminho, sem se abalar com o vento ou o dardejar da chuva.

Quase no alto da montanha, um valezinho raso oferecia espartano abrigo a um aglomerado de carvalhos antigos e retorcidos. Lutando com a ladeira, o pequeno Frank ergueu o colarinho para se proteger da chuva e viu a luz se aproximar do centro do pequeno bosque e parar. Ao chegar mais perto, notou uma leve alteração em seu aspecto. Abandonando as cores mais frias e serenas, a luz foi ganhando tons resplendentes, claras listras amarelas e douradas. Vibrantes clarões rubros aumentaram a sensação de urgência. Então, no espaço de um breve momento, o guia se acendeu com mais brilho e desapareceu, deixando apenas sua imagem fantasma impressa nos olhos do garoto. O pequeno Frank esperou alguns segundos para adaptar a vista e então foi para o lugar onde a coluna flutuante sumira. Os relâmpagos voltavam a iluminar o caminho, definindo-o convenientemente.

No fim da trilha, o pequeno Frank avistou uma árvore tombada, a massa enorme de raízes exposta, esperando a morte. Outro relâmpago lhe permitiu ver algo mais: um vulto preso sob o emaranhado de pesados galhos e ramos. O menino reconheceu imediatamente a mãe, que acenava para ele e o chamava calmamente pelo nome.

Frank correu até ela, agarrou-lhe a mão e pôs-se a fazer perguntas em seu dialeto especial. Anselma o tranqüilizou, dizendo que não estava ferida, apenas presa. Era preciso erguer o enorme galho atravessado sobre suas costas para que ela pudesse se arrastar e libertar-se. O galho tinha uns quarenta centímetros de largura e várias ramificações, uma massa considerável de madeira para que alguém pudesse movê-la.

Sem pensar duas vezes, o garoto tentou erguer o galho, mas seus bracinhos não podiam com tanto peso. Então ele se lembrou de ter visto o pai deslocando troncos no pasto. Procurou até encontrar um ramo quebrado bem forte. Colocou-o como uma alavanca sob o galho que prendia sua mãe, de modo que, se ele tivesse força para alçar a outra ponta acima da cabeça, ela poderia se livrar. Mas o peso do galho não permitia que um menino de quatro anos fizesse algo assim.

Uma convenção padrão de todos os tempos afirma que os vínculos entre mãe e filho conseguem vencer facilmente o insuperável. Assim, sem noção da improbabilidade da tarefa que o aguardava, o pequeno Frank empurrou a alavanca improvisada e avançou.

Conseguiu erguê-la acima da cabeça. Repetiu a operação mais duas vezes e só percebeu que sua mãe já estava de pé, ao seu lado, quando ela lhe disse que podia soltar o galho.

Ele obedeceu e sorriu para Anselma. Esta se ajoelhou e olhou para o filho. Os dois estavam ensopados até os ossos, mas, tendo constatado que o menino não tinha se machucado, Anselma pôs o saco no ombro e desceu com Frank a trilha íngreme, iluminada pelos clarões incessantes dos relâmpagos azuis esbranquiçados.

Quando finalmente se aproximaram da casa, Anselma viu a lanterna de chuva do marido vindo da direção da estrada. Bill Post aproximou-se correndo, estreitou sua pequena família nos braços por um momento e, então, apressou-se a levá-los para a segurança da casa. O alívio em seus olhos quase se transformou em lágrimas. Já abrigados, Bill acendeu rapidamente a lareira e tratou de ir buscar toalhas limpas no armário. Quando Anselma foi vestir roupa seca, ele pegou um balde de água da chuva que caía do beiral do telhado da varanda. Pendurou um pequeno caldeirão no gancho de ferro sobre o fogo e pôs a água para esquentar para que Anselma desse banho no menino a fim de evitar que o resfriado piorasse.

Por fim, Bill Post falou na sua ansiedade. Quando voltou para casa e encontrou a porta da frente escancarada e notou o sumiço do pequeno Frank, não soube aonde ir. Tinha passado duas horas procurando sem encontrar um vestígio que fosse. Afortunadamente, notou que a esposa e o filho não pareciam perturbados por causa da perigosa aventura que tinham acabado de viver. Assim, enquanto os alimentava com mel e pão quente, pediu-lhes que contassem o que tinha acontecido. Não havia sinal de censura ou recriminação em sua voz. Bill Post estava contente demais por ter seus entes queridos a salvo e dentro de casa para manifestar gratuitamente alguma indignação.

Fiel à sua natureza puramente *rumsen*, Anselma se inclinou para a taciturnidade. Seu modo de falar era conhecido pela veracidade e pela brevidade, de modo que Bill não esperava uma explicação exuberante e minuciosa. Disse que estava descendo a trilha quando uma ventania muito forte arrancou uma árvore da terra, prendendo-a entre seus galhos. Então seu filho a encontrou e a ajudou a se soltar, erguendo o galho mais pesado. Não havia mais nada a contar por ora.

Bill sacudiu a cabeça e olhou para o filho, conquanto tivesse pouca esperança de tirar algo dele. Antes mesmo que o pai dissesse alguma coisa, Frank começou a falar em seu patoá de inglês, espanhol e *rumsen* misturados. Sempre levava algum tempo para convencê-lo a escolher uma língua e ficar nela. O garoto contou ao pai que estava na cama quando o espírito de sua mãe chegou em uma luz. Ela o levara até o alto da montanha para remover a árvore para que pudesse voltar para casa. Frank fez esse breve relato com ar de ampla aceitação, como se aquele tipo de experiência fosse um fato corriqueiro. Uma vez mais, Bill sacudiu a cabeça, mas teve paciência suficiente para perceber que tardaria dias em obter todos os detalhes da história.

Aquela noite, quando Anselma cobriu o filho com o acolchoado de penas de ganso, ele a fitou e perguntou se um dia poderia aprender a chamá-la com a luz quando estivesse em perigo. Anselma olhou para ele, acariciou-lhe a face e disse-lhe que a luz não era uma coisa que se aprendia. Era o amor que fazia com que acontecesse. O pequeno Frank sorriu, pestanejou uma ou duas vezes e, satisfeito com a resposta, pegou no sono.

No dia seguinte, quando a tempestade se afastou para o leste, Bill Post selou o cavalo e foi com os irmãos Ortiz averiguar as dimensões do estrago e fazer o possível para desobstruir os caminhos. Por fim, teve de atrelar duas mulas com arreios de carroça para que ajudassem a remover os detritos mais pesados.

Naquele mesmo dia e só por curiosidade, Bill e seus homens subiram a cavalo a trilha íngreme para examinar o lugar de que a mulher e o filho tinham falado. Era exatamente como eles haviam contado, possivelmente pior no modo de pensar de Bill. O estrago era enorme devido aos ventos erráticos.

Naquela noite, durante o jantar, Bill perguntou a Anselma como o menino conseguira erguer a árvore e soltá-la. Ela não estaria enganada? Acaso não teria sido o vento que deslocara a árvore? Anselma fitou o marido com frieza e sacudiu a cabeça.

Bill prosseguiu, bastante constrangido. Corando um pouco, disse que havia perguntado só porque fora necessário o trabalho de duas robustas mulas e um cavalo para arrastar aquela árvore e deixá-la a menos de um metro do caminho.

Anselma sorriu, deu de ombros, acariciou o antebraço do marido e enxugou com beijos as lágrimas de alívio que escorriam em seu rosto.

O Sonhador

A FERA ENORME cochilava em uma ampla saliência recortada no flanco da montanha, dominando a verde extensão do Pacífico. As ondas emplumadas de marfim rebentavam quase em silêncio, centenas de metros abaixo das colinas que mal acomodavam marginalmente o estreito caminho que se estendia de norte a sul, quinze metros abaixo da saliência. Com a cabeça maciça reclinada sobre as patas igualmente enormes, a criatura estava tão imóvel que era perfeitamente desculpável o equívoco de confundir aquela enormidade cinzenta com uma pedra arredondada.

Um exame mais chegado, embora indubitavelmente fatal, revelaria o ocasional movimento entorpecido de seus velhos olhos ou a dilatação intermitente das ventas cavernosas quando os aromas itinerantes entravam na órbita de seu interesse.

Esse primitivo megálito de músculos, dentes e garras tinha crescido e envelhecido entre as montanhas que continham o mar. Aliás, envelhecera tanto que havia sobrevivido a todo seu clã. Fazia muitos anos que não via ou farejava outro membro de sua grande e feroz espécie.

As primeiras e diversas tribos humanas vindas do norte temiam e adoravam os da sua linhagem como deuses, e tanto animal quanto homem prosperaram quase intatos na posse comum da terra. Enfim, a vida tinha sido boa naquele litoral.

Depois, os fulgurantes chegaram do sul. Desde então e até o presente, a estirpe dos bichos-deuses passou a sofrer uma dizimação contínua, até que não restassem senão ossadas e histórias de bravura. Um ou dois verões a mais era tudo que havia entre a lenda e o esquecimento para essa derradeira divindade matriarcal das montanhas.

Um aroma sinuoso chamou a atenção do animal. Lentamente, moveu os olhos semicerrados a fim de examinar o caminho lá embaixo. Pouco depois, avistou uma montaria, um cavaleiro e um potro transpondo uma elevação, ao norte, que recortou as silhuetas de suas imagens na neblina crestada do oceano.

O cavaleiro era um rapaz de dezessete anos, alto e forte para a idade. Montava uma égua ruana com uma mancha branca em forma de crescente. O inquieto potro, empenhado em não se separar da mãe em circunstância alguma, vinha logo atrás, sem necessidade de rédea ou cabresto.

O rapaz cavalgava com a perna direita indolentemente enganchada no arção da sela. Ia de tal modo curvado que, a distância, parecia estar dormindo. Viajava soprando ao acaso uma estridente gaitinha de lata. O instrumento era uma aquisição nova, obtido em um negócio com um colega de escola em troca de um canivete com a mola quebrada. O rapaz se esforçava para aprender a tocá-lo, e, embora a cacofonia resultante irritasse toda a criação, prevalecia o entusiasmo do jovem cavaleiro.

A sela e o equipamento do garoto eram apropriados para lidar com o gado. Uma espingarda de dois canos pendia do coldre sob seu laço. O colchão enrolado e os alforjes estavam atados atrás da patilha de uma velha sela mexicana de pele de veado. Como muitos moços criados nos ranchos do vale de Salinas, o rapaz tinha arranjado um emprego de verão, cuidando do gado dos fazendeiros de Big Sur. Era uma ocupação arriscada para homens e cavalos, mas os garotos da sua idade eram de borracha e adoravam a aventura de estar longe de casa.

À diferença das pastagens suavemente onduladas do oeste dos Gabilans, as fazendas de Big Sur só conheciam mar e montanha. Todo deslocamento do gado era, alternativamente, ou uma exaustiva subida ou uma perigosa descida.

Alguns pastos terminavam precipitadamente, com longas quedas na direção das rochas e das ondas muitos metros abaixo das colinas. Se um touro se assustasse com um vaqueiro excessivamente zeloso no momento errado, geralmente acabava se convertendo em repasto para os caranguejos e as gaivotas. Então, o peão desajeitado voltaria humilhado para junto dos colegas como uma "praga de holandês", estigma difícil de corrigir e impossível de evitar.

Embora essa montanha se destinasse à pecuária, o rapaz não, pelo menos não no sentido tradicional. Estava com um chapéu de *tweed* de aba caída, vestia jaqueta de cotelê marrom com reforço de couro nos cotovelos, calça de cotelê bege e botas de montar inglesas, de cano curto, que só lhe cobriam os tornozelos. Em resumo, mais parecia um poeta itinerante irlandês que um vaqueiro, mas aquela era a roupa que escolhera, e ai do pobre valentão que se atrevesse a zombar dela.

De súbito, a égua farejou perigo. Ergueu a cabeça, arregalou os olhos de medo, e suas ventas brilharam com tufos de vapor quente. Ela parou um instante, contraiu os músculos para lutar, pateou de modo agitado e, a seguir, relinchou com desespero para o potro. O rapaz, a gaita ainda presa entre os dentes, puxou a rédea para não perder o controle e olhou a sua volta em busca da origem do perigo. Confiava mais no instinto da égua que no seu próprio.

O potro arqueou o lombo e escoiceou em um arremedo de defesa, mas continuou bem próximo da mãe, à espera de um sinal que lhe indicasse o que fazer. Ainda mordendo a gaita, o rapaz levou a mão à velha espingarda, mas não chegou a tirá-la do coldre. O jovem vaqueiro examinou o flanco da montanha e as árvores em busca de um felino. Então ergueu os olhos para a saliência rochosa, lá no alto, e sentiu um calafrio. Viu a cabeça imensa e os ombros da fera, que nele fitou um olhar tão negro e antigo, tão temível e triste, que o fez conter a respiração. Seu coração disparou e ele sentiu os nervos entorpecidos de pavor. Compreendeu de pronto que estava encarando um deus pré-histórico e furioso.

O tempo e o espaço começaram a dilatar-se feito uma bolha até abranger tudo quanto o rapaz conhecia. Pequeninos jorros de *insight* evoluíram, amadureceram e então se esvaeceram. O rapaz ficou observando com assombro, à espera de que, a qualquer momento, o gigantesco animal se transformasse em Zeus ou em um bando de corvos de olhar sanguinário ou talvez até mesmo em um curandeiro índio. Porém nada aconteceu. A criatura não se moveu, não o ameaçou com um gesto ou um ruído.

O rapaz tornou a voltar a atenção para a crescente agitação da égua. Ela não estava disposta a tolerar o perigo que a ameaçava e ao seu filhote. Relinchava, virava os olhos e sacudia a cabeça. A intolerância e o medo não cessavam de aumentar. Contudo, a criatura gigantesca não moveu um músculo, não mostrou uma garra. Simplesmente ficou olhando para a situação do rapaz com total indiferença. Um bocejo cavernoso e os olhos semicerrados intensificaram sua aura de fatigada apatia.

Dando-se conta dos sons que sua respiração excitada emitia pelos tubos da gaita, o rapaz afastou o instrumento da boca mas não tirou os olhos do animal lá no alto.

Tinha ouvido os relatos dos sacerdotes índios que mudavam de forma para fazer sua mágica, como Merlin lançando encantamentos diante dos olhos dos crentes. Essas imagens ressurgidas dos devaneios da infância pouco serviram para atenuar sua ansiedade. Ele quase sentiu o cabelo se eriçar na nuca.

Como que para confirmar suas especulações místicas, a peluda montanha se levantou vagarosamente sobre as patas traseiras. A imagem parecia aumentar a cada instante. Todas as dimensões se dilataram até que sua postura ereta encobrisse o sol da manhã e projetasse uma larga sombra no caminho.

Foi o que bastou para provocar a égua, e ela tratou de proceder imediatamente à retirada estratégica. Empinou, relinchou um penetrante alarme para o filhote e disparou a galopar precipitadamente caminho abaixo. Para o assombro do rapaz, o potro a acompanhou na corrida, chegando à planície quase cabeça a cabeça com a égua.

Só um quilômetro mais adiante o rapaz conseguiu recobrar certo controle sobre a montaria. E só quinhentos metros depois a égua parou, sobressaltando-se e bufando ao menor ruído ou movimento. A tensão e o esforço da recente provação deixaram a montaria e o cavaleiro prostrados de medo e cansaço. Só o filhote, que não levava carga, mostrou-se disposto a prosseguir na carreira, embora, ao receber uma forte mordida da égua, tenha voltado a acompanhá-la obedientemente.

O centro produtivo do Rancho Post ficava em uma depressão protegida entre os altos penhascos à beira-mar e os vastos montes rochosos a leste. Era cerca de meio-dia quando o rapaz finalmente avistou seu destino. De longe, pôde ver o grande estábulo e os currais, os barracões e pomares.

Uma dezena de cavaleiros estavam reunidos perto dos currais, arrumando as coisas, preparando-se para uma tarde de trabalho árduo com os animais. Alguns eram mão-de-obra permanente ou vizinhos das fazendas locais, mas outros eram garotos de Monterrey ou Salinas como ele. Também tinham feito a longa viagem a cavalo para trabalhar nos ranchos de Big Sur durante as férias de verão.

Embora pesado, o trabalho prometia um bom dinheiro para mãos capazes de distinguir a cabeça da cauda de um cavalo. E dinheiro sempre era um bom incentivo para quem precisava ajudar a financiar a educação, a família ou as ambições conjugais.

Quando finalmente chegou, o rapaz foi recebido com carinho. Quase todos o conheciam, gostavam dele, compreendiam seus hábitos e suas habilidades, mas o achavam meio preocupado com mundos que ele mesmo inventava. Geralmente ele levava livros nos alforjes, em vez de comida, e gostava de ler no caminho, enquanto o cavalo avançava a duras penas.

O sarcástico e minúsculo Lupito Morales, um conterrâneo de Salinas, gritou no palheiro aberto:

— Por onde andava, John? Pensamos que fosse chegar ontem à noite. Você perdeu o famoso café da manhã dos Post. Veado grelhado, maçãs assadas com mel e muitos ovos.

Billy Witt, um colega de escola de John, acrescentou uma pergunta constrangedora.

— Que foi que você fez com essa égua? Ela está parecendo a mula de tio Pepe depois de trabalhar dois alqueires em um dia de sol. Para que você trouxe o potro, para comer?

Benny Ramírez riu e piscou:

— Vai ver que uma linda *señorita* deu a John uma bebida gelada e uns olhos doces, e ele não conseguiu sair de perto dela.

Lupito gritou no alto do palheiro:

— Então ele se lembrou de nós em um momento de fraqueza, é claro, e veio correndo feito um louco para nos alcançar.

Os trabalhadores que ouviram começaram a rir. Corando com mortificação infantil, John desmontou. Soltou a correia da sela e levou a égua e o potro para o bebedouro.

O Velho em pessoa, Joe Post, saiu do estábulo com seu enorme alazão. Ao ver o recém-chegado, entregou o cabresto a Ramon Castro, ordenando-lhe que selasse a besta "antes do entardecer". Então aproximou-se de John e o repreendeu pelo atraso. O rapaz tornou a corar, mas enfrentou com firmeza aqueles olhos de índio velho.

— Onde você esteve, John? Esqueceu que a gente aqui começa a trabalhar antes de o sol raiar? Você já perdeu a manhã. Escute, meu filho, a temporada vai ser curta por causa da chuva, de modo que não posso abrir mão de ninguém, nem mesmo de um sonhador que não larga dos livros como você. A propósito, como vão seu pai e sua mãe? Deus os abençoe. Olive continua chamando as tempestades? Aposto que ficou contente de finalmente ver a cauda do seu cavalo sair do *paddock* por algum tempo. Falando em cavalo, é melhor você guardar a sela do seu no último estábulo. O animal está esgotado. Que aconteceu?

O velho John Post não esperava dar com aquele olhar quando chegou a vez de John falar. Foi como se seus olhos tivessem envelhecido muitos anos a mais que o rapaz. John olhou o sr. Post, mas este teve a impressão de que estava olhando através dele, para uma visão remota. Primeiro, John pareceu relutante em falar, porém endireitou os ombros, preparado para receber o impacto da incredulidade.

— Eu vi um urso — disse lentamente. — O maior urso que o Todo-Poderoso criou! Maior do que qualquer um de que ouvi falar. Maior do que qualquer coisa que já vi em livro. Estava dormindo naquela pedra achatada, bem ao sul da nascente onde o caminho chega bem perto dos rochedos. Juro que era grande o suficiente para derrubar cavaleiro e montaria com uma patada, mas ele não fez nada. Só ficou olhando para mim, lá do alto, como São Pedro. Depois se levantou sobre as patas traseiras, era da altura de um celeiro dos grandes. Palavra que eu quase borrei a cueca. A égua ficou mais assustada do que um gato escaldado. Não posso culpá-la, com o potro atrás. Juro que ela saiu de lá voando. O máximo que consegui foi controlá-la antes que levasse um tombo e nos matasse.

Joe W. Post olhou dura e longamente para John, depois para a égua. Seu rosto sábio se iluminou com um largo sorriso que logo se transformou em uma gargalhada.

— Isso é conversa! Meu filho, por aqui não aparece um urso assim desde que meu pai era menino, todos foram mortos há muitos anos. Meu avô dizia que esses monstros eram capazes de agarrar um touro inteiro e levá-lo ainda esperneando. É impossível que você tenha visto um urso de Sur dos grandes, meu John. Todos já morreram; dou-lhe minha palavra. Você andou sonhando de novo. Agora vá tirar a sela dessa ruona como falei. Você está atrasando a turma.

Ramon Castro trouxe o cavalo selado de Joe Post, e o índio velho montou, mandando seus estudantes, caubóis e *vaqueros* seguirem seu exemplo.

John não ficou ofendido com as palavras do sr. Post. Sabia o que tinha visto, quanto a isso não tinha dúvida, mas não ia se expor ao ridículo de discutir tal coisa com um veterano do Sul como o sr. J. W. Post. Pegou a rédea da égua e foi para o estábulo fazer o que ele tinha mandado. O potro os acompanhou contente.

Ouviu Joe Post gritar às suas costas:

— A temporada vai ser dura, John. Se você não parar de ficar sonhando e não prestar atenção no serviço, as lindas garotas de Salinas vão encontrá-lo de bolsos vazios no fim do outono.

John concordou com um gesto educado e levou a égua para o estábulo.

Ninguém gosta de ser chamado de mentiroso, mesmo que indiretamente, e John detestava esse rótulo mais do que qualquer um. Também sabia da futilidade das discussões acaloradas com os entendidos. Por certo, o gado, a água e o capim fresco teriam prioridade sobre o urso ilusório de John. Em todo caso, o incidente não tardou a ser esquecido. Esquecido por todos, quer dizer, com exceção de John.

Sem demonstrá-lo expressamente, ele estava decidido a encontrar uma prova de sua descoberta antes que terminasse a temporada. Com esse objetivo em mente, chegou até a comprar um pouco de gesso de Paris, de um ferreiro, para tirar o molde das pegadas do urso caso tivesse a sorte de achar seus rastros novamente. Tomou o cuidado de não divulgar o objetivo do gesso a fim de evitar que os companheiros o ridicularizassem.

O urso fantasma passou a ser a secreta "fera enigmática" de John. Tal como o rei Pelinor e seu dragão, John estava determinado a achar uma prova de sua fera fictícia. Infelizmente, houve chuvas intermitentes que apagavam os rastros dos animais a intervalos de dias. Por outro lado, ele foi incumbido de trabalhar trechos remotos da propriedade que ficavam longe do lugar onde vira o urso. Isso o levou a empreender incursões clandestinas quando não estava trabalhando. Apesar do pretenso sigilo, era impossível que Joe Post ou os outros trabalhadores sazonais não se dessem conta dessas buscas.

Ainda que não se fizessem comentários, todo dia de pagamento John percebia que assim era ao ter cortes em seu salário por este ou aquele motivo. Mas, como sua honra estava em jogo, achou que o sacrifício valia a pena. A descoberta e a exposição da verdade tinha uma glória potencial que ultrapassava o valor do dinheiro. John acreditava que a reabilitação era mais saborosa quando degustada à custa do constrangido rubor dos outros.

No seu modo de pensar, a busca do urso enorme tornou-se tão exclusiva e importante quanto o graal do rei Artur. Conseqüentemente, ele redobrou o empenho empreendendo longas cavalgadas noturnas. Uma noite, porém, a dedicação à romântica visão de sua própria reabilitação quase lhe custou o cavalo e a vida.

Ao seguir a trilha de um animal, ao norte da fazenda, a égua de John pisou em falso, e tanto a montaria quanto o cavaleiro se precipitaram em uma ribanceira rochosa. O cavaleiro ficou machucado, dolorido e constrangido; mas a égua se cortou, coisa que o fez sentir muita culpa e vergonha. A punição por esse erro incluiu um doloroso esforço para a besta e o cavaleiro a fim de voltar a subir à trilha e, depois, uma longa e vagarosa caminhada com a égua ferida.

E John teve de enfrentar a zombeteira crítica dos demais. Voltar com a montaria machucada indicava extremo descuido. Os vaqueiros jovens pouco valiam, mas os bons cavalos tinham mais valor do que dinheiro vivo naquela região. O fato de a égua pertencer a John nada significava, pois agora ele teria de usar um dos animais da fazenda até o fim da temporada. A égua passaria algumas semanas sem poder andar.

Esse incidente cancelou as incursões noturnas de John durante algum tempo, mas não definitivamente. Ele prosseguiu em sua busca secreta. Todo dia levava o gesso, a caneca de lata e um cantil extra na esperança de encontrar ainda que apenas uma boa pegada com que provar ao sr. Post e aos outros céticos que tinha dito a verdade.

No fim da temporada, aconteceu o inevitável. O salário de John ficou reduzido a nada, sem que ele pudesse mostrar um único vestígio do mítico urso. Primeiro, teve de reembolsar os Post por haverem cuidado de sua égua. Mandaram chamar o ferreiro no lugar do veterinário, mas isso tampouco saiu barato. O diagnóstico e o tratamento significaram duas coisas. Uma, a égua de John e o potro ficariam semanas sem poder fazer a viagem de volta a Salinas, e tudo isso implicava cuidado, alimentação e ração. E, duas, John estava falido. Não podia pagar a passagem da diligência para voltar a Salinas. O velho Joe Post tinha razão. As lindas garotas de Salinas iriam encontrá-lo de bolsos vazios no fim do outono.

Os Post eram um clã conhecido pela hospitalidade, o bom coração e a paciência para com a insensatez dos jovens. As tolices de John não passavam de uma diversão para aquela gente que já tinha visto praticamente todo tipo de excêntrico e esquisitão que já montou uma cavalgadura.

No último dia de trabalho, os Post ofereceram um pródigo almoço de despedida em sinal de gratidão pelo trabalho remunerado e pelo voluntário. Era a *fiesta* tradicional dos Post para os peões. A sra. Post organizou um grande festim de javali grelhado e legumes, pombos assados com groselha e creme, churrasco com cebola verde e pimenta.

As outras delícias locais incluíam bolos de mel silvestre da montanha e ovos de codorna em conserva, negociados com o enigmático Sing Fat. Tudo parecia verdadeiramente maravilhoso; tudo, menos o futuro imediato de John.

Depois de servir a sobremesa de torta de maçã quente com denso creme de gengibre, a sra. Post se aproximou de John e entregou-lhe um pequeno envelope pardo acompanhado de um tapinha na bochecha. Disse que a fazenda esperava tornar a vê-lo na temporada seguinte. O pacotinho de papel manilha continha quatro dólares, exatamente o preço da passagem da diligência até Monterrey. De lá, ele teria de se arranjar sozinho. A sra. Post sabia que John, assim como os outros rapazes, pegaria o cargueiro local para Salinas. Conseguiria voltar para casa, e isso era o que importava. No ano seguinte, disse ela em voz alta, esperava que John ficasse mais atento ao trabalho.

Infelizmente, John voltou para casa sem ter colhido a menor prova de seu urso. Mas, para ele, o melhor era deixar isso de lado. Quanto menos falasse no incidente, melhor. Já teria muita dificuldade para explicar à família o que tinha acontecido com sua égua. Revelar mais do que o absolutamente necessário não faria senão lhe causar ainda mais constrangimento. A viagem de diligência a Monterrey lhe deu muito tempo para pensar nas numerosas e desagradáveis alternativas à verdade.

Apesar de tudo, John não conseguia esquecer o grande urso de Sur, o feiticeiro da montanha, o deus de gerações. Para ele, senão para os outros seres humanos, a fera imortal era tão viva e real quanto ele mesmo, e isso era o que de fato importava.

Ao chegar em casa, John se viu diante do problema imediato de juntar quatro dólares para pagar a generosidade da sra. Post. Era imperioso desonerar-se dessa obrigação o mais depressa possível, a fim de recuperar o senso de honra, senão de orgulho. Dois desses dólares ele os tirou de seu cofre de lata, que ficava escondido atrás de uma tábua solta do armário, mas as outras duas verdinhas, teria de tomá-las emprestadas do pai. Afortunadamente, este não fez nenhuma pergunta, mas exigiu que seu filho devolvesse os dois dólares no fim do mês.

Na manhã seguinte, John foi ao Banco de Salinas para que emitissem um cheque. Sabia que dinheiro em espécie jamais chegaria ao destinatário. Escreveu uma carta breve para acompanhar a importância e tentou fazer com que parecesse tão madura e objetiva quanto possível para compensar seu erro juvenil.

A carta estava endereçada para a sra. J. W. Post, Big Sur, Califórnia, e datada de 12 de agosto de 1920. Começava assim: "Cara madame, segue anexo o cheque correspondente à passagem da diligência da Fazenda Post a Monterrey. Distância: sessenta quilômetros. Juros: cinco centavos por quilômetro. Total: quatro dólares. Espero não ter causado inconvenientes com a demora". E encerrava: "Peço-lhe, amiga, ser autorizado a retornar. Respeitosamente, J. E. Steinbeck Jr. PS.: Tenha a gentileza de enviar um recibo". O endereço do remetente era avenida Central, Salinas, Califórnia. John guardou o recibo durante anos para se lembrar de seu urso e da despesa que lhe deram suas visões mágicas.

Pura Sorte

QUALQUER UM DIRIA que o jovem Chapel Lodge saíra das mãos do Todo-Poderoso unicamente para testar os limites da capacidade humana de suportar a solidão. Seu pai era um viajante com eternas dificuldades para sustentar a família. Sua mãe podia chegar às conseqüências mais extremas quando se tratava de apoiar os toscos planos de sucesso do marido. Por isso, raramente tinha tempo para o filho único, o qual ela considerava um estorvo para a futura prosperidade do casal.

A pobre família vivera sob tantos tetos e em tantas cidades que o garoto desconhecia o significado da palavra "lar". E como não o podia ter, um verdadeiro lar passou a ser a coisa a que ele mais aspirava, ainda que lhe faltasse uma definição intuitiva tangível.

Chapel passou a maior parte da infância na mais desesperadora solidão. A cada punhado de semanas ou meses, era alçado pelo cós da calça, jogado com a velha bagagem no fundo de uma carroça empoeirada e, invariavelmente, acabava indo parar em um ambiente doméstico ainda mais esquisito e peculiar. A experiência sempre o levava a sentir-se desamparado e apartado do mundo. Graças aos pais, sua educação formal era quando muito irregular, e mais tarde ele até riria e se daria por feliz de saber ler e escrever com certa agilidade. A solidão forçada em uma longa lista de pensões "baratas e baratíssimas" lhe oferecia pouca diversão. A distração mais prontamente disponível eram as revistas velhas e os romances melodramáticos que os hóspedes deixavam ao partir.

Em um mundo no qual o destino e seus favores cambiantes se moviam com a sutil regularidade das marés, era de se esperar que Chapel recebesse sua quota de boa sorte em algum momento, mas não foi o caso. Na verdade, toda a sua vida era um atlas de "de mal a pior". A fortuna não lhe sorria de modo algum e a nenhum preço, de modo que ele deixou de contar com ela.

Quando Chapel tinha apenas catorze anos, seus indiferentes pais depositaram o jovem "dilema" que os perseguia nas mãos de um tio velho, boçal e avarento que morava perto de Fresno. O pai, com os polegares enfiados no suspensório, feito um cabo eleitoral, estufou o peito e exclamou que tinha contatos comerciais importantíssimos na Costa Leste, os quais era urgente cultivar. Pelo menos foi o que ele disse, e que empreender uma viagem de trem a Kansas City era imprescindível para ter sucesso no ramo. O casal garantiu que estaria de volta na primavera, repleto de dólares e de perspectivas fulgurantes. Até lá, o "Ei, garoto" — que Chapel chegou a confundir com seu próprio nome — que tratasse de obedecer ao tio em absolutamente tudo e de ser útil pelo menos uma vez na vida.

Depois de recuperar secretamente os 125 dólares que tinham dado ao velho para que cuidasse do menino, o sr. e a sra. Lodge tomaram o trem para o Leste e sumiram no horizonte. Nunca mais voltaram. Não mandaram um bilhete sequer para se explicar. Simplesmente desapareceram sem deixar vestígio, a não ser uma turba de credores indignados e uma infinidade de contas a saldar. Ninguém voltou a ver os Lodge nem a ouvir falar deles. O velho e irascível tio não chegou a se surpreender com a matreira deserção do irmão e da cunhada, mas não perdia oportunidade de denunciar o roubo do dinheiro que lhe deviam. Para ele, os piores e mais inveterados trapaceiros geralmente moravam perto de casa ou mesmo dentro dela. Os pais de Chapel e sua vigarice eram uma pedra no sapato do velho senhor, que se recusava a engolir tamanho ultraje. Jurava recuperar o dinheiro, mesmo que tivesse de tirá-lo do couro do menino à custa de umas boas sovas com vara de choupo.

A mera existência de Chapel, por si só um retrato do mais triste abandono, não tardou a se tornar uma fonte de constante irritação para o velho. Obviamente, ele não tinha o menor prazer na responsabilidade que assumira e a cada praga que rogava deixava patente ao garoto a sua indignação. Por fim, o idoso rufião passou a bater no menino até que este aprendesse a escapar das pancadas. Então a brutalidade se tornou verbal, mas nem por isso menos dolorosa. Chapel começou a passar o máximo de tempo possível longe da casa do tio, coisa que aparentemente convinha aos interesses de ambos.

Desorientado, atrapalhado e sem dinheiro, o rapazinho se entregou a diversas categorias de delitos, mas, como era de se esperar, suas desastrosas tentativas como novato na criminalidade geralmente estavam fadadas a expô-lo ao perigo e ao castigo. Era preciso uma dose considerável de sorte para ser um criminoso sofrivelmente bem-sucedido, e é claro que Chapel Lodge não tinha tanta ventura, todos sabiam disso.

Chegou um momento em que ele descobriu que havia queimado demasiadas pontes em seu antigo território e decidiu experimentar as regiões mais ao norte. San Francisco devia oferecer bolsos mais promissores e a anonimidade necessária a um ladrãozinho. Tendo passado a maior parte da infância em áreas rurais como Santa Maria, Paso Robles e Stockton, queria muito saber como viviam as águias da cidade grande. A existência de pardal já não o atraía. Chapel tinha sido pardal a vida inteira e detestava isso. Talvez San Francisco também se mostrasse menos precária para a sua liberdade. Ele havia passado muito tempo na vagabundagem, cometendo pequenos furtos, e não queria repetir essa experiência. Estava com dezesseis anos e pronto para agir sozinho, pois a solidão era tudo quanto conhecia. De certo modo, sentia-se capaz de enfrentar qualquer eventualidade desde que contasse com recursos próprios. Como conseguiu alimentar essa doce ilusão sobre o sucesso futuro sempre foi um mistério até mesmo para ele.

Assim, um dia, aproximadamente às três horas da madrugada, no arrabalde da cidadezinha, Chapel Lodge ficou escondido perto de um desvio da estrada de ferro, no qual resfolegava um paciente cargueiro que ia para o norte. Estava esperando a passagem do expresso noturno para poder entrar na linha principal. Chapel ficou observando o foguista inspecionar o trem e acordar e enxotar os mendigos deitados nas barras de suporte debaixo dos vagões. Quando a agitação se transferiu para outro trecho da ferrovia, ele saiu de detrás da moita e correu até um vagão-plataforma coberto com um encerado e carregado de máquinas. Subindo de um salto, escondeu-se sob a esticada lona. Ali fez um ninho entre os engradados. Usando o colchão enrolado como travesseiro, deitou-se e dormiu. Embalado pelo lento e constante contraponto das junções dos trilhos, passou horas descansando serenamente.

Visões de bons tempos e vida mansa rodopiavam em seus sonhos feito pequenos redemoinhos de poeira em campo seco. Chapel acordou com os solavancos do trem mudando de trilhos no subúrbio de San José. Tendo conseguido a duras penas escapar à vigilância dos foguistas e da polícia ferroviária, finalmente localizou o trem para San Francisco e embarcou. Dessa vez, foi obrigado a se instalar nas barras de suporte debaixo de um vagão de carga cheio de peixe congelado. Esse modo de viajar mostrou-se desconfortável, fétido e extremamente perigoso para um novato no esporte.

Enfim chegou ao seu destino e ficou maravilhado com o tamanho e o poder daquilo tudo. Sem dúvida, San Francisco era uma festa para os olhos de um rapazinho cheio de sonhos. Ele nunca tinha visto nada parecido. Bonitas casas adornavam os morros; a baía ostentava uma floresta de mastros de navios, e uma infinidade de vapores entrava e saía dos estreitos. Mas a melhor coisa, no seu modo de pensar, era a ausência total de campos arados e agricultores sujos. No entanto, qualquer esperança que porventura tivesse nutrido de ludibriar os citadinos não tardou a se esfumar tristemente.

O jovem Chapel Lodge foi encarado como um marginal sem eira nem beira no primeiro momento em que pisou na cidade. Dois olhos roxos e uma mão quebrada levaram-no a enxergar rapidamente os erros da suposição cega. Assim, avaliou a situação e decidiu que era melhor tratar de ganhar a vida honestamente para não ir parar na cidade dos pés juntos em um futuro muito próximo.

Precisava de trabalho, e as docas sempre estavam atrás de mão-de-obra, de modo que Chapel gravitou para as turbulentas zonas freqüentadas pelos estivadores e carroceiros. Depois de dois dias de busca inútil e de uma noite mal dormida, topou com um contramestre espertalhão chamado Baily Pryot.

Eles se conheceram nas docas, em uma espelunca tão sórdida que o dono nem se dignara a lhe dar nome. Depois de medi-lo dos pés à cabeça, Pryot o convidou a dividir com ele uma garrafa de vodca russa contrabandeada. Chapel nunca tinha provado a bebida. Tinha gosto de solvente de alcatrão, de modo que não o surpreendeu muito o fato de não se lembrar de quase nada quando acordou, horas depois.

Antes mesmo de abrir os olhos, ele compreendeu que estava passando mal, talvez morrendo, talvez coisa pior. Jamais tinha sentido tamanho mal-estar.

Seu corpo flutuava para a esquerda e para a frente, depois para a direita e para trás. O enjôo e um desconforto profundo acompanhavam cada movimento. Por fim, o fedor e a vibração constante dos arredores fizeram-no desejar a morte. Seu mundo semipercebido tinha o cheiro de um porto untado de óleo, na maré vazante, mas bem pior graças à extrema proximidade do odor.

Quando finalmente abriu as pálpebras pesadas, Chapel viu muito pouco. Estava deitado em um colchão surrado e fino, que cheirava a brilhantina ordinária e a suor antigo, e seu corpo continuava oscilando do modo mais desesperador possível. Ele tentou se sentar, mas bateu a cabeça em uma viga baixa de metal e soltou um berro de dor e de raiva. Uma voz estranha gritou na escuridão:

— Se seu nome for Lodge, é bom você estar no plantão das caldeiras dentro de dez minutos... No seu lugar, eu não perderia outro plantão, meu filho. O capitão Billy Ortega é o pior filho da puta quando se trata das ordens rigorosas no navio. Aliás, bem-vindo a bordo, pelo muito que isso possa interessar às gaivotas. A cozinha tem café para os fracos de coração.

E, com o brusco ruído da tampa de uma vigia se fechando, a voz desapareceu.

Chapel Lodge demorou algum tempo para juntar na mente os acontecimentos que o levaram àquele trabalho de pôr carvão nas caldeiras de um grande navio a caminho do Alasca. Quando enfim deu com Baily Pryot tomando café no refeitório, teve vontade de comer-lhe o fígado cru. O contramestre o viu aproximar-se, sorriu e ergueu a xícara como em um brinde. Às gargalhadas, fitou nele os olhos de fuinha e o informou de que tudo tinha sido idéia dele próprio, de Chapel, que até fizera questão de acordar o comissário de bordo às quatro horas da madrugada para assinar o contrato de trabalho. Se quisesse culpar alguém pela dificuldade presente, bastava olhar seu próprio e devastado reflexo no espelho e xingar aquela imagem, não o amigo. Pryot jurou pelo túmulo da mãe que havia tentado dissuadi-lo de uma atitude tão precipitada, mas Chapel insistira em agir a seu próprio modo. O que um marujo honesto podia fazer? O navio estava precisando de um foguista, e Chapel não quis perder a oportunidade.

— Caso encerrado, camarada, tudo assinado direitinho. Tudo conforme a lei marítima dos Estados Unidos, juro por Deus — declarou o contramestre Pryot com muita convicção.

Foi o fim de toda discussão oficial sobre o tema. Chapel não tardou a aprender que as normas do navio e as prerrogativas do capitão eram decretos sagrados e estavam acima das leis divinas. Qualquer tipo de má conduta, o descumprimento do dever ou o desrespeito aos superiores implicavam uma variedade de punições nada atraentes e muito mais severas do que era de se esperar em terra firme para delitos semelhantes.

A autoridade era rígida; o trabalho, pesado, e os dias pareciam não ter fim. Essa mescla volátil de elementos estranhos e agressivos não favorecia um futuro sorridente para Chapel na marinha mercante. Se se tomassem suas tradições anteriores como indicativo das probabilidades, era bem possível que ele chegasse ao Alasca a ferros e lá passasse alguns anos encarcerado.

Neste mundo não faltam curiosidades esquisitas e maravilhosas, e a conversão de Chapel Lodge não foi a última delas. Talvez seja impossível apontar a causa direta, mas o efeito da responsabilidade e da disciplina sobre o rapaz foi extraordinário diante do contexto de suas predileções. O fato é que ele se apaixonou pela vida no mar. Em breve descobriu que respeitava e precisava daquela tribo de homens duros, que padronizavam e protegiam seu mundo flutuante, mais do que precisava da vida em terra. Pouco a pouco, foi descobrindo o orgulho e o sentido do seu trabalho, pois a vida dos outros dependia de sua atenção ao pormenor e ao dever. Ser necessário e contar com a confiança alheia foi uma sensação nova para o jovem Chapel, e ele começou a ansiar com prazer por tarefas ainda mais difíceis a fim de se mostrar digno daquela confiança tão reconfortante.

Passou a ter um sincero interesse pelo navio e sua faina. Por fim, o chefe dos foguistas e do depósito de carvão recomendou-o ao chefe das máquinas devido a sua enérgica atenção ao dever, qualidade rara em um semi-rebotalho da terra firme. Essa simples recomendação agradou-o mais do que um beijo materno, e ele passou a trabalhar com todo empenho para colher ainda mais reconhecimento dos companheiros e oficiais. Cinco meses depois, quando retornou à baía de San Francisco, nem seu melhor amigo o teria reconhecido na forma e nos modos — caso ele tivesse um.

Ao completar dez meses a bordo, Chapel foi considerado um marujo capaz e recebeu o salário e a documentação correspondentes, uma realização deveras notável em um novato. Tinha dado duro e se esforçara de todo coração para aprender a ferrar, a rizar e a pilotar a fim de alcançar tal classificação. Mas seu grande amor sempre seriam os enormes motores e caldeiras mergulhados nos mais profundos desvãos do navio. Ficava fascinado com a escala de poder que eles representavam, e a idéia de dominar aquelas forças dinâmicas levou-o a estudar tudo quanto pôde sobre as poderosas máquinas.

Nos oito anos seguintes, Chapel Lodge navegou a bordo de cinco bons navios e viveu diversas passagens longas e duras, mas sua preferência sempre foi a navegação de cabotagem na costa da Califórnia. Era maravilhoso e estranho estar no oceano e ver a terra natal. As praias definiam os limites de tudo quanto era seguro e familiar, embora ele nunca tivesse se aventurado a visitar os lugares em que passara infância. Estava mais do que satisfeito em seu novo lar marítimo.

Refletia com freqüência sobre sua existência anterior ao alistamento na marinha mercante e passou a cultivar a incômoda suspeita de que talvez simplesmente fosse infeliz em terra. Ouvia com atenção as conversas dos marinheiros, todas elas refletindo os mitos e superstições do castelo de proa, mas a linha geral da maioria dos casos sustentava que aconteciam coisas muito ruins aos marujos que passavam longos períodos em terra, e Chapel estava mais do que disposto a dar crédito a tal axioma.

De modo que foi bem desconcertante quando ele se viu encalhado em San Pedro. O experimentado marinheiro Lodge havia perdido o beliche, o lar e os amigos. Seu barco, a escuna a vapor *Orion*, estava precisando de caldeiras e chaminés novas e passaria no mínimo três meses de molho no estaleiro. A idéia de ficar preso em terra dava-lhe uma ansiedade extrema. Ele se sentia tristemente deslocado sem o navio e os colegas e estranhamente incomodado sem o trabalho de marujo que lhe ocupasse o tempo. Assim, em seu segundo dia em terra, resolveu tentar se alistar em outra embarcação.

Decorreu uma semana sem sucesso. Em San Pedro, eram mais os marujos na praia do que as vagas nos navios. A Chapel não faltavam motivos de preocupação. Muita gente que encontrava nos galpões de recrutamento tinha mais antigüidade e experiência do que ele. Tudo indicava que precisaria mendigar um barco e, mesmo assim, talvez passasse semanas ou até meses enfurnado nas pensões ordinárias da zona portuária, contando as horas ociosas à espera de que chegasse um navio precisando de mão-de-obra.

Chapel começou a entrar em todas as tabernas freqüentadas pelos oficiais da marinha mercante. Quem sabe não toparia com alguém capaz de ajudá-lo a arranjar emprego antes que lhe acabasse o dinheiro ou a saúde mental. E um dia, quando estava fazendo suas inúteis incursões às espeluncas do porto, deu com uma cara curtida e muito familiar. Era nada menos que o contramestre Baily Pryot, que estava conversando animadamente com um sardento aprendiz de mercador. Ao vê-lo, Pryot acenou e o recebeu como se tivessem se separado ainda na véspera, quando, na verdade, fazia anos que não se viam. O contramestre lhe deu um tapa nas costas e fez questão de com ele esvaziar uma garrafa na Cantina de Galba, não muito longe do porto.

Chapel aceitou o convite alegremente. Não via uma cara conhecida desde que desembarcara e estava com vontade de afogar as mágoas com um companheiro de convés. Primeiro conversaram sobre as antigas viagens e os portos de outrora, mas, depois de alguns tragos do raticida que a *señora* Galba destilava no fundo do quintal, passaram para os boatos e rumores do presente, o discurso e o prazer prediletos dos marujos. Enfim Chapel falou na sua triste situação em termos que até mesmo Pryot foi capaz de entender.

— Você precisa me ajudar, Baily — disse. — Eu enlouqueço em terra. Se não encontrar logo um trabalho, só Deus sabe o que pode acontecer. O mais provável é que eu volte a me meter em encrenca. Não consigo me acostumar a terra firme. Não tenho sorte. Se eu soubesse disso quando era menino, teria subido a bordo do primeiro barco a que pudesse chegar a nado. Há dias que ando vagando por estas docas e não consigo arrumar emprego nem em uma barcaça de lixo. Você sempre sabe para que lado o vento está soprando, Baily. Diga-me o que fazer ou onde procurar. Eu sou capaz de embarcar até para o inferno, contanto que isso me tire da terra e de San Pedro. Que me diz, amigo? Você pode me ajudar?

Baily Pryot engoliu em seco e passou um bom tempo avaliando o jovem colega. Depois de pensar bem, sacudiu a cabeça e comprimiu os lábios em um gesto negativo.

— É uma pena, companheiro. Eu não tenho nada no momento. Sou contramestre no *Columbia*, do Correio do Pacífico, e sei muito bem que estamos com mais pessoal do que precisamos. Mas é um navio e tanto, palavra. Novinho em folha. Vai para a Pensilvânia, conforme a placa de destino. Ágil e veloz, é o que há de melhor no mar e ótimo para a cabotagem. Eu bem que gostaria de levá-lo a bordo, meu filho. Você ia gostar. E precisa ver a casa das máquinas. Não tem uma só mancha de ferrugem; dá até para comer na almotolia, de tão limpa que é. Só de olhar, a gente fica com vontade de subir a bordo e bancar a dona-de-casa. O capitão Barr o mantém reluzente feito uma pepita, tanto se orgulha dele.

Precatando-se de súbito contra o fato de que estava praticamente se vangloriando da própria sorte, enquanto o pobre Chapel se achava acorrentado a terra firme, Pryot achou melhor calar-se e continuar bebendo.

Houve um prolongado silêncio, durante o qual nenhum dos dois soube o que dizer. Então, repentinamente, Pryot abriu um sorriso e deu um murro na mesa.

— Espere aí! Puxa vida, como sou idiota, devia ter pensado nisso. Afinal, é bem possível que eu tenha uma goleta na manga. Segunda-feira à tarde, nós cruzamos com o *Los Angeles* na saída de Newport Beach, eu estava no primeiro plantão. O nosso barco é muito mais rápido, entende? Por isso estamos encarregados do correio — disse com orgulho. — Em todo caso, ele deve atracar por volta de meia-noite, e eu conheço bem o terceiro oficial. Chama-se Roger Ryfkogel... um sujeito esquisito, mas bom marujo. Ele me deve um ou outro favor. Bom, o capitão Leland tem fama de ser o próprio feitor do diabo, mas não deixa de ser boa gente. Trabalha tanto quanto os outros tripulantes, e todos têm respeito por ele. — O contramestre serviu mais vinho. — Pensando bem, não posso desejar coisa melhor para você. O capitão Leland não tolera gentalha nem rato de porão, de modo que você só vai encontrar gente decente no convés. Ele também exige boa cozinha, pois os oficiais comem a mesma bóia que a tripulação. Você tem de embarcar no *Los Angeles*; um grande navio, como eu disse, e o pagamento é pontual feito um relógio, todo primeiro domingo do mês. Melhor do que qualquer barco que você conhece.

Pryot viu a expressão de Chapel passar do triste desespero para um dilatado sorriso. Tornou-se quase infantil em seu entusiasmo.

— É a saída, sr. Pryot. Isso, sim, é que é ser marinheiro. Foi uma sorte encontrá-lo. Vale a pena subir a bordo logo que ele aportar ou é melhor esperar um pouco?

— Deixe isso comigo. Você não é o único pobre-diabo encalhado na praia, sabe? Não vão faltar bons marinheiros babando no paredão assim que a notícia se espalhar. A coisa não anda fácil para os pobres-diabos do mar como nós. Mas escute, o *Columbia* vai zarpar com a maré da manhã, no plantão intermediário. Se o *Los Angeles* atracar antes disso, eu vou até lá com você e dou uma palavrinha com eles. Do contrário, escrevo um bilhete para o sr. Ryfkogel com as minhas saudações e as melhores recomendações. Ele vai se lembrar daquele professor de música loiro, em Oakland, de quem eu o salvei. A jogada é essa. Eu podia contar a história toda, mas não seria correto. Ryfkogel é um bom sujeito e maçom como o meu velho. Deus o abençoe.

Pryot fez menção de servir mais um trago para comemorar a possível solução do seu dilema, mas Chapel cobriu o copo com a mão e sorriu.

— Não quero me apresentar no convés de cara cheia. Que tal se eu pedir o melhor jantar da casa para mostrar a minha gratidão? Mais tarde, posso até mandar o garoto do bar ir comprar charutos. Que você acha?

A *señora* Galba pegou o dinheiro de Chapel e, em troca, serviu uma variedade impressionante de comida. Os dois marinheiros se regalaram durante horas. Toda vez que ficava vazio, o prato era substituído por outro, até eles se fartarem. Depois do jantar, Chapel e Pryot foram para o pequeno terraço caiado da *señora* Galba, com vista para o mar. Daquele ponto privilegiado na montanha, podiam ver tudo que chegava e partia na confusão das docas e dos píeres lá em baixo. O balconista levou-lhes charutos e duas fumegantes canecas de café misturado com rum escuro e doce. Os dois esticaram as pernas e puseram-se a gozar o anoitecer com fofocas e lorotas que passavam por histórias verdadeiras.

No porto, a atividade continuava intensa. Enquanto alguns navios dormitavam nos ancoradouros, outros pareciam vivos de tanto movimento e trabalho. A carga e o abastecimento, a correspondência e os passageiros chegavam e saíam à luz tremulante. Seu reflexo na água dava um ar festivo à cena.

Eram quase onze e meia quando Pryot cutucou Chapel e apontou com o charuto para a entrada do porto.

— Ele está chegando. Quase não dá para ver, mas conheço suas chaminés, sua iluminação e seus cordames. É o *Los Angeles* mesmo. Dentro de uns quarenta minutos, vai estar ancorado em frente ao molhe do depósito de carvão... tempo suficiente para acabar com isto aqui e descer às docas. Vamos tomar outra caneca do delicioso café mexicano? Aposto que isso levanta até defunto.

Chapel e Pryot chegaram ao píer quando o *Los Angeles* estava prendendo as espias e os lançantes. Estendeu-se a prancha de desembarque para um punhado de passageiros exaustos e descabelados. Pouco depois, os dois subiram a bordo. Pryot mandou Chapel ficar calado, ele se encarregaria de toda a conversa. Ao chegar, solicitou ao oficial de ponte que o levasse à presença do segundo imediato, o sr. Ryfkogel. Disse que tinha negócios a tratar. O oficial lhe pediu que esperasse e mandou um marinheiro notificar sua presença a bordo. Ao aparecer no convés, o sr. Ryfkogel reconheceu-o imediatamente e lhe fez sinal para que se aproximasse. Pryot recomendou a Chapel que permanecesse onde estava e não dissesse uma palavra. Este ficou aguardando, cheio de expectativa, enquanto Ryfkogel conduzia Pryot à cabine do comissário de bordo. Tentou fingir que não estava apreensivo com a entrevista, mas não conseguiu. A fim de ocultar o nervosismo, pôs-se a caminhar de um lado para outro sob o olhar atento do oficial de ponte. Dez minutos depois, quando Pryot saiu, Chapel estava quase roendo as unhas.

O comissário se aproximou com um largo sorriso a lhe iluminar o rosto queimado de sol.

— Você está com sorte, meu filho, embora a coisa não esteja nada boa para o pobre-coitado que você vai substituir. O segundo maquinista sofreu um acidente e está com os dois tornozelos esmagados. Um escotel do convés caiu em suas pernas, e ele não teve tempo de se esquivar. O senhor Ryfkogel disse que, se o chefe das máquinas aprovar seu certificado, você pode se alistar amanhã cedo. Está com o certificado aí, não? Bom, não importa; pode mostrá-lo amanhã quando vier se apresentar a bordo. O nome do chefe é sr. Gladis. É melhor você descer antes que ele se recolha.

Chegou a vez de Pryot ficar aguardando no convés. Ele pôs-se a trocar bazófias com um funcionário subalterno da receita federal, que mascava fumo e pontuava suas fábulas com cusparadas na baía. Pryot não lhe deu muita atenção. Estava quase na hora de voltar para seu barco. Dali, podia vê-lo recebendo a carga de carvão. Terminado isso, zarparia com a maré da manhã.

O SR. GLADIS era um oficial jovial e rubicundo, com tendência a introduzir trocadilhos infames na conversa, mas mostrou-se um bom examinador. Pelo estado da casa das máquinas, Chapel percebeu que o homem fazia questão de muita ordem e limpeza. E, pensativo, ficou esperando que ele tomasse sua decisão, mas o chefe das máquinas não parecia estar com pressa.

Era meia-noite e meia quando Chapel retornou ao convés. Veio sorrindo. Pryot lhe deu um tapa nas costas, riu, e os dois desceram a prancha de braços dados. Resolveram tomar um rum quente para comemorar.

Quando estavam percorrendo as docas, Chapel começou a rir.

— Sabe de uma coisa, Baily, eu estava achando mesmo que amanhã seria um dia especial para mim.

— Por quê, camarada? Que há de especial no dia 19 de abril, a não ser que ainda estejamos em 1894?

Chapel respondeu com um pouco de timidez:

— É o meu... quer dizer, o dia 19 de abril é... o meu aniversário. Eu nunca o comemorei de verdade, pois nunca aconteceu nada que valesse a pena nesse dia. Mas graças a você, Baily, hoje tenho por que ficar contente. O rum é por minha conta. É o mínimo que posso fazer pelo homem que tirou a minha quilha do lodo.

Chapel foi sincero. Acompanhou Pryot de volta a seu navio pouco antes da hora de zarpar. Ficou acenando enquanto o *Columbia* recolhia as amarras e se fazia ao largo. Pryot também acenou, depois desceu e foi trabalhar.

Entusiasmado e sem vontade de dormir, Chapel voltou para a pensão barata a fim de pegar a bagagem e os documentos. Como a maioria dos marujos, tivera de pagar adiantado cada semana de hospedagem. Ia partir com um crédito de dois dias. Deixou um bilhete para a dona da pensão, patenteando isso, agradecendo e dizendo que estava ansioso para retornar. Naturalmente, a última coisa que queria era voltar a se hospedar em uma pensão, mas achou mais prudente deixar uma boa impressão para o caso, Deus o livrasse, de precisar novamente dos serviços da mulher. Uma vez tudo esclarecido, pôs a surrada sacola no ombro e, à luz enevoada do amanhecer, voltou para seu novo barco, seu novo lar.

Aliviado e satisfeito, foi assobiando trechos de canções. Tal como os outros grandes portos, San Pedro permanecia desperto e ativo dia e noite. Os abastecedores de navio, os donos de restaurante, os comerciantes de corda e carvão, as tabernas, os bordéis e as cadeias, todos observavam o mesmo ritmo. Chapel viu os breus e as barcaças de suprimento irem e virem entre os navios fundeados no ancoradouro.

Apresentou-se ao contramestre do *Los Angeles* assim que subiu a bordo. Mostrou-lhe os documentos de marinheiro e comunicou que já tinha sido aprovado pelo chefe das máquinas na noite anterior. O contramestre se ausentou um momento para confirmar suas declarações e retornou com o livro de registro do navio.

Chapel assinou-o, recebeu um beliche e ordens de guardar seus pertences e apresentar-se ao sr. Gladis o mais depressa possível. O navio zarparia assim que a última carga e os últimos passageiros subissem a bordo. O chefe podia precisar dele a qualquer momento.

Depois de guardar as coisas, Chapel se apresentou ao sr. Gladis e começou imediatamente a realimentar as linhas da caldeira. Também ajudou os carvoeiros a limpar os cinzeiros e alimentar o fogo. Demorou apenas quarenta e cinco minutos para que os medidores voltassem à pressão máxima para navegar. Tudo estava em ordem para zarpar assim que o telégrafo do passadiço desse o sinal.

O sr. Gladis era um oficial bastante simpático, contanto que suas ordens fossem cumpridas nos mínimos detalhes. Mas um dos carvoeiros avisou Chapel que ele costumava se enfurecer quando não o obedeciam instantaneamente. Isso não chegou a perturbá-lo. Chapel era um bom marujo, muito atento ao dever. Nunca um oficial o tinha acusado de falta de empenho, de modo que não foi surpresa para ele dar-se bem com o sr. Gladis.

O animado chefe das máquinas lhe pareceu ao mesmo tempo gregário e rude no falar, coisa que só os irlandeses conseguiam equilibrar com graça. Homem geralmente bem-humorado, mostrava-se mais do que disposto a ajudar um marujo sério a aprender coisas novas, mas somente se achasse o aprendiz digno de um mínimo de atenção.

O *Los Angeles* começou a se fazer ao largo por volta das sete e meia da manhã. Às oito horas o sinal tocou, anunciando o início do primeiro plantão. Chapel se pôs a anotar a pressão do vapor, a temperatura do condensador, as rotações do eixo etc. Ia escrevendo os números nas respectivas colunas do diário da casa das máquinas e apontando o horário de cada leitura. Normalmente isso era feito de meia em meia hora. Quando o navio estava manobrando em mares adversos, em canais restritivos ou em situação de emergência, na qual a velocidade e a direção do motor eram de importância permanente, as leituras e os horários se registravam mais amiúde. A Companhia de Vapores do Pacífico se orgulhava de cobrar diários minuciosos dos comandantes dos navios. O capitão Leland, por sua vez, exigia o mesmo dos oficiais de ponte, de engenharia e de carga.

O sr. Gladis estava explicando que os termômetros da serpentina do condensador eram pouco confiáveis e que, em certos casos, convinha deixar uma margem de dez a quinze graus. Naquele momento o sinal tocou, marcando o fim do plantão. Sem fazer menção de abandonar seu posto, Chapel continuou atento às explicações do chefe. Por mais que o sinal tocasse, não tinha intenção de sair dali enquanto ele não o dispensasse.

O sr. Gladis conhecia bem a realidade dos conveses. Todos os marinheiros, sobretudo os mercantes, precisavam constantemente de rações decentes e de sono. Dificilmente renunciavam de livre e espontânea vontade à oportunidade de adquirir uma das duas coisas, a menos que uma emergência ameaçadora os prendesse a seus postos. A relutância de Chapel em sair da casa das máquinas sem ser dispensado impressionou o sr. Gladis, que, tendo assinado o diário, mandou-o levar o relatório do consumo de combustível à cabine do imediato. Depois disso, ele estava autorizado a tirar folga para tomar o café da manhã e dormir um pouco.

O fato é que, por motivos que lhe escapavam, Chapel não estava sentindo necessidade de dormir. Embora não tivesse descansado na noite anterior, fazendo companhia a Baily Pryot, a alegria de estar no mar, em um bom navio, animava-o a ponto de torná-lo imune ao cansaço.

Na cabine do imediato, o comissário de bordo lhe disse que, no momento, o oficial que ele procurava estava no passadiço, em companhia do capitão Leland. Chapel foi até lá, onde deu com o comandante, o sr. Ryfkogel e o imediato ocupados em deliberar acerca do iminente mau tempo e da viabilidade de seu porto de escala. Discretamente, aproximou-se da mesa de cartas e aguardou que notassem sua presença. Ouvindo a conversa dos oficiais, inteirou-se de várias coisas que lhe interessavam. Tivera vontade de fazer muitas perguntas ao sr. Gladis a respeito da viagem, mas a experiência lhe dizia que a maioria dos oficiais não gostava de marujos curiosos. Achou melhor calar-se. Pouco lhe importava a destinação do barco. Era a rota que mais lhe despertava o interesse, assim como os tipos de mares que encontraria no caminho.

O comissário informou o capitão de que, na lista de passageiros, figuravam quarenta e nove em vez dos cinqüenta e um esperados. Era evidente que dois deles haviam perdido o embarque. Tratava-se de um grupo muito alegre, disse. A maioria estava a caminho da animada Feira de Inverno de San Francisco. E acrescentou que vários tinham começado a comemorar um pouco cedo. O sr. Ryfkogel achou graça e comentou que eles se arrependeriam da imprudência se o navio tivesse de enfrentar mau tempo.

O imediato apresentou as faturas de carga para que o capitão as assinasse. O *Los Angeles* estava transportando manteiga fresca, carne de vitela, queijo suíço, toranja, laranja, limão, pimenta e cromo. Devia fazer uma escala rotineira em San Simeon, onde receberia a bordo as oitenta toneladas de lã que completariam a carga destinada a San Francisco.

Calado, Chapel ficou observando o comandante assinar as faturas. O sr. Ryfkogel se voltou e notou a silenciosa presença do jovem tripulante com o diário do chefe das máquinas na mão, também aguardando a assinatura do capitão. O segundo imediato fez um sinal para que ele se aproximasse e examinou as folhas. A seguir, entregou o diário ao capitão, que o estudou, assinou-o e o devolveu a Chapel, autorizando-o a continuar cumprindo seus deveres.

Este voltou à sala das máquinas, recolocou o livro no lugar e foi para o refeitório da tripulação tomar um café quente, comer quase um quilo de bolo e um gorduroso sanduíche de ovo frito com *bacon*.

Antes de se deitar e dormir um pouco, resolveu dar uma volta junto à amurada do castelo de proa. O navio tinha se afastado rapidamente da neblina morna e oleosa de San Pedro, e o sol matinal e a veloz brisa marítima varreram o céu, emprestando-lhe um vivo lápis-lazúli. Tudo que importava na vida estava na mais perfeita ordem naquele momento. Chapel parecia ter tomado o rumo certo, sentia-se repleto de modestas garantias. Uma suave passagem pelo norte, em mar aberto, era o único remédio de que ele precisava para purgar a lembrança da recente e desesperadora temporada em terra.

Por fim, tornou a descer, encontrou seu beliche, tirou as botas e se deitou com um movimento ágil. Durante dez segundos, seus olhos acompanharam preguiçosamente a dança familiar da luz do mar refletida no teto e, então, ele mergulhou qual uma baleia nas águas profundas do sono.

Mais tarde, ao refletir sobre isso, convenceu-se de que o sonho que tivera devia haver começado no instante em que ele adormecera, sendo que não perdera a intensidade, a minúcia e a exótica lucidez até que o acordassem para o plantão vespertino. Como muita gente, Chapel já tinha sonhado que estava voando. Não com muita freqüência, três ou quatro vezes na vida, mas gostara de cada fração desses sonhos e, lembrando-se deles, consolava-se em qualquer ocasião infeliz. Também tivera muitos sonhos em que se achava imerso na água sem necessidade de respirar, a sensação de atravessar lentamente os raios de luz esmeralda que chegavam até o fundo do mar. Gostava deles e esperava que se repetissem. Mas esse sonho particular, embora fosse uma aparente combinação dos dois elementos originais, foi completamente diferente em sua expressão.

Nele, Chapel estava na beira de um píer novo em folha. Até sentia o cheiro da madeira recém-serrada. O píer não apresentava o menor vestígio de sujeira que indicasse que um navio ou uma gaivota o tivesse visitado. A construção se projetava em uma baía deserta e tranqüila. Ao olhar pela borda para a profundeza do mar, ele podia a ver a areia do fundo. Os peixes nadavam nas águas límpidas como pássaros a voar. De repente, Chapel sentiu uma pressão irresistivelmente forte que o empurrou para a frente. Não lhe restou senão deixar-se impelir até a extremidade do píer e mergulhar na baía. Lá flutuou durante algum tempo feito uma bóia, sem afundar mais do que até a cintura e sem tocar o fundo.

Então, a invisível fonte da pressão tornou a empurrá-lo, fazendo-o avançar, primeiro vagarosamente, depois com mais velocidade. Com a metade inferior do corpo submersa e a superior cortando as ondas, Chapel foi se adiantando rumo ao vasto e verde mar alto.

Atravessava os vagalhões sem o menor esforço. Ora estava no nível das ondas, ora subia tanto que, ao olhar para baixo, via os golfinhos saltitando na esteira que seu corpo ia deixando. No entanto, por mais que se esforçasse para ver o que impulsionava aquele movimento, seu campo visual limitava-se ao que estava à frente ou dos lados. Podia bem ser a enorme cabeça de um cachalote. Isto não significava que ele não estivesse achando aquela sensação deliciosa, pois estava. Aliás, não se lembrava de ter experimentado coisa melhor em toda a vida.

Depois de algum tempo, entregou-se inteiramente à exótica sensação. Sentia-se como a estátua alada que vira em um parque certa vez, os braços estendidos para trás, a espuma que coroava as ondas desfazendo-se em seu corpo à medida que ele as rompia.

Desse modo, o sonho o transportou a muitos oceanos e portos estrangeiros. Todavia, por mais fascinantes e maravilhosos que fossem os populosos portos, Chapel fugia de todos eles para a segurança do alto-mar. Lá se sentia parente das grandes forças naturais como as ondas, as correntes e os vastíssimos cardumes de vida oceânica que se movimentavam no fundo. Só quando estava livre dos grilhões da praia é que os peixes-voadores e os golfinhos buscavam sua companhia.

E, assim, seguiu navegando até se dar conta de que estava vendo o mundo pela perspectiva de uma figura de proa. Aliás, sentiu que ele próprio se havia transformado em um navio e, com essa descoberta maravilhosa, foi tomado de um incomensurável prazer.

Tudo tinha sentido em seu sonho, e Chapel se deliciou com a magia simples da resposta. Compreendeu que certos homens nasciam para o arado ou a bigorna, assim como outros para o tear, mas o destino decidira que sua missão era a de uma grande embarcação. Nada podia ser mais lógico e plausível em seu modo de pensar.

O sonho terminou bruscamente quando um carvoeiro todo coberto de fuligem, a quem chamavam de Grilo, sacudiu-lhe delicadamente o braço, avisando que estava na hora da troca de plantão.

Chapel calçou as botas e, a caminho da sala das máquinas, pegou uma caneca de café bem forte na cozinha. O sr. Page, o segundo oficial de engenharia, ainda estava em seu posto, esperando que o sr. Gladis viesse rendê-lo. Com a autorização do sr. Page, Chapel substituiu um colega e se pôs a examinar as anotações do último plantão no diário da sala das máquinas.

Entregou-se com diligência à rotina normal, e por certo ninguém no plantão desconfiou de que estivesse totalmente absorto em um sonho. Mas temia deixar escapar os detalhes, temia que o sonho desaparecesse, tal como costuma acontecer com as mais importantes revelações. Raramente compartilhados ou levados em consideração, os sonhos de importantes conseqüências pessoais não ultrapassavam a existência do sonhador. Chapel sabia, instintivamente, que a chave da sua natureza estava nas dobras daquele sonho e tinha certeza de que precisava memorizar todos os pormenores antes que se esvaecessem na penumbra.

O sr. Gladis finalmente chegou. Alegre e animado como de costume, pôs-se a falar em meio ao barulho dos motores. Quase aos gritos, explicou que tinha sido o segundo maquinista a bordo do *Wyanda*. Só depois de algum tempo foi que Chapel compreendeu que o *Los Angeles*, originalmente, fora batizado com esse nome, *Wyanda*. Achou difícil acompanhar a narração do chefe das máquinas e, embora fosse capaz de apostar que ainda voltaria a ouvir aquela história, fez o possível para prestar atenção, ainda que só para manter a relação amigável com o sr. Gladis.

Esforçou-se para fixar os aspectos principais do relato, mas a lembrança do sonho voltou a florescer, distraindo-o do interessante caso que o chefe estava tentando contar. Como seu trabalho não causasse preocupação, Chapel passou o resto do dia às voltas com a gostosa recordação do sonho que tivera.

Sendo finalmente substituído no fim do plantão, foi para o refeitório. O sonho lhe abrira o apetite novamente, dando-lhe coragem de enfrentar qualquer prato com que o cozinheiro chinês o ameaçasse. Ficou agradavelmente surpreso quando lhe serviram uma boa travessa de guisado de cordeiro com muito nabo, cebola, cenoura e batata.

O ajudante de cozinha lhe deu fatias de pão quente e copinhos de papel cheios de manteiga. Chapel mastigou, sorriu e pensou que a estrela da fortuna talvez estivesse começando a brilhar em seu modesto cantinho de céu. O jantar estava melhor do que se podia esperar. Os colegas à mesa pareciam decentes, discretos, simpáticos e nada fizeram para lhe perturbar as cavilações. Por essa e por outras bênçãos, ele ficou sinceramente agradecido.

Seu sonho reapareceu em meio à fumaça do cachimbo da tarde, enquanto ele via o litoral de San Simeon se aproximar cada vez mais. Olhou para o passadiço e avistou o capitão Leland na ala de bombordo, o binóculo diante dos olhos. Dava a impressão de nunca abandonar seu posto. Toda vez que Chapel desviava o olhar do castelo de proa, sempre que o sr. Gladis o dispensava do serviço na sala das máquinas, ele dava com o capitão Leland lá no alto, tudo dominando, exceto a Providência.

Chapel voltou a se concentrar no cachimbo e nos devaneios. Instantes depois, teve um sobressalto quando o chefe das máquinas bateu em seu ombro e, abrindo um largo sorriso, disse:

— Onde você anda com a cabeça, rapaz? Eu o chamei três vezes lá da escada de escotilha, mas você nem me ouviu. Será que as palavras de despedida de algum rabo-de-saia lhe taparam os ouvidos? Bom, não se preocupe com isso. Na minha opinião, não demora muito para que as pequenas tenham oportunidade de fisgá-lo. Afinal, nós não estamos a caminho da Índia, não é mesmo? Aliás, preciso de um favor seu quando atracarmos. Vamos receber oitenta e tantas toneladas de lã, de modo que, em mais ou menos duas horas e meia, estaremos carregados e prontos para partir.

Fez uma pausa para acender o cachimbo, apontou para a pequena baía e prosseguiu:

— No alto daquele morro à esquerda, fica o Empório de Chew, bem ao lado do Café de Billy Doonen. — Colocou algum dinheiro na mão de Chapel e piscou para ele. — Diga ao velho Chew que o sr. Gladis está precisando de 250 gramas do melhor fumo turco picado e de duas garrafas do meu remédio chinês especial. Ele sabe qual é. Também quero que você lhe peça para pôr esta carta no correio. O dinheiro está incluído aí.

Entregou um envelope comprido de papel manilha e, depois de pensar um pouco, deu-lhe mais algumas moedas.

— Tome um trago no Billy Doonen, meu filho. Juro que ele tem a melhor cerveja alemã das redondezas. É bom trazer alguma coisa para a turma dos "pretos", entende? — E, com uma piscadela, fez aparecer um reluzente balde galvanizado de cerveja: um verdadeiro mágico tirando um coelho da cartola.

Chapel o fitou, deu um sorriso e então voltou o olhar para o comandante no passadiço. O sr. Gladis adivinhou-lhe o pensamento:

— Pode ficar sossegado, sr. Lodge. Metade do fumo turco é para o capitão Leland, e a cerveja é um presente para os filipinos. Ele se gaba de ter a melhor turma de "pretos" da frota da companhia. Gosta de surpreendê-los com um presentinho de vez em quando. E, entre esses rapazes, não há um que não esteja disposto a dar a vida pelo *señor capitano*. Mas trate de voltar a tempo. Você vai ouvir o apito meia hora e quinze minutos antes de zarpar e, acredite, meu filho, o capitão Leland não espera ninguém. Portanto, seja esperto e não perca tempo, poupe-nos do mau humor dele.

Chapel teve uma estranha sensação ao descer a rampa até o longo cais de San Simeon, uma espécie de mau presságio por estar saindo do navio. Olhou várias vezes para trás enquanto se dirigia à estrada. Era como se estivesse esperando que a embarcação desaparecesse a qualquer momento, abandonando-o na praia, uma vez mais sem teto.

O velho sr. Que Chew curvou-se com reverência ao ouvir o nome do sr. Gladis. Mostrando muita satisfação por atender o pedido de Chapel, mandou mil recomendações especiais ao chefe das máquinas. Tinha visto o *Los Angeles* entrar na barra e estava aguardando a chegada do velho amigo. Lamentou não ter a honra de atendê-lo pessoalmente, mas disse compreender as imposições do dever. Curvando-se novamente, mandou-lhe muitas lembranças.

Antes de se despedir do chinês, Chapel comprou com seu próprio dinheiro um saco de um quilo e meio de pirulitos de hortelã e a mesma quantidade de balas de alcaçuz. Sabia que os foguistas filipinos gostavam das duas coisas. De acordo com a mitologia dos "pretos", a hortelã os ajudava a suportar o calor incessante das fornalhas e das caldeiras. O alcaçuz servia para aliviar o efeito do pó de carvão nos pulmões.

Acatando a sugestão do chefe, foi ao Café de Doonen tomar uma cerveja e encher o balde, mas preferiu ficar andando de um lado para outro, em frente ao estabelecimento, para ter certeza de que o *Los Angeles* não ia zarpar furtivamente, abandonando-o. Sabia que esse temor era absurdo, mas não conseguia se livrar da apreensão e da ansiedade que lhe causava a idéia de acabar ficando sozinho em terra.

Voltou a descer a estrada rumo às docas muito antes do esperado. Numerosas carroças haviam deixado sua carga de lã antes de tornar a subir a ladeira. Colocando-se ao lado de um marinheiro velho e aleijado, ficou observando os guindastes içarem os volumosos fardos a bordo. O marujo veterano tinha perdido uma perna e se apoiava em uma muleta feita com um leme velho. Encostado na pilha, não conseguia impedir que a saudade e a tristeza se estampassem em seu olhar.

Chapel compreendeu instantaneamente a dor específica que maltratava o coração do homem. Estaria com a mesmíssima expressão se seu secreto temor se tivesse realizado. Ficar em terra, enquanto a vida e o lar partiam sem o menor remorso com a maré da tarde era a pior coisa que lhe podia acontecer. Todos sabiam que aquilo era a morte para um pobre marinheiro.

Os dois ficaram vendo em silêncio o carregamento do navio. O vínculo entre eles era ao mesmo tempo tácito e óbvio. Sem tirar os olhos do balé aéreo dos fardos de lã, Chapel ofereceu o saco de pirulitos de hortelã. O desânimo do velho se transformou em um sorriso luminoso quando ele se serviu de um bastão de listras vermelhas e brancas com a reverência de quem estivesse recebendo nada menos que um bom havana de dois dólares. Agradeceu, mas o barulho dos guindastes a vapor e as ordens dadas aos berros lhe encobriram a voz. Chapel não reparou. Só tinha olhos para o navio. O compartimento de carga engolia sem pausa os fardos de lã. Sempre no controle do passadiço, o capitão Leland supervisionava o carregamento por intermédio dos oficiais de carga e de convés.

Notando a preocupação do jovem marinheiro, o velho repetiu:

— Obrigado. Mesmo em um dia como este, a hortelã faz bem, serve para tudo, dizem. — Passou algum tempo ocupado com o pirulito, depois mediu Chapel dos pés à cabeça, avaliando-o. — Você é foguista, camarada? Os foguistas adoram a hortelã. É por causa do ar lá embaixo, no ventre da fera, você sabe. O fedor e o calor são piores do que o inferno.

Tirou o doce da boca e, estendendo o braço, admirou o desenho espiralado.

— Antigamente eu era capitão de gávea. Ainda tenho saudade do ar doce lá no alto. Nos dias bons, dava para enxergar o caminho todo até Java. Era o que a gente costumava dizer quando os grumetes ficavam com medo de subir. Hoje em dia, a maioria dos marinheiros prefere cortar a própria garganta a trabalhar no lais. A culpa não é deles, não é bom julgar ninguém. Só louco faz uma coisa dessas. Você é louco, camarada? Tomara que sim. Ser louco é a única maneira de viver e a única maneira de morrer com dignidade.

O sr. Gladis estava conversando com o sr. Ryfkogel, no convés, quando Chapel tornou a subir a bordo. Reparou que seu auxiliar estava parecendo um pobre vira-lata encontrado pela tripulação. Tremia feito um cachorrinho: de alegria de estar novamente no barco, entre amigos. Entregou ao chefe das máquinas o balde de cerveja, o fumo turco, o remédio e, depois de certa hesitação, tirou dos bolsos do casaco os sacos de hortelã e alcaçuz.

O sr. Gladis cheirou os embrulhos e sorriu.

— De agora em diante, os "pretos" vão gostar de você como de um irmão, sr. Lodge. O pessoal lá embaixo, adora essas coisas. Só espero que o senhor não esteja fazendo isso com a intenção de tomar meu lugar. Tenho quatro filhas para sustentar e, se eu não estiver no mar, não só não lhes posso dar de comer como sou capaz de enlouquecer.

Essa observação divertiu e distraiu os dois oficiais o tempo suficiente para que Chapel se recolhesse ao refeitório sem que ninguém reparasse.

Depois de uma gordurosa refeição de bolacha, pernil e caldo, foi descansar na cabine antes de assumir o plantão das seis com o sr. Page. Fechou os olhos com a sincera esperança de que uma parte do sonho anterior voltasse a lhe embalar o sono. Embora as imagens fossem esquivas, ele chegou a vislumbrar fugazmente algo familiar, mas não o que mais o agradava. Sonhou que estava suavemente ancorado em uma ampla baía cercada de montanhas sombrias. Então, sem as indicações que usualmente marcavam tais fatos, o tempo mudou abruptamente, para pior. Com os ventos e as ondas a operarem em oposição frontal, ele começou a oscilar e a adernar erraticamente nas tensas amarras, a proa a se erguer e a tombar como a cabeça de um garanhão em luta contra o freio.

Chapel despertou um tanto confuso. Sabia onde estava, mas a sensação residual dos mares clivados, das vagas profundas e do furor dos ventos permaneceu com ele. Mesmo acordado no beliche, continuou sentindo a luta feroz dos elementos. Então lhe ocorreu que não se tratava de um sonho persistente, e sim da situação real do oceano, tal como se apresentava no presente.

Calçando rapidamente as botas, pegou o impermeável e subiu ao convés superior, mas isso não lhe serviu senão para ficar sabendo que o tempo estava péssimo, com um vendaval terrestre nas asas. A escuridão o impedia de enxergar mais do que as conhecidas luzes do navio. Forçando a vista castigada pela chuva, Chapel notou que o capitão Leland deixara seu posto. Era o segundo imediato, Ryfkogel, que estava no plantão do passadiço. Suas feições sombrias e angulosas eram inconfundíveis mesmo à luz baça oferecida pela bitácula. Distinguia-se o piloto manejando o timão com um vigor fora do normal.

Às vezes a embarcação parecia singrar aquelas águas com firmeza, mas, na realidade, os ventos e as ondas se encarregavam de impedi-la de avançar. Se os motores vacilassem em um momento desses, com a maré subindo rapidamente, por certo seria uma catástrofe. O pesadelo de todo capitão de navegação costeira era ficar ao mesmo tempo sem energia, sem idéias e à deriva.

Cansando-se do desconforto do convés, Chapel foi para o refeitório em busca de uma caneca de "coragem" e de um pouco do pão-de-minuto do cozinheiro. Assim que ele tomou o primeiro gole do café forte e muito doce, o sr. Gladis chegou pela escada de escotilha, bracejando contra os bruscos movimentos do navio. A situação havia piorado sensivelmente nos últimos minutos, mas ele, reagindo com indiferença, pegou uma caneca de café das mãos do ajudante de cozinha e foi se sentar em frente a Chapel.

Embora com ar fatigado e ensimesmado, sacudiu as preocupações e sorriu.

— Que bom que o encontrei, sr. Lodge. Tenho de lhe fazer um pedido, mas prefiro não ter de transformá-lo em uma ordem, se é que o senhor me entende. O coitado do Samoza levou um tombo e quebrou não sei quantas costelas. Eu tive de mandar Peter cobrir Paul a noite inteira na lista de plantão. Preciso que você passe a metade do seu turno reforçando os "pretos" para que eu possa tomar pé na situação. É urgente equilibrar os depósitos de carvão. Estamos queimando cinqüenta e cinco baldes por hora, mas trocaram as plantas dos depósitos de lugar, e eu desconfio de que já tiramos muito carvão do número dois de estibordo. Às nove e meia, mando alguém substituí-lo. Então o senhor terá tempo de sobra para me ajudar a substituir o anel da torneira de lubrificação do cilindro número três.

Chapel fez que sim, tomou o café e consultou o relógio do refeitório. Tinha oito minutos para comer e mergulhar na nuvem de pó de carvão. Sabia que não adiantava discutir o indiscutível, já que era de comida que precisava para alimentar o fogo das caldeiras. Mesmo porque o sr. Gladis não esperou resposta, tomou o café quente de um trago e foi trabalhar.

Pensando na sujeira dos depósitos de carvão, Chapel tratou de vestir o mais depressa possível o macacão de porão e foi se apresentar na sala das máquinas. Os rapazes da turma dos "pretos" se alegraram ao vê-lo e lhe deram muitos tapas no ombro para agradecer o presente.

Chapel sabia por experiência própria que aquele trabalho exigia muita resistência e muita força. A segurança e a velocidade do navio exigiam uma carga de trabalho predeterminada e adequada, vinte e quatro horas por dia, independentemente das circunstâncias adversas ou da falta de pessoal. Ele apreciava o alegre senso de cooperação e o bom humor dos foguistas em face de dificuldades que nenhum oficial de quarto era capaz de imaginar. Os obstinados filipinos trabalhavam com as enormes pás, indo do depósito para a tubulação do carvão e para a fornalha, em uma espécie de balé harmônico que exigia uma meticulosa sincronização e muito equilíbrio. E passavam o tempo todo conversando feito pássaros silvestres. Falassem espanhol, inglês ou um de seus dialetos, comentavam qualquer tema que os agradasse no momento. O assunto era irrelevante contanto que mantivesse à tona um bate-papo agradável, salpicado de interjeições espirituosas e risonhas. Os vínculos culturais e o apoio familiar da turma dos "pretos" pareciam produzir um anestésico que mitigava a dor e o estresse crônicos de sua imunda e perigosa rotina. Fosse qual fosse a proveniência de sua coragem e disposição jovial, elas tornavam suportáveis, inclusive para Chapel, as tarefas mais arriscadas e desagradáveis.

O trabalho mais duro e perigoso da turma dos "pretos" se realizava nas profundezas dos depósitos de carvão, em ambos os lados do navio. Era pouquíssima a luz que penetrava aqueles cubículos exíguos, pois uma chama ou faísca elétrica podia inflamar o pó de carvão e fazer com que o navio literalmente explodisse no ar. Era necessário usar com muita parcimônia o combustível dos seis depósitos para que o barco não perdesse o equilíbrio.

Dependendo da localização e da estabilidade da pesada carga, podia-se transladar o carvão de um depósito a outro a fim de equilibrar a embarcação pela proa ou pela popa, conforme necessário. Isso custava um trabalho árduo, pazada após pazada, hora após hora, dia após dia e noite após noite. Chapel considerava os conveses das fornalhas e os depósitos de carvão do navio a própria visão cristã do inferno. Por isso, ficava fascinado com a facilidade com que os carvoeiros e foguistas filipinos, um clã muito ortodoxo, conseguiam ficar alegremente indiferentes ao ambiente que os cercava. Limitavam-se a se entregar a reforçadas lembranças da pátria e da família. O significado do sacrifício que faziam conservava entre eles um vínculo comum de apoio mútuo. Os filhos de cada um haveriam de ter uma vida melhor que a dos pais, mesmo que, para tanto, estes fossem obrigados a passar anos e anos morrendo lentamente nas nauseabundas e escuras entranhas de um fétido cargueiro ianque.

Chapel achava interessante o fato de a maioria das turmas de "pretos" que ele conhecia ser da mesma nacionalidade. Naturalmente havia exceções que confirmavam a regra, mas era de se notar que, geralmente, os foguistas de um determinado navio eram todos portugueses ou cubanos, irlandeses ou chineses e, no caso do *Los Angeles*, filipinos. Ele conjeturava que, diante de um trabalho tão duro e exaustivo, os foguistas e carvoeiros encontravam mais segurança e solidariedade quando eram da mesma tribo. Tinha conhecido navios cujos proprietários recrutavam as tripulações mais curiosamente heterogêneas. Por exemplo, o *Prince William*, de Sydnei. Embora registrado em nome de um proprietário peruano, seu capitão era holandês-sul-africano; os oficiais de convés, italianos; o chefe das máquinas e o segundo maquinista, alemães; e a turma dos "pretos", muito apropriadamente, mineiros galeses. Chapel tentava calcular por quantas traduções uma ordem tinha de passar para chegar do passadiço aos depósitos de carvão do velho *Prince Willy*.

Quando ele e os rapazes da turma dos "pretos" estavam alimentando as fornalhas com pazadas e pazadas de carvão, o *Los Angeles* começou a enfrentar um péssimo momento. O vento, a maré e as ondas fizeram-no jogar e tremer com uma ferocidade cada vez maior. O que tornou o trabalho nos escuros depósitos, no mínimo, arriscadíssimo.

Tino Bracas e Chapel estavam levando o carvão para a tubulação que alimentava as caixas abertas de uma caldeira, mas o balanço violento da embarcação obrigava-os a interromper o trabalho e equilibrar-se nas pás a cada mergulho da proa.

Chapel ouviu o retinir distante do telégrafo da sala das máquinas, abafado pelas pancadas dos grandes êmbolos a vapor. Era óbvio, pela repetição do código, que o barco estava mudando de rota e de velocidade, possivelmente para desviar mais uma quarta no mar agitado. Era curioso que se pudesse saber tudo sobre os movimentos do navio nas escuras profundezas do depósito de carvão ou da sala das máquinas. Ele estava refletindo sobre isso quando, de súbito, o barco inteiro estremeceu e se sacudiu com tal violência que os dois marujos foram jogados no chão.

No mesmo instante, uma enorme garra de granito veio cortando a espinha dorsal do casco, rasgando as placas de ferro como se fossem de papel à medida que avançava de proa a popa. O mar entrou imediatamente atrás daquela garra em movimento, e, em questão de segundos, Chapel e Tino se viram mergulhados até a cintura na água negra e gelada. Os dois conseguiram subir e sair do depósito a tempo de alertar o resto da turma dos "pretos" para que fechassem as portas da fornalha e tratassem de dar o fora. Berrando como um *terrier* enfurecido, Chapel tirou seus subordinados da sala da caldeira e, ao ver sair o último homem, fechou e travou a escotilha. Naquele momento, viu os abundantes canais de água escura cascateando no depósito que acabavam de abandonar.

Tratou imediatamente de procurar o sr. Gladis, mas não conseguiu encontrá-lo em meio ao corre-corre dos assustados marujos que subiam desesperadamente em busca da relativa segurança dos conveses superiores. Então divisou o vulto abatido do chefe das máquinas arrastando-se vagarosamente entre os blocos giratórios, onde o impacto do navio o arremessara. Apressou-se a ajudá-lo a se levantar. O sr. Gladis não parecia muito ferido, conquanto se mostrasse um pouco atordoado com a forte pancada na cabeça.

Estava confirmando um sinal vindo do passadiço no momento em que o barco sacudiu e ainda estava agarrado ao aparelho telegráfico, que lhe escapou da mão forte quando ele foi jogado para cima.

Ao segurar o chefe pelo peito, Chapel se surpreendeu com o seu grito de dor. Compreendeu de pronto que ele devia estar com várias costelas fraturadas ou coisa pior.

Uma vez instalado em um lugar relativamente seguro, o sr. Gladis balbuciou instruções para que ele subisse imediatamente ao convés e recebesse as ordens do imediato ou "de qualquer um que pareça saber o que está fazendo". Vacilando, Chapel tentou explicar que aquela era a melhor ocasião para que os dois tratassem de subir, mas o chefe das máquinas explicou que os ferimentos o impediriam de voltar a seu posto a tempo de cumprir as ordens. Tentou empurrá-lo até a escada, mas a dor lhe tolheu o gesto, de modo que se limitou a apontar com o dedo e ordenar-lhe que fosse de uma vez.

Ninguém estava preparado para a cena que se armara no convés. As ondas impelidas pela tormenta e os ventos uivantes, combinados com a inclinação cada vez mais acentuada do combalido navio, tinham causado confusão e pânico, mas Chapel ficou verdadeiramente aflito ao ver que a tripulação não se achava menos entregue ao desespero do que os aterrorizados passageiros.

Na ala de estibordo do passadiço, o sr. Ryfkogel estava gritando pelo megafone as piores obscenidades para um bote salva-vidas que acabava de abandonar o navio sem autorização. O capitão Leland saiu repentinamente da ponte de comando e tomou o megafone do enfurecido segundo imediato.

Enquanto se esforçava para subir ao passadiço, Chapel tentou escutar o que o comandante estava gritando para o sr. Ryfkogel, mas os uivos de morte dos apitos de emergência e o desesperado repicar dos sinos dominaram a noite. Ele se virou para o lado, na direção do objeto da denúncia trovejante do sr. Ryfkogel e teve tempo de ver a elogiadíssima turma dos "pretos" do capitão Leland desaparecer lentamente, em um bote semilotado, rumo à grande luz giratória do Farol de Point Sur. Viu os colegas se afastarem, remando como que "perseguidos pelo próprio diabo". E também praguejando, continuou a subida.

O capitão Leland foi enfático e brusco. A sala das máquinas tinha de ser evacuada imediatamente. O mar afastaria todo perigo de incêndio, posto que fosse bem possível a ocorrência de explosões. Disse que não lhes restava senão tentar salvar o máximo de vidas que a Providência permitisse. E, com isso, levou o megafone à boca e se pôs a organizar os espavoridos passageiros e tripulantes que ainda se encontravam no convés. Em poucos instantes, sua voz estrondosa e sua força de vontade restauraram certo grau de autocontrole e ordem entre aquela gente apavorada.

Chapel tratou de descer rapidamente à sala das máquinas e transmitir a ordem ao sr. Gladis. Forçou fisicamente o magro e assustado ajudante de contramestre, o sr. Roody, a acompanhá-lo e dar-lhe uma mão para levar o chefe das máquinas ferido ao convés. As ordens expressas do comandante e o punho cerrado de Chapel foram suficientemente persuasivos para o medroso sr. Roody.

O sr. Page, que acabava de sair do paiol de amarra com um rolo de corda grossa, ofereceu-se para tornar a descer e ajudá-los. Avisou que o casco da embarcação tinha se rompido de proa a popa. Havia 2,5 metros de água nos porões e nenhuma das bombas estava funcionando. Eles tinham de se apressar se quisessem voltar vivos ao convés.

Chapel desceu a escada de tombadilho à frente dos demais e deu com o sr. Gladis desconfortavelmente estendido no lugar onde ele o havia deixado. Embora continuasse consciente, estava sofrendo os piores espasmos de uma dor insuportável. A intensidade do sofrimento se estampava na palidez e nas contorções de seu rosto quando o submetiam ao menor movimento.

    Enquanto o sr. Page improvisava uma rede, Chapel e o sr. Roody passaram o guindaste com corrente e bloco de contrapeso por cima de uma trave alta. Era assim que esperavam içar o sr. Gladis até a plataforma superior e então levá-lo ao convés. Ficaram de tal modo concentrados nesse esforço que nenhum dos dois se deu conta de que a água gelada do mar subira velozmente à altura de seus quadris. A fétida sujeira e os detritos havia anos depositados na ferrugem do fundo do navio começaram a flutuar na água montante, feito um óleo cru grumoso.

    Bem quando o sr. Roody ia firmar o guindaste, o navio, ainda empalado na garra de granito, sacudiu violentamente e adernou dez graus a estibordo. A corrente, que ainda não estava bem presa, escorregou e escapou da trave antes que o sr. Roody pudesse agarrá-la. O bloco de dez quilos precipitou-se verticalmente, em um terrível emaranhamento da corrente, que oscilou justo na direção da cabeça de Chapel. O ajudante de contramestre gritou para alertá-lo, mas Chapel ainda estava tentando recuperar o equilíbrio perdido com o brusco solavanco da embarcação. No entanto, graças ao aviso oportuno, conseguiu esquivar-se de um impacto direto quando a massa metálica se chocou com a válvula de retorno do vapor. Esta se partiu com o golpe, liberando um bafo de vapor quentíssimo que o atingiu diretamente na face, a dois metros de distância. Posteriormente, Ke Hop, o segundo cozinheiro do navio, contou que ouviu o grito de Chapel lá do convés da cozinha. Disse que sentiu o sangue gelar, pois o berro lembrava muito o apito de morte do barco.

Chapel ficou cego e sentiu uma dor lancinante. Fugir da sala das máquinas inundada passou a ser mais uma questão de pura tortura que de salvação. Cada movimento provocava gemidos de um sofrimento insuportável no sr. Gladis, ao passo que o suplício de Chapel piorava a cada instante. Seu único lenitivo era a água malcheirosa e gelada a redemoinhar junto a sua barriga. Ele passou a banhar o rosto escaldado sempre que a dor aumentava. O sr. Page e o ajudante de contramestre depositaram sua carga perto do passadiço, onde poderiam ser vistos pelos outros e, se a sorte ajudasse, finalmente seriam levados para os botes. Mas a sorte, por definição, costuma ser escassíssima no instável convés de um navio em rápido naufrágio.

O pavor de Chapel diminuiu quando ele entendeu que, pelo menos, não estaria preso nos porões quando o *Los Angeles* chegasse ao fundo do mar. Agora, tendo perdido a visão, começou a se inteirar da atividade frenética no convés unicamente pelo que lhe revelavam os sons. Ouviu as ordens furiosas do capitão Leland para as tripulações dos botes salva-vidas.

Ao se escafeder com o primeiro deles, a turma dos "pretos" deixou o navio apenas com os dois restantes e a lancha motorizada. O comandante ordenou que esta rebocasse os botes até o litoral e retornasse até que a maior parte de seus oitenta e cinco subordinados se achasse em segurança na praia abaixo de Point Sur. Chapel, o sr. Gladis, o sr. Page, o capitão Leland e três passageiros com ferimentos leves ficaram aguardando que a lancha motorizada os levasse. Seriam os últimos sobreviventes a voltar à costa.

O vento noturno se intensificou, e o mar se converteu em uma série infindável de rebentações que martelavam o vau de bombordo com uma regularidade ensurdecedora. A estibordo, as vagas golpeavam ameaçadoramente. Era possível ouvir, mas não ver, a arrebentação na praia. Eles ficaram esperando, mas a lancha não voltou. O sr. Page se aproximou de Chapel e lhe entregou um colete salva-vidas, recomendando que o vestisse imediatamente. Era uma peça incômoda, com grandes blocos de cortiça na frente e atrás.

Não foi nada fácil colocar aquela coisa em um cego, mas o pobre sr. Gladis era outro desafio, por certo bem mais doloroso.

Chapel fez o possível para ajudar, porém, sem enxergar, seu esforço revelou-se inútil. Desanimado, foi obrigado a sentar-se e proferir palavras vãs de esperança enquanto o chefe das máquinas gemia de dor. Por fim, os dois homens ficaram equipados, e, para aumentar a segurança, o sr. Page os amarrou, um ao outro, com uma corda comprida. Pediu desculpas pelo arranjo à base "do aleijado ajudando o cego", mas achava mais seguro cuidar de uma só corda no escuro, não de duas.

O sr. Gladis balbuciou que o duro colete salva-vidas, que lhe cingia firmemente o tronco, oferecia um alívio considerável a suas atormentadas costelas. Sentindo-se mais confiante naquela situação, chegou a dizer ao capitão Leland que cuidaria do sr. Chapel se houvesse necessidade.

Essa necessidade surgiu trinta segundos depois, quando o *Los Angeles* começou a descer ao fundo do oceano, a setecentos metros da praia mais próxima do Point Sur.

Em poucos instantes, o mar se apossou dos conveses, e o capitão Leland foi obrigado a levar os subordinados para as cordas da mastreação vestigial do navio. Quando a embarcação semidestruída foi tragada pelas águas, os desafortunados sobreviventes treparam e se agarraram aos estais e guardins. O comandante gritou que o litoral de Point Sur era relativamente raso, fato que se confirmou imediatamente quando o mastro cessou de afundar, oferecendo um refúgio temporário pouco abaixo da verga. O pavilhão da empresa continuou tremulando no alto do mastro.

Não foi precisamente um consolo ante a perspectiva de morte imediata, mas o sr. Gladis observou que mais valia ver aquilo do que nada. De fato, estava se sentindo bem melhor. Como flutuar, mesmo nas ondas agitadas, diminuía a pressão da gravidade em suas costelas machucadas, ele tinha o privilégio de respirar sem a dor incessante.

Chapel, por sua vez, pouco podia fazer para influenciar o destino, a não ser agarrar-se com firmeza e fazer o possível para não se afogar. A principal preocupação de todos, à parte a ausência evidente de botes que os levassem a terra, era a temperatura glacial da água. Temendo que as mãos congeladas já não conseguissem segurar-se, o capitão Leland exortou a todos para que se agarrassem entre si, assim como ao cordame.

Em todo caso, tanto quanto o sr. Gladis, Chapel estava sentindo menos a dor do ferimento. Com a fria água salgada a lhe banhar o rosto queimado, a dor se tornou suportável, e, mesmo estando profundamente preocupado com a vista, ele sentiu que tinha pelo menos uma chance de lutar pela sobrevivência. Agora que estava envolto nos braços do mar, sentia-se a salvo. Cego ou não, era capaz de nadar, e isso era bem mais do que podia o pobre *Los Angeles*, agora apoiado nas rochas do fundo.

Se tudo o mais desse errado, Chapel sentia que podia nadar, orientando-se pelo barulho da rebentação, na esperança de que Deus amasse os loucos o bastante para conduzi-los sãos e salvos a terra.

Em meio à tempestade, um enorme vagalhão se transformou em uma onda feroz que se abateu sobre o mastro do navio, engolfando os sobreviventes desesperadamente agarrados ao cordame. Quando a onda passou, o capitão

Leland constatou que seus piores temores se haviam realizado. Os três passageiros feridos, que se haviam mantido timidamente com os outros quando o barco afundou, tinham desaparecido.

Por certo, os coletes de cortiça os haviam trazido de volta à superfície, mas a noite sem estrelas escondia tudo atrás de cada onda, de modo que procurá-los seria uma aventura inútil sem um bote. Sendo muito católico, o capitão Leland se benzeu com pragmática reverência.

Tratou de manter bem perto de si os poucos homens que lhe restavam, receando perder mais uma alma para as vagas. Embora suas próprias forças estivessem se esvaindo lentamente na gélida água, ele se pôs a açular e instigar a tripulação semi-afogada a lutar pela vida. De onde tirava coragem para ser otimista quanto ao futuro era um mistério para todos, mas sua força de caráter se impunha. Pelos cálculos do sr. Page, fazia quase uma hora que estavam agarrados ao cordame roto, e não tinha aparecido nem sombra de um possível resgate. Onde estavam os malditos botes? Por que a lancha a motor não cumprira a ordem de voltar?

Isolado na cegueira, Chapel era forçado a tudo interpretar de dentro para fora, e foi um desses temas intuitivos que lhe indicou serenamente que o sofrimento não tardaria a chegar ao fim.

Seus membros já não se deixavam dominar pelo rígido frio. Pelo contrário, ele sentia um novo calor subir dentro de seus ossos. Um calor que o convidava a esquecer o medo e dormir tranqüilamente na espumosa crista das ondas. Dormir era entregar-se às mãos da criação. Bastava-lhe soltar-se e derivar nas vagas. Por sorte, ainda estava atado ao sr. Gladis que, por sua vez, continuava preso ao sr. Page por uma grossa corda. Bruscamente, no árido vazio além de seus derradeiros sonhos, eis que explodiu uma bolha invasiva de gritos e pancadas. Inesperada e lentamente, Chapel sentiu-se içado com brutalidade no ar, qual um atum exausto, e percebeu que estava passando por cima da amurada de um bote. Em sua confusão, acreditou ouvir as vozes sérias e estridentes da turma dos "pretos" e gritou o nome de Tino. Em resposta, ouviu este lhe dizer que estava tudo bem. Então mergulhou no calmo sonho da própria morte. Pensou no que sua mãe diria e riu.

Chapel se havia reconciliado com a idéia de perecer e, conseqüentemente, ressentiu-se das violentas exortações para que retornasse à vida. Foi o seu último pensamento antes de desmaiar no fundo do bote salva-vidas do Point Sur.

Transcorreram horas até que conseguisse decifrar confiavelmente a diferença verossímil entre sonho e realidade. Tinha ouvido conversas do outro lado do véu incerto da consciência. As vozes se misturaram com os sonhos, e para ele foi uma surpresa ouvir a do sr. Page saindo da boca de sua mãe, ao passo que seu velho cachorro Grover se pôs a gemer e praguejar exatamente como o sr. Gladis.

Enquanto retornava lentamente à superfície do verdadeiro entendimento, Chapel percebeu que continuava vivendo a mesma frustração raivosa e o mesmo aborrecimento que marcaram sua relutância em ser arrancado da cálida e segura eternidade do mar. Para ele, foi quase como ser tirado de casa à força.

A primeira sensação que teve, ao despertar, foi de extremo desconforto. Lembrou-se de que estava com o rosto muito escaldado, mas agora sentia queimaduras no corpo todo. Quando tentou se mover, descobriu-se completamente envolto e preso em um pesado casulo de espessura e força consideráveis. Não conseguia sequer mexer os braços.

Sabia que ainda reinava a escuridão e que ele estava estendido em uma praia, primeiro por causa do salgado da maresia, depois porque sentia o embate das ondas na areia. Compreendeu que se achava no interior de uma barraca, devido ao odor de lona embolorada, mas o exato porquê daquele pesado casulo perturbou-lhe o pensamento. Chapel imaginou que já tinha sido embrulhado na velha lona do navio, pronto para o sepultamento. Quis explicar que não estava morto. Pelo menos não se acreditava morto. Depois de um bom tempo de baldada luta contra o confinamento, gritou, pedindo que o soltassem. Jurou que seu corpo inteiro era um braseiro e implorou que o libertassem antes que o tormento o enlouquecesse.

Um rude e querido sotaque irlandês saiu da escuridão em breves e enfáticos balbucios. Era o sr. Gladis:

— Sossegue, meu filho. Está tudo em ordem. O médico já o examinou e mediu de cabo a rabo. O senhor ainda pode navegar. Ele disse que o sr. foi muito prejudicado pelo frio. Deu um jeito de aquecê-lo. Olhe, o sr. Page está aí com o remédio. Cuide dele, sr. Page. Minhas costelas não agüentam nem respirar, é duro.

Chapel sentiu o sr. Page se ajoelhar e passar o braço por baixo de sua nuca e de seus ombros. Depois de erguê-lo um pouco, colocou o gargalo de um pequeno frasco entre seus lábios, pedindo-lhe que bebesse tudo.

— O médico disse que é para tomar tudo, sr. Lodge. Garantiu que isto vai aliviá-lo na medida do possível. Também disse que as queimaduras não são tão graves assim. Quando desinchar, o senhor vai recuperar a visão.

De súbito, Chapel começou a tossir e cuspir violentamente. O gosto amargo do remédio era insuportável. Ele pediu água. O sr. Page aquiesceu e, com a ajuda de mais um pouco de água, finalmente conseguiu empurrar-lhe goela abaixo o resto do medicamento. Não cessava de dizer palavras de conforto:

— Esse é o melhor médico que eu já vi. Mais firme que uma bota de marinheiro. Quando soube que nosso barco tinha afundado, pegou um garanhão emprestado e passou a noite inteira cavalgando para chegar aqui. Mostre gratidão, sr. Lodge, tenha um pouco de paciência. O médico prometeu voltar. Procure dormir se puder.

O efeito cumulativo dessas palavras e do remédio não se fez esperar muito. Devagar, Chapel sentiu todos os incômodos e trepidações anteriores desaparecerem para serem substituídos por uma cálida e gratificante sensação de bem-estar que eliminou toda e qualquer referência às terríveis experiências das últimas horas. Em poucos minutos, mergulhou em um sono impermeável ao assédio dos sonhos, parecia uma foca morta.

O sr. Page reparou nessa estranha semelhança e a comentou com o sr. Gladis. O chefe das máquinas achou graça, e o riso fê-lo encolher-se convulsivamente de dor. Ele se pôs a cuspir ordens como se ainda estivesse a bordo do navio.

— Pare de falar bobagem, sr. Page, e procure ser útil. Arranje um pouco de fumo seco e um gole de qualquer coisa que não seja água. Se for rum escuro, eu não vou reclamar. Estou quase explodindo de dor, portanto faça o favor de se mexer.

Quando finalmente acordou daquele sono drogado e sem sonhos, Chapel se deu conta de que estava em um lugar completamente diferente. Embora com os olhos ainda vendados, pôde sentir que agora estava deitado em uma estreita cama de metal, entre lençóis limpos. Tinham-no lavado e o vestiram com um longo camisolão de flanela.

Deixou-se ficar ali, tranqüilamente, entregue a sensações de paz e calor havia muito esquecidas. Depois de algum tempo, quis saber se o sr. Gladis e o sr. Page também estavam saboreando uma alegria parecida, de modo que lhes gritou os nomes com uma voz rouquenha e cansada que refletia sua fraqueza. Teve por única resposta o eco em um quarto vazio. Tornou a chamar e, então, ouviu a porta se abrir e passos que se aproximavam da cama. Infelizmente, a voz do visitante lhe era desconhecida.

— Como vai, marujo? Eu sou Willard Copes, ajudante de faroleiro aqui em Point Sur. Nós já estávamos perguntando quanto tempo o senhor ainda ia dormir. Faz dois dias que está debaixo das cobertas. O dr. Roberts disse que o senhor ia dormir muito, mas não imaginamos que fosse tanto. Ele lhe deu um remédio para isso, eu sei, mas nós ficamos com medo de que tivesse exagerado na dose. Se o senhor estiver se sentindo bem para comer, eu mando trazerem comida. O médico recomendou uma refeição simples no começo, mas o senhor poderá voltar a comer normalmente em um ou dois dias. Também deixou um ungüento para seu rosto. Acha que pode tirar as ataduras dentro de alguns dias. É claro que não tinha certeza, mas, na opinião dele, seus olhos vão sarar sozinhos se o senhor tomar cuidado com as queimaduras.

Chapel perguntou pelo capitão Leland, o sr. Gladis e os outros. O sr. Copes respondeu que o cargueiro de cabotagem *Eureka* chegara ao local pouco depois do acidente. A essa altura, a tormenta havia se deslocado para o leste. Os sobreviventes que estavam em condições de subir a bordo embarcaram e foram para o norte, para Monterrey. Os que viram a mão do Todo-Poderoso impressa no desastre preferiram ir por terra a enfrentar outra viagem de barco. Dadas as circunstâncias, foi uma boa decisão, opinou o sr. Copes.

Os últimos sobreviventes tinham partido no dia anterior. O sr. Gladis foi levado com a ajuda de uma padiola puxada por mula, feita pelo sr. Page. Os outros sobreviventes estavam ansiosos por se afastar o mais depressa possível das proximidades do local do naufrágio. Os demais, como o sr. Gladis, foram receber atendimento médico em Monterrey. A estrada do litoral não podia oferecer uma viagem confortável naquela época do ano. Achava-se muito deteriorada devido às chuvas de inverno, e diziam que tinha havido desbarrancamentos ao sul de Yankee Point.

Notando o melancólico silêncio de Chapel, o sr. Copes disse que os oficiais da Companhia de Vapores do Pacífico chegariam dentro de alguns dias para examinar o local do desastre. Sem dúvida, ele teria oportunidade de conseguir transporte para voltar e de receber o devido salário. Até lá, o dr. Roberts recomendara repouso, comida quente e talvez um traguinho de uísque medicinal depois do jantar para dormir.

Com essa promessa agradável, o sr. Copes desejou-lhe pronta recuperação e foi-se com passos silenciosos. Chapel virou o rosto angustiado para o calor do sol da tarde que entrava pela janela. Consolou-se com a sensação de poder tanto ver quanto sentir a luz através das ataduras.

Aquela noite, o sr. Copes cumpriu a palavra. Depois de jantar um delicioso ensopado de mariscos e meio filão de pão saído do forno, Chapel recebeu um generoso cálice de uísque com gosto de turfa. O sr. Copes lhe fez companhia durante algum tempo. Expressou uma curiosidade muito natural pelo desastre, mas suas perguntas tinham um ar profissional e sua linguagem quase se confundia com a de um inquérito oficial. Depois de alguns minutos, desculpou-se, dizendo que tinha sido faroleiro a vida inteira. Era da sua natureza aquele interesse veterano por semelhantes minúcias.

Chapel não se fez de rogado e contou tudo que sabia, mas reconheceu que não era muito. Somente os que estavam no passadiço sabiam de fato o que se passara, e só os oficiais do passadiço seriam chamados a depor ante uma comissão de sindicância.

— A turma dos "pretos", na sala das máquinas, decerto percebeu que o navio ia afundar, pois nós fomos os primeiros infelizes a ficar molhados. Infelizmente não sabíamos de nada, a não ser do gás do porão e do pânico cego. Se o *Los Angeles* afundou por negligência, senhor, nós somos os últimos da fila para ser responsabilizados ou acusados disso.

Chapel ficou aliviado ao saber que o sr. Copes concordava plenamente. Disse que tinha conhecido muitos marinheiros de navios naufragados e sabia das intocáveis prerrogativas da hierarquia. A verdade era sempre aquilo que um oficial dizia, e não se toleravam discussões. Por fim, pegou o copo vazio de Chapel e, depois de trocar seu curativo, despediu-se, desejando-lhe uma boa noite.

A noite estava calma como sempre naquela parte do litoral, mas não ficou muito tempo assim. Estendido no leito, Chapel conseguia distinguir todas as variações na intensidade e na direção do vento cada vez mais forte. Sua audição tinha se aguçado nos poucos dias em que lhe faltara a luz. Ele sabia que as marés do inverno eram excepcionais naquela fase da lua. Se o vento marinho continuasse aumentando e se combinasse com a preamar, pouco restaria do *Los Angeles* para os representantes da Companhia de Vapores do Pacífico inspecionarem quando chegassem. Pouquíssimo aliás, a não ser as escoteiras, as vergas e os destroços gerais lançados à praia. O resto, os ossos partidos de um navio morto, repousava submerso nas ondas do mar de Point Sur. Essas tristes reflexões ganharam impulso quando Chapel pensou em seu próprio futuro. Ficou desanimado com a idéia de se ver novamente em terra após uma viagem tão breve. Não era mais que um dos destroços agora espalhados no litoral. Mesmo como salvado humano, valia muito menos do que o cromo e a lã perdidos no porão do navio, e isso lhe deu uma raiva secreta.

Como a maioria dos marujos, ele tinha a tendência a acordar automaticamente a qualquer mudança de plantão, estivesse a bordo ou não. Aquela noite não foi diferente, porém, toda vez que acordava, seu ressentimento tornava a vir à tona e a lhe atormentar o espírito.

Antes de despertar pela última vez, teve um pesadelo brutalmente real. Embora urdido dentro de uma série de imagens ininteligíveis, ele se viu inquestionavelmente velho, alquebrado e cego, a vagar em meio a restos enferrujados de cascos de navios abandonados como ele. Seu fim não teria dignidade nem graça, esmolando vinténs e pedindo a Deus que o levasse. Em suas viagens, tinha visto inúmeras vezes tais imagens e temia esse destino mais do que qualquer outro.

Quando acordou desse sonho, viu-se tomado de inveja e rancor por qualquer um que fosse dono de alguma coisa. Qualquer um que possuísse um navio ou dispusesse de um pedaço de terra era um rei em comparação com ele. Sua vida e seu futuro dependiam dos caprichos da autoridade ou das inclemências da natureza. Nada lhe pertencia verdadeiramente.

Chapel decidiu de imediato que tinha chegado a hora de enfrentar diversas realidades de natureza desagradável. O primeiro passo seria o mais difícil. Tudo dependia do que viesse a descobrir nos minutos seguintes.

Sabia aproximadamente que horas eram. Podia ouvir os primeiros movimentos dos homens, tossindo ou pigarreando ao sair das garras do sono. Sentou-se na beira da cama estreita e começou a desenrolar a atadura com curativo que lhe envolvia a parte superior do rosto. As camadas de gaze pareciam intermináveis e, à medida que as ia removendo, ele oscilava entre o medo e a determinação de saber a verdade. Por fim, com a última volta da bandagem, retirou os chumaços de algodão que cobriam suas pálpebras.

Vagarosamente, ergueu a mão para roçar a face escaldada. Embora ela estivesse inchada e mole, a dor não era pior que a de uma queimadura de sol comum. A seguir, tocou nas pálpebras — também estavam inflamadas e ásperas. Quando tentou abri-las, nada aconteceu. Os músculos obedeciam, mas as pálpebras se recusavam a erguer-se. Com um leve toque, Chapel constatou que seus olhos estavam selados com uma crosta de lágrimas secas. Levantou-se e, às apalpadelas, aproximou-se do lavatório. Tinha ouvido o sr. Copes usá-lo e sabia mais ou menos onde ficava. Cautelosamente, verteu a água fria do jarro na bacia, achou uma toalha e se pôs a banhar os olhos até que as lágrimas secas se dissolvessem, permitindo-lhe abrir as sensíveis pálpebras.

Foi uma sorte não ter tirado as ataduras à plena luz do dia. Mesmo assim, o pálido clarão do amanhecer, com o sol ainda a leste, atrás das montanhas, quase o derrubou de tão intenso. Mas, se havia luz, tampouco faltava sombra. Ainda que fora de foco, ele conseguiu registrar os detalhes. Tudo no ambiente estava no lugar, e uma sensação de alívio e tranqüilidade lhe aqueceu até mesmo os pés descalços e gelados.

Ao chegar, vinte minutos depois, o sr. Copes deu com Chapel à janela, de camisão ainda, contemplando o mar e o reflexo da luz, que se aproximava rapidamente da praia à medida que o sol subia a leste, por trás da serra de Big Sur.

Visto do alto da Colina de Point Sur, o panorama era admirável. Ele ficou fascinado. Não conseguiu desviar a vista nem mesmo quando o sr. Copes o cumprimentou com o generoso e fumegante café da manhã na bandeja. O cheiro de salsicha, panqueca e café era capaz de levar um presidiário inocente a confessar qualquer crime. Mas Chapel não tirou os olhos da paisagem que se descortinava a sua frente.

O sr. Copes se surpreendeu ao ver seu pobre hóspede já de pé e tão recuperado. Sendo ele mesmo obrigado a usar um grosso par de óculos, ficara profundamente penalizado com o ferimento de Chapel. E alegrou-se ao descobrir que sua cegueira já não seria objeto de discussão no futuro próximo.

Enfim, serviu o café da manhã com a promessa de um pequeno passeio no rochedo do farol à tarde. Enquanto Chapel devorava a comida com voracidade, o sr. Copes o informou dos boatos mais recentes relativos ao naufrágio do *Los Angeles*.

Atravessando o dedo nos lábios e endereçando-lhe uma piscadela, indicou que tinha muito que contar, coisas de natureza surpreendente e infeliz. Também deu a entender que aquilo devia ser considerado confidencial até que Chapel fosse interrogado pelos funcionários da Companhia de Vapores do Pacífico.

Segundo o relato do sr. Copes, a notícia já tinha chegado de Monterrey. Circulavam muitas histórias esquisitas. Não se podia esperar outra coisa, é claro, mas a maioria dos naufrágios acabava ficando por conta da falha humana. Infelizmente, o do *Los Angeles* também se incluía nessa categoria. Chapel parou subitamente de comer e ergueu os olhos. Perdera todo interesse pela comida ao ouvir falar no navio naufragado.

— Que aconteceu? Por que ele afundou, sr. Copes?

Algo alarmado com a veemência da reação de Chapel, o faroleiro procurou o modo mais adequado de iniciar a narração. Sua recusa em identificar a fonte das notícias só serviu para agitar ainda mais o marinheiro, portanto ele simplesmente disse:

— Bom, de acordo com sr. Keely, que acompanhou os oficiais do navio a Monterrey, parece que a culpa é do segundo imediato, o sr. Ryfkogel. Muito embora o capitão Leland tenha assumido toda a responsabilidade pelo desastre. Depois da escala em San Simeon, ele permaneceu no convés até que ponte de comando marcasse Piedra Blanca Point, aproximadamente às sete e meia da noite. Ficou de plantão até as sete e meia da manhã seguinte. Determinou um rumo calculado para que o barco passasse bem ao largo daqui e até chegou a ordenar que o chamassem quando estivessem se aproximando de Cooper's Point. Cooper's Point fica uns oito quilômetros ao sul daqui. Como o senhor mesmo deve se lembrar, o *Los Angeles* rumou o tempo todo para o norte com um forte sudoeste na popa e uma tormenta nos calcanhares. Eu me lembro da tempestade que caiu três horas sem parar... até afogou o porco premiado do sr. Mynard, o que ele estava guardando para a festa de Ano-Novo. O senhor gosta de porco assado, sr. Chapel? Eu já estou até sentindo o cheiro de um belo pernil tostado na brasa.

O ar de indiferença de Chapel para com o tema carne de porco finalmente afetou o sr. Copes, que se apressou a prosseguir:

— Desculpe, sr. Lodge. Até me esqueci do seu navio. Perdão. Bem, para encurtar a história, o sr. Ryfkogel não marcou o Cooper's Point. Talvez nem o tenha visto em meio ao vendaval. Achou que ainda tinha mar suficiente para se afastar da costa de sotavento, por isso alterou o rumo a fim de desviar dos bancos de coral, aproximando-se do litoral, e navegar em condições mais favoráveis: lugar errado, hora errada, foi uma desgraça. O segundo imediato não devia ter mudado de rumo sem consultar o capitão. Afinal de contas, Leland é um dos melhores pilotos de cabotagem que existem. Com um tempo daqueles, eu não alteraria a rota determinada por ele sem receber ordens expressas. Dá na mesma fazer uma loucura dessas ou pular no mar: é morte certa.

O sr. Copes sacudiu a cabeça com tristeza, tirou os óculos e enxugou o rosto com um enorme lenço azul. Erguendo os olhos, falou em voz baixa.

— Eu não consigo entender como isso foi possível, mas o fato é que o sr. Ryfkogel entrou de chapa na pior ponta de granito que há em duzentos quilômetros, a uns setecentos e cinqüenta metros do Point. Bateu o pobre navio feito um lúcio em um mastro. É o segundo naufrágio naquela rocha assassina desde que estou aqui. Oh, a gente não o vê, mas aquele dente sanguinário morde a quilha de qualquer barco que se atreve a se aproximar. Nós tínhamos um cachorro assim, mais perigoso que um juiz bêbado. E o matamos. Mas não há quem acabe com aquela maldita pedra.

A expressão preocupada de Chapel estimulou o sr. Copes a continuar argumentando.

— Eu ainda não lhe contei? Sinto muito. Isso tem sido tão discutido por aqui que pensei que já tivesse comentado o caso. Há dezenove anos, o *Ventura* foi parar no inferno por causa do mesmíssimo vilão. Na época, eu era apenas um novato, mas lembro que foi muito pior. O capitão do *Ventura* perdeu totalmente o controle sobre a tripulação. Foi...

Chapel fez um gesto de repulsa, como que recusando um alimento para não engasgar. O sr. Copes lamentou que suas palavras o afligissem tanto e pediu-lhe que não se angustiasse. Afinal, o resultado havia sido bem melhor do que era de se esperar. Somente seis pessoas perderam a vida — uma barganha aceitável, tendo em conta as alternativas.

Repetindo o gesto, Chapel tornou a lhe pedir que se calasse. Parecia estar passando mal. O sr. Copes obedeceu. Depois de algum tempo, levantou-se para sair, não queria continuar perturbando o pobre marujo.

Chapel se recompôs e se desculpou. Para mudar de assunto, pediu sua roupa e também um agasalho. Disse que aceitava o convite para o passeio. Queixou-se de que estava se enrijecendo sem seu exercício normal. Ficar de cama deixava-o nervoso. Precisava andar um pouco para se sentir melhor e pediu para dar uma volta no farol quando o sr. Copes tivesse tempo. Este respondeu que teria satisfação em lhe mostrar os arredores e, de fato, voltou dez minutos depois com a roupa de Chapel, agora seca e relativamente limpa. Suas botas de couro estavam mais difíceis de calçar devido à longa imersão na água salgada, mas um pouco de óleo de marta e sebo resolveria o problema.

O sr. Copes também teve a amabilidade de lhe dar um casaco de lona encerada que devia ter pertencido a um oficial de ponte. E ainda ofereceu outro presente. Tinha notado que o sr. Lodge semicerrara os olhos quando a luz do sol saiu de trás das montanhas e achou que podia lhe fazer um favor. Deu-lhe um par de óculos escuros com aro de aço e lentes verdes e redondas.

Chapel tinha visto o capitão Leland enfrentar o clarão do oceano com óculos iguais. Aceitou o presente com gratidão e tratou de usá-lo imediatamente. Alegrou-se com a melhora. Confessou que a luz forte ainda lhe causava certo desconforto. Estava cansado de andar com os olhos semicerrados, disse, pois isso lhe dava um pouco de dor nas pálpebras escaldadas.

Dez minutos depois, estava junto ao parapeito da torre do farol, enquanto o sr. Copes lhe mostrava o último repouso do *Los Angeles*. Chapel só conseguiu divisar a verga com a bandeira rasgada da Companhia de Vapores do Pacífico a tremular obstinadamente por cima das ondas. O mastro sinaleiro e seu cordame tinham sido seu último refúgio antes do resgate. Era-lhe difícil tirar os olhos daquele cenário.

O sr. Copes lhe mostrou o trecho no qual os sobreviventes tinham sido levados a terra. Lá Chapel avistou as cordas rotas e os destroços espalhados na praia. Também viu os botes salva-vidas do *Los Angeles* e a lancha motorizada, todos colocados pouco acima da marca da preamar. Um dos botes já tinha sofrido as violências da maré do inverno. Estava tombado, quase todo cheio de areia e algas partidas pela tempestade; sua popa, à mercê das arremetidas das ondas, não ia ficar muito tempo intata. A lancha, sendo maior e mais difícil de puxar, não tardaria a ter o mesmo destino caso não tomassem providências, mas Chapel achou melhor fechar-se em copas.

O faroleiro observou que quase tudo que era aproveitável tinha sido levado pelos habitantes da região: um direito deles. Também contou que, ao ver as carcaças de vitela, que o navio transportava, sendo jogadas pelas ondas, o dr. Roberts pensou que se tratava de cadáveres humanos mutilados no desastre. Ficou aliviadíssimo ao constatar que tinha se enganado.

A população local se havia apossado de toda a carne encontrada; o resto servira de repasto aos tubarões, cujo número aumentara muito após o naufrágio. O sr. Copes até apontou para três deles, enormes e muito brancos, que patrulhavam a praia, pouco além da arrebentação. Sem dúvida, estavam dispostos a cobrar novos tributos do barco naufragado, que ia se desfazendo lentamente nas rochas submersas de Point Sur.

— Naturalmente — disse o sr. Copes —, era impossível saber que vocês estavam ali. Era uma noite muito escura, muito densa. Tampouco ouvimos seus sinais por causa da ventania. A luz chega a apenas duzentos metros e volta com o rabo entre as pernas. Vocês devem ter nos visto, mas eu juro que não os vi. Não fossem os filipinos da turma dos "pretos", é bem possível que nem ficássemos sabendo do naufrágio. Um deles subiu com muito esforço a ladeira que dá para o mar a fim de pedir que acionássemos as lanchas de resgate. Contrariando todas as nossas recomendações, a turma tentou voltar ao navio, mas as ondas viraram seu bote salva-vidas e quase os afogaram. Os teimosos resolveram tentar mais uma vez, porém o sr. Keely insistiu para que ficassem em terra. Eles iam morrer, disso eu tenho certeza. É preciso muita prática e habilidade para lançar um barco de trinta pés em ondas de seis metros. Não basta ser bom remador. Aqueles rapazes estavam exaustos. Não conseguiriam repetir a proeza, mas coragem não lhes faltava. Seis marinheirinhos em um bote de trinta pés? As ondas eram três vezes mais altas do que eles, uns garotos fiéis como cães e duas vezes mais corajosos. Quatro deles se juntaram à tripulação da nossa lancha e foram buscar o senhor e o capitão Leland.

Chapel sentiu um calor forte e veloz percorrer-lhe o corpo, incendiando seu rosto e provocando-lhe um calafrio na espinha. Começou a tremer e, com isso, sentiu uma ponta de culpa por ter acreditado no pior. A deserção da turma dos "pretos" o perturbara profundamente. Ele sabia que aqueles homens eram tudo, menos covardes, no entanto, deram a impressão de ter largado os companheiros na mão. Era reconfortante saber que, na verdade, a turma dos "pretos" demonstrara muito mais bom senso do que o sr. Ryfkogel. Isso não alteraria em nada a versão oficial da verdade. A maioria dos oficiais de navio era uma espécie à parte em questão de inteligência. Não valia a pena pôr a vida em suas mãos se houvesse uma alternativa melhor.

Chapel podia imaginar facilmente o raciocínio da turma dos "pretos". Pena que eles não explicaram o que tinham em mente naquela noite. Isso poria a nu a mentira do segundo imediato e o obrigaria a engolir suas imprecações. Só uma autoridade definiria como o sr. Ryfkogel podia alegar que não viu o farol mais importante da costa, mas Chapel tinha certeza de que ninguém ouviria uma resposta que valesse um tostão. A verdade — ou o seu fac-símile — ficaria dissimulada graças ao jargão jurídico formal, especificamente destinado a enganar os pobres marujos como ele. Fazer o quê? Aqueles sujeitos eram uma espécie à parte mesmo.

— O capitão Leland foi informado disso tudo?

O sr. Copes assegurou que o capitão sabia de tudo. O sr. Keely lhe falara inclusive da conduta destemida da turma dos "pretos". O comandante ficou aliviado e agradecido. Cuidou para que os filipinos fossem atendidos com toda consideração, e fez questão de que fossem levados para o norte com os demais sobreviventes.

Chapel se lembrava de que Tino lhe contara que tinha parentes trabalhando em Salinas. Havia muitos filipinos em Salinas. Pelo menos, os rapazes estariam perto dos familiares e amigos. Chapel desejava revê-los. Queria agradecer-lhes por terem salvado a pele de quase todos apesar das pragas infames do sr. Ryfkogel.

De repente, ele se sentiu exausto. A sensação de esgotamento o atingiu em ondas frias e pegajosas, obrigando-o a sentar-se até que o acesso passasse.

O sr. Copes se dispôs a levá-lo de volta ao quarto. Convinha descansar um pouco. Era absurdo pretender estar em forma logo no primeiro dia fora do leito.

— Além disso — riu-se ele —, o sr. Beauvell, o nosso querido cozinheiro e piloto de lancha, prometeu fazer um delicioso pernil de vitela grelhado com maçã, ostra, cebola e groselha. Batizou o prato com o nome do fundador da festa. Deu-lhe o nome de *Ternera del Los Angeles*. Conseguiu resgatar duas vitelas inteiras do mar. Se quiser, hoje o senhor pode jantar conosco lá embaixo, no refeitório, e ficar conhecendo todo mundo, vai se sentir mais "a bordo", decerto é melhor do que comer na cama. Mas agora talvez convenha dormir um pouco. Vamos subir. Não vale a pena ficar exposto a este vento úmido.

O jantar foi exatamente como o sr. Copes prometeu, contudo um mal-estar impediu Chapel de apreciar devidamente o talento do sr. Beauvell. Estava preocupado, e a equipe do farol, embora jovial, preferiu deixá-lo ruminar suas preocupações sem fazer comentários. Era comum uma pessoa que havia chegado tão perto da morte no mar perder o apetite. Às vezes as conseqüências eram piores. Como foi o caso daquela moça de San Diego. Sobreviveu ao naufrágio do *Ventura*, mas enlouqueceu de dor e acabou atirando-se em um precipício em Notely's Land quando estavam levando os sobreviventes para o norte, para Monterrey. Acabava de perder o jovem marido no desastre e preferiu unir-se a ele na morte a prosseguir. A alma humana não conseguia suportar tanta angústia sem se esmigalhar feito uma casca de ovo. Chapel se lembrou de um velho ajudante de carpinteiro que uma vez lhe confidenciou que a vida não tornava ninguém mais forte com o tempo. Pelo contrário: cada ano que passava tornava a gente mais frágil. Coisas como a miséria, a aflição e o tormento não faziam senão acelerar o progresso rumo à "derradeira mortalha".

Aquela noite, apesar do cansaço, Chapel não conseguiu dormir. Até mesmo o delicioso rum escuro que o sr. Copes lhe ofereceu depois do jantar lhe estimulou mais a vigília do que o sono. Por mais que ele se revolvesse na cama em busca de uma posição cômoda, as perguntas que o atormentavam tornavam o colchão mais desconfortável a cada movimento. Era impossível deixar de cavilar sobre as perspectivas futuras. Todas as possibilidades se anulavam com fato de ele não ter o controle de sua própria vida.

Chapel também estava plenamente consciente de que os marinheiros sobreviventes a um triste naufrágio costumavam ser considerados caiporas, uns Jonas muito mal-recebidos a bordo de outra embarcação, como se tivessem sido os agentes responsáveis pela destruição do navio em que navegavam. Conhecia marujos que tinham passado meses e meses em terra porque os colegas, uma gente muito supersticiosa, não toleravam a idéia de levar um azarento em seu barco.

Chapel não estava ressentido. Compreendia perfeitamente a força da afinidade do marinheiro com seu navio. Sentia a mesma coisa. Também não gostava dos pés-frios cujas embarcações tinham soçobrado ou que a má sorte vivia mandando de volta à terra firme.

Por fim, conseguiu dormir, mas o limite entre as preocupações da vigília e as do sono era, na melhor das hipóteses, incerto. Sonhou que fora recolhido a bordo da lancha motorizada após o naufrágio, mas, quando abriu os olhos no sonho, estava sozinho. Não havia sinal dos homens que acabavam de tirá-lo das águas álgidas. E ele ficou à deriva em um mar liso como vidro, vogando mansamente nas verdes e translúcidas ondulações da água. Quando baixou a vista, viu que segurava uma linhada e uma carretilha. Estava pescando e, pela lembrança que guardou do sonho, sentia-se satisfeitíssimo. Aliás, essa sensação de bem-estar o acompanhou durante muito tempo.

Na manhã seguinte, depois de se vestir e tomar o café com os anfitriões, Chapel decidiu descer o caminho íngreme do farol e atravessar o largo istmo que levava à estrada do litoral. Precisava se exercitar e, apesar da atenção do sr. Copes e de seus solícitos amigos, queria ficar sozinho o máximo possível. Tinha muito em que pensar, e mesmo a distração das conversas amigáveis o atrapalhava.

Ao descer o caminho sinuoso que saía do complexo do farol, passou por dois ajudantes de faroleiro que iam subindo. Envolvidos em uma discussão acalorada, eles mal se deram conta quando Chapel os cumprimentou. Este os ouviu falar nos botes salva-vidas restantes. Um deles disse temer que a maré montante os destruísse ou levasse de volta para o mar, no dia seguinte, se continuassem largados onde estavam. Esperavam que Stew Peterson, da madeireira, trouxesse uma boa tropa de mulas para ajudar a arrastar as embarcações a um lugar mais alto até que a Vapores do Pacífico decidisse o que fazer com elas. Mas ninguém tinha a menor idéia de quando as benditas mulas iam chegar.

O outro opinou que aquilo não passava de uma grande perda de tempo. A empresa não dava a mínima importância para aqueles botes. Com toda certeza, nem queria ouvir falar neles.

— Essas barcas vão acabar sendo usados como lenha — disse. — Vai ser um esforço inútil. Não esqueça, isso tudo vai virar lenha de fogueira, do contrário, eu sou um mineiro galês.

Chapel resolveu ir dar uma olhada nos botes. Eram o que restava do seu navio, e ele estava decidido a se despedir deles antes que a maré os reduzisse a ossadas pintadas em meio à espuma e às algas espraiadas.

Foi um longo percurso até a praia, mas a caminhada lhe fez muito bem. Ele chegou até a areia úmida e compacta pouco abaixo da linha da maré alta. Em toda parte ainda se viam os escombros do *Los Angeles* espalhados. Não restava quase nada de valor, a não ser camarões e gaivotas. Tudo que tinha uma utilidade, por mínima que fosse, fora levado pelos habitantes do lugar.

Um pouco mais acima, Chapel avistou os rastos deixados pelas carroças que haviam descido à praia com esse fim. Imaginou que um desses veículos transportara seu corpo inconsciente e encharcado ladeira acima.

Ao se aproximar dos botes, verificou que os faroleiros tinham razão. Como ele mesmo vira do farol, o bote usado pela turma dos "pretos" estava tombado e semi-enterrado na areia úmida, acima da linha da vazante, e o outro, embora aparentemente intato, tinha ficado com boa parte da popa de bombordo danificada por um mastro que lhe esmigalhara a fiada de tábuas na crista da onda.

A lancha motorizada, conquanto maior que os dois botes e relativamente na mesma posição na praia, parecia ter sobrevivido intata. Era óbvio que sua popa sofrera as reiteradas investidas do mar. As ondas haviam escavado a areia sob a parte traseira, e era evidente que as marés seguintes ou lhe destruiriam a popa, ou continuariam com a erosão sob a quilha até que ela se desconjuntasse ao impacto de uma onda mais forte e acabasse afundando ou sendo levada pela espuma para retornar, semanas depois, em forma de escombros pintados.

Chapel obedeceu ao instinto marinheiro de subir a bordo e examinar a extensão do estrago ou, no caso, do que restava do barco naufragado — uma tradição imemorial que acompanhava a morte dos navios. Ficou naturalmente surpreso ao constatar que não faltava nada. Fazia pouco tempo que a lancha motorizada deixara de ser um mero barco a remo e vela, de trinta pés, e passara a ser movida por um esquálido motor Union de dois cilindros, a gasolina, incapaz de se gabar de grandes proezas que não fossem nas cômodas condições de um porto. Por esse motivo, seus mastros, vergas e velas ao terço continuavam bem atados ao banco do remador, e seus toletes e chumaceiras ainda estavam no lugar. Os longos e pesados remos tinham sido substituídos por outros menores, mas, à parte isso, Chapel encontrou tudo que se podia esperar em uma lancha salva-vidas motorizada.

Ocorreu-lhe examinar o tanque de combustível. Constatou que estava acima da metade, com cerca de 75 litros. As barricas de água continuavam lacradas e cheias e as latas soldadas de ração de emergência ainda se achavam armazenadas nos devidos nichos sob as escoteiras da popa.

Linhada, varas de pesca, âncora de alto-mar, material de reserva, tudo seguia armazenado no compartimento da popa. Chapel concluiu que os lavradores da região não viam nenhuma utilidade em remos, velas e congêneres. Por triste que fosse admitir que aquela criança órfã não passava de um resto de naufrágio, era tarde para salvá-la.

O pior das marés de inverno estava reservado para as quarenta e oito horas seguintes. Ele ouvira os faroleiros falarem nisso. Era pouco provável que a Companhia de Vapores do Pacífico enviasse uma embarcação para recuperar três botes danificados pela tormenta. As marés lhe arrebatariam a propriedade em suas próprias barbas, e ninguém ligaria a mínima. O sudoeste já estava impelindo as ondas. Se elas se elevassem muito, as marés seguintes encontrariam os últimos vestígios do *Los Angeles* acima da superfície. O que restava de seu mastro e do emblema da companhia seria tragado pelo mar. Quanto aos botes, quando os funcionários da empresa chegassem, dariam com uma praia deserta.

Chapel sacudiu a cabeça e saltou do barco para a areia úmida. Nas pegadas que deixou, formaram-se imediatamente pequeninas poças de água do mar. Ergueu a vista para o farol e sentiu um calafrio. Vastas faixas de neblina haviam aparecido sem que ele tivesse notado. Cingiam o penhasco feito dedos gigantes. A luz brilhava nas águas nevoentas, e o sonoro grito da sirene de neblina começou a reverberar, abafando todos os ruídos.

Quando estava se dirigindo ao caminho que subia em meio à cerração cada vez mais densa, Chapel olhou pela última vez para a praia. Em poucos instantes, tudo se fundiu na névoa e os detalhes desapareceram.

Ele se pôs a refletir sobre questões que só agora tinham solução e sentido. Estava encarando um mundo de perspectivas cada vez mais reduzidas, e só a determinação e a ingenuidade podiam tirá-lo daquele poço de dolorosa incerteza. Mas uma coisa ficou clara com o tempo. Se o sonho fosse um reflexo verdadeiro de sua alma, Chapel estava livre para ser seu próprio barco e seu próprio senhor. Bastava-lhe determinar o rumo e deixar tudo o mais por conta da fé e do sonho.

O sr. Copes ficou aborrecido com a ausência do sr. Lodge no jantar. Também se decepcionou ao procurá-lo mais tarde. Depois de muito perguntar, descobriu que seu hóspede não estava nas proximidades. Assim, tomou o escuro rum jamaicano sozinho e foi dormir. Levantar-se-ia às três para cuidar do farol — então não lhe faltaria tempo para procurar o náufrago.

Às três horas, ao constatar que Chapel continuava ausente, ele começou a ficar alarmado. Informou os outros de sua descoberta e organizou uma operação de busca logo ao amanhecer.

A neblina tinha avançado em pesadas ondas úmidas, cuja densidade não fizera senão aumentar durante a noite. Mesmo com o farol de tormenta aceso, era difícil saber onde pisar e impossível proceder a uma busca eficaz em hectares e hectares de encosta e praia.

Os homens retornaram depois de passar uma hora gritando o nome de Chapel no nebuloso descampado. Por lamentável que fosse, o pessoal do farol se viu obrigado a supor que circunstâncias adversas tinham provocado um acidente. Era um longo caminho desde Point Sur, e a cerração teria encoberto qualquer rastro ladeira acima, a não ser na estrada principal, e, em tais circunstâncias, esta não oferecia segurança a ninguém.

Fosse qual fosse a causa do desaparecimento do sr. Lodge, nada se podia fazer enquanto a névoa não se dissipasse. Por outro lado, o pessoal do farol tinha muito que fazer. O sr. Lodge ficaria nas mãos de Deus até que fosse realmente possível empreender uma busca.

Por inusitado que fosse, a impenetrável neblina litorânea durou quatro dias e quatro noites ininterruptos. A sirene de alarme de Point Sur deixou quase todos que a podiam ouvir em um estado de extrema exasperação até que a muralha cinzenta se dispersasse. Dia após dia, procedeu-se a uma busca rigorosa de Chapel, mas nada se descobriu que valesse a pena. A maré acabou de destruir os botes salva-vidas, mas isso era de se esperar. O que estava tombado ficou ainda mais enterrado na areia, e as ondas quebraram os remos e os cadastes e os jogaram na praia feito ossos. O outro acabou flutuando ao léu uns sessenta metros mar adentro, suspenso entre o céu e o inferno graças aos compartimentos herméticos, um triste purgatório que não duraria muito. A lancha motorizada desapareceu, mas ninguém achou nada de extraordinário nisso. Todos tinham visto como era precária a sua posição na praia. Sem dúvida, seria encontrada esborrachada nas rochas ou virada e semi-afundada em um lugar qualquer.

Naturalmente, a perda dos bens da empresa pouco significava diante do desaparecimento de um dos sobreviventes. Mas, no fim, o sr. Chapel Lodge, um simples marinheiro, vítima do naufrágio do *Los Angeles*, acabaria reduzido a uma triste nota de rodapé no extenso relatório do Serviço de Farol.

Talvez seja justo dizer que o sr. Copes e quem sabe os outros ainda haveriam de lembrar o pobre marujo perdido em suas orações durante algum tempo, mas nenhuma outra observância era considerada necessária ou adequada.

Doze anos depois do desastre do *Los Angeles*, pouca gente se lembrava do incidente, a não ser alguns moradores do litoral e um ou outro marinheiro. De vez em quando, ainda se contava a história a um turista curioso, porém, a maior parte do tempo, as pessoas preferiam não falar no episódio. Mas um dia, um cavalheiro bem vestido, de cabelos brancos como a neve e barba bem aparada, chegou ao cais de Monterrey de braços dados com uma moça bonita e sorridente. Trajava um terno de linho azul-claro e um vistoso palheta inclinado para o lado. Usava uma bengala para corrigir a coxeadura da perna esquerda, mas o defeito não parecia lhe tolher muito os movimentos.

A moça, que a julgar pela aparência devia ser neta do elegante senhor, insistiu para que descessem ao nível inferior da doca, onde os barcos de pesca já estavam descarregando quando eles chegaram. Em sua opinião, salmão fresco só se podia comprar diretamente do pescador.

O velho sorriu, concordou com benevolência, cofiou a barba e, depois de movimentar a bengala, seguiu adiante. Lá embaixo, à sombra fresca do cais principal, o cheiro do comércio pesqueiro estava bem mais intenso, mas isso pareceu agradá-lo. A moça se afastou para examinar um peixe promissor que acabava de ser descarregado, e o cavalheiro recuou um passo para observar as embarcações que se aproximavam da baía. Uma delas lhe chamou a atenção. O pequeno barco não era um pesqueiro comum em Monterrey. Ostentava na popa uma acanhada casa do leme que, obviamente, não fazia parte de sua planta original. Com um minúsculo mastro de mezena e uma vela de estai, mais parecia uma pequenina traineira norueguesa sem os botalós de rede normais. Em seu lugar portava três roldanas grandes a bombordo e a estibordo. O velho calculou que cada uma delas devia levar pelo menos seiscentos metros de forte beta de talha. Não se via nenhum outro equipamento de pesca habitual. Uma coisa lhe chamou a atenção no *design* do barco. Ele não conseguia lembrar onde tinha visto aquela cordoalha, mas tinha certeza de que a conhecia.

Por sorte, a embarcação veio ancorar bem perto do lugar onde o homem estava. Um jovem e belo mexicano de cabelo despenteado saiu da casa do leme a fim de preparar os cabos para atracar. O velho reparou que o barco não era de nenhuma empresa, pois não tinha número da frota nos vaus, mas viu o nome pintado à mão, em letras vermelhas, na proa. Chamava-se *Trabar Fortuna*.

Quando o barco se aproximou da doca, o mexicano fez um laço com a bolina e o lançou habilmente na devida estaca. Antes que a bolina se esticasse, repetiu a proeza com o cabo da popa. A embarcação se arrimou serenamente na estacada, sem emitir um só rangido. O senhor de cabelos brancos balançou a cabeça e sorriu com admiração. Porém não se livrou da sensação de que havia algo estranho naquele barquinho. Não conseguia atinar com a incongruência, mas ela era inegável.

Tomado de curiosidade, aproximou-se da beira da doca, trocou um sorriso com o alegre mexicano e olhou para os compartimentos onde se guardava a pesca. Surpreendeu-se ao ver que estavam cheios não de peixes, e sim de tubarões. Tubarões pequenos, exóticos, de pele escura e olhos verdes como esmeraldas. Tubarões albinos de meio metro de comprimento, olhos feito rubis incandescentes e barbatanas com ponta de madrepérola. Havia outros menores ainda, camuflados como gatos-do-mato, com olhos que pareciam enormes pérolas negras. Percorrendo o barco com o olhar experiente, o cavalheiro deu com uma placa de comissionamento presa no que outrora fora a carlinga do mastro de proa. Tinha sido pintada muitas vezes, porém, mesmo à distância, ele conseguiu distinguir as letras. *USS WYANDA*. E sorriu, fazendo que sim para si mesmo.

O capitão do barco de pesca saiu da pequena casa do leme. Tinha a pele tão curtida que era difícil calcular sua idade. Podia ter trinta, 45 ou mesmo cinqüenta anos. Impossível saber. Vestia um gorro português de tricô e um casaco impermeável com capuz. Aproximou-se dos porões e ergueu os olhos para o elegante velhote através das lentes verde-escuras dos arcaicos óculos de sol.

O desconhecido levou a mão ao chapéu, quase batendo continência, e indagou sobre aquela pesca tão estranha.

— Onde o senhor pega esses espécimes tão esquisitos, capitão? Eu nunca vi nada parecido.

O pescador tocou os dedos no gorro, retribuindo a saudação.

— Eu os pesco no fundo, senhor, bem no fundo. Há um vale muito grande cortando a baía lá embaixo, um abismo enorme. Às vezes parece não ter fundo. Estas lindas criaturas vivem a milhares de metros de profundidade, senhor. Dá um trabalhão mergulhar as linhas e depois puxá-las, mas vale a pena. Os peixinhos valem ouro.

E, achando graça no ar de incredulidade do distinto cavalheiro, piscou para o mexicano como se os dois compartilhassem um segredo muito especial.

O velhote sorriu e perguntou:

— Quer dizer que esse barquinho dá lucro, hem? Faz jus ao seu passado.

O pescador riu com prazer.

— É verdade, senhor, quando a sorte ajuda, mas, fora isso, não existe nada melhor do que ser dono do seu próprio barco, por assim dizer. — Pareceu achar graça em sua própria piada, mas, percebendo que o outro não estava prestando atenção, prosseguiu. — Se há duas coisas que me dão prazer na vida, são meu barco e minha habilidade. Mas o senhor sabe como são essas coisas, não?

O homem coçou o cavanhaque e fez um gesto afirmativo.

— Mas para quem o senhor vende essas criaturas? Eu nunca as vi servidas à mesa, e olhe que já comi muito peixe na vida, acredite.

O pescador sorriu e começou a separar as variedades da pesca em diferentes cestos que o garoto mexicano apanhara em um barracão da doca.

— Ora, eu os vendo a esses cavalheiros que estão aí, bem atrás do senhor, e eles sabem ser generosos quando conseguem o que querem. Sempre compram toda a minha pesca, coisa pela qual meu barquinho e eu ficamos profundamente agradecidos.

O homem se voltou lentamente e deu com seis chineses muito bem vestidos, que aguardavam paciente e educadamente uma oportunidade de falar com o pescador. Sorriram com timidez, curvaram-se de leve, mas não disseram nada. O velho balbuciou um pedido de desculpas pela interrupção do negócio, levou a mão ao palheta, começou a se afastar, mas parou.

— Desculpe, mas como foi que o senhor conseguiu esse barco tão diferente? Eu estou perguntando por mera curiosidade, palavra.

— O senhor não é o primeiro que pergunta, e a resposta é sempre a mesma. Pura sorte, senhor, juro que é verdade. Foi o que esta vida de marinheiro me ensinou. É sempre questão de sorte para gente como eu. Enquanto Deus amar os loucos e a pesca for boa, nós vamos seguindo adiante. Quanto ao meu barco, seria justo e sincero dizer que nós nos encontramos, mas não é sempre isso que acontece? É como no amor, de vez em quando alguém tem sorte.

Ouviu-se uma mulher chamar ao longe, sua voz quase se perdeu no tumulto do cais. O velho se virou. A moça tornou a gritar:

— Vovô! Vovô, venha logo. Eu achei o rei dos salmões. O jantar de noivado vai ser maravilhoso. Onde você está, vovô? Venha pagar antes que alguém o compre! Capitão Leland! Você está aí? Capitão Leland! Apareça, vovô. Esta beleza vai acabar estragando.

Ao ouvir o nome do cavalheiro chamado em voz alta, o pescador ergueu a vista com surpresa. Tinha algo a dizer ao velho capitão, mas ele havia desaparecido, e uma fila de chineses ávidos e cheios de mesuras tomara seu lugar.

Imediatamente, começaram a negociar a sério. O sorridente mexicano traduzia as propostas e contrapropostas a um quilômetro por minuto. Os chineses falavam quase perfeitamente o espanhol, porém mal conseguiam articular uma palavra em inglês. Esse paradoxo sempre divertiu muita gente. Os importantes clientes chineses tinham reputação de ótimos médicos em sua comunidade, se bem que o pescador desconfiasse que fossem mais versados em magia do que em medicina.

Mas isso não tinha a menor importância. Os chineses pagavam altos preços, inclinavam-se educadamente, agradeciam o esforço do capitão Lodge e nunca reclamavam. Lodge via naquela cortesia simples muita consideração por um pescador modesto e que não tinha onde morar, a não ser seu barco.

Por modesto que tenha sido, Chapel Lodge viveu uma vida longa, empreendedora e alegre. Morreu dormindo a bordo de seu último barco, o *Dulce Fortuna*, à venerável idade de oitenta e seis anos; seu velho e fiel gato de bordo, o Sr. Pepper, ficou com ele até o fim. Todos foram unânimes em dizer que o capitão Lodge morreu em paz, em casa e na melhor das companhias.

Um Favor Duvidoso

Doc Roberts era considerado um bom médico e um grande amigo por quase todos os habitantes do litoral de Monterrey. Sendo o único profissional disposto a percorrer os longos e perigosos trajetos das montanhas do litoral para atender os clientes, pode-se inclusive dizer que ele era indispensável. Sua perseverança e dedicação eram bem-vistas por todos que o conheciam, e até mesmo o louquíssimo Clarke, que de louco não tinha nada, afirmava que Doc Roberts era o homem mais íntegro que ele conhecia. Tal comentário era tido por coisa rara e singular, já que vinha de um sujeito capaz de fazer o possível e o impossível para ocultar suas próprias e vastas credenciais escolásticas sob a máscara da doidice parcial, ainda que inofensiva.

O médico era um espécime de constituição robusta, com traços harmônicos e bonitos e uma expressão generosa, um olhar que inspirava imediatamente confiança e respeito nos estranhos. Tinha os cabelos escuros e o bigode muito bem aparados. Seus olhos claros e amendoados projetavam um ar de cálida concentração e interesse. Sua fisionomia bela, agradável e, ademais, coroada com o *status* social de médico, levou muitas moças a se entregar a esperançosas especulações.

As astutas conspirações femininas não passaram despercebidas pela pretensa vítima, de modo que Doc sustou todas as futuras aspirações dessa natureza mandando buscar sua noiva e casando-se o mais depressa possível. Tal atitude fez maravilhas em prol de sua respeitabilidade em Monterrey. Podia-se ter certeza de que um homem de família e de hábitos tão recatados não falharia em suas responsabilidades com os clientes. Pelo menos, era isso que se supunha na época.

Em seis anos de clínica entre Monterrey e Big Sur, Doc Roberts acumulou um tesouro inestimável de gratidão, lealdade e respeito. A verdade era que as viagens o levavam de Santa Cruz, no norte, até as montanhas dentadas de Big Sur, no sul. Mas era sempre nas entranhas de Big Sur que ele se sentia mais feliz. Contanto que houvesse uma trilha — e desde que sua égua Daisy não perdesse uma ferradura, não empacasse nem fingisse mancar —, Doc Roberts visitava infalivelmente os enfermos. Seu meio de transporte predileto, quando contava com estradas decentes e tempo minimamente seco, era uma carroça de duas rodas.

Tratava-se de um veículo híbrido, projetado e fabricado pelo próprio médico. Como ele não era muito versado em carpintaria, a carroça tinha uma aparência lamentavelmente desengonçada. Depois de comprar o chassi, o eixo e as rodas de John Gilkey, Doc simplesmente montou uma grosseira caixa de pinho sobre o chassi. Não havia duas tábuas que se encaixassem; todas eram toscamente pregadas; e quando a madeira terminou de se secar, os nós começaram a se desprender e cair, deixando buracos em toda parte. Mas ele dizia que isso era bom para drenar a água da chuva.

Certa vez, Tom Doud viu Daisy escoicear com muita rebeldia quando Doc estava lidando em vão para colocar o irritado animal entre os varais. Fazendeiro sério e franco,

Tom aproveitou a oportunidade para manifestar que nenhum quadrúpede que se prezasse, fosse da espécie que fosse, havia de querer ser visto perto daquela carroça e muito menos puxando-a. E disse na cara do doutor que o veículo ofendia os olhos de qualquer cristão e se prestava muito mais ao transporte das vítimas de uma peste que de um médico bem-sucedido. No seu entender, era perfeitamente normal que o infeliz animal não quisesse saber de ser atrelado. Trêmula de vergonha, a humilhada besta baixava a cabeça ante essa perspectiva.

Tom riu e acrescentou:

— A sua égua pode não passar de uma pobre cavalgadura, Doc, mas burra ela não é.

O dr. Roberts não achou a menor graça na observação, mas Tom Doud quase molhou a calça de tanto rir de sua própria piada. Passou anos alardeando o episódio. No íntimo, Doc foi obrigado a reconhecer que Daisy preferia a sela à tração, porém a carroça levava mais carga e oferecia espaço para transportar um doente grave ao pequeno hospital de Monterrey se necessário. De modo que, na sua opinião, Daisy teria de continuar se dedicando a prestar serviço à comunidade, tal como ele.

Naquela época turbulenta, o que mais abundava em Monterrey eram os tratantes e velhacos, mas entre eles se destacava um personagem que até mesmo aquela sórdida confraria de marginais procurava evitar rigorosamente. Era um velho rancheiro pérfido e mesquinho, que morava em uma casa caindo aos pedaços no alto de um promontório então conhecido como Grace Point, lugar perto do qual ninguém gostava de passar. O valhacouto ficava a cerca de vinte e cinco quilômetros do rio Big Sur. Todos concordavam que os animais do velho — o gado, os cavalos, os porcos e as galinhas — eram da pior espécie e se achavam nas mais deploráveis condições. As pobres criaturas pareciam ansiar por se livrar imediatamente das misérias deste mundo em troca da relativa paz e tranqüilidade do fumeiro, do curtume e do moinho de ossos.

O malvado tinha nome, mas ninguém o usava. Todos se referiam a ele, quando absolutamente necessário, por "o velho Fuinha". Esse apelido caracterizava não só seus atributos físicos como também se referia a sua controversa aquisição de uma jovem esposa de dezoito anos. A moça era um rebento acanhado e tolo das ruas de King City e pouco sabia do mundo.

Diziam os boatos que o Fuinha a tratava sem misericórdia e fazia tudo que estava ao seu alcance para mortificar o espírito simplório da coitada. Ele também era conhecidíssimo pelo emprego do vocabulário mais imundo possível. Diziam que costumava cravar seus piores espinhos verbais na jovem esposa, geralmente reduzindo-a a lágrimas de impotência. Os vizinhos sempre confirmavam esses casos, de modo que não era de se estranhar que quase todo mundo achasse algo detestável no caráter do Fuinha. Aliás, seria justo supor que a maioria das pessoas festejaria seu oportuno retorno ao pó primordial de onde viera.

Doc Roberts vivia muito entretido com seus próprios problemas para se interessar por mexericos, de modo que não tinha senão uma idéia vaga dessas coisas no dia em que foi chamado à casa do grosseiro lavrador para tratar de uma perna quebrada.

O jovem Ned Murray deu notícia do acidente quando foi fazer compras na cidade, e Doc Roberts resolveu levar a carroça para o caso de o velho precisar ser submetido a uma cirurgia em Monterrey. Bom médico que era, não costumava recorrer a amputações desnecessárias.

Tendo se munido do material médico necessário, Doc atrelou Daisy e rumou para o sul. Como a égua conhecia bem a antiga estrada do litoral e dispensava quase toda interferência, ele aproveitou a oportunidade para ler seu diário médico, comer sanduíches ou tomar café sem se preocupar com o caminho. Muitas vezes tirava uma soneca na traseira da carroça, plenamente confiante no senso de orientação da besta. Por vezes, parava para cumprimentar um amigo ou cliente na estrada, mas esta ficava a maior parte do tempo deserta. Os caixeiros e latoeiros ocasionalmente acampados à beira do caminho não ficavam sem receber amáveis saudações e um dedo de prosa. Ele havia descoberto que os viajantes comerciais geralmente tinham toda sorte de informações úteis.

A menos de um quilômetro do atalho para a casa do Fuinha, Doc Roberts se encontrou justamente com um deles. O sr. Elysium Shellworth Grey, como ele se fazia chamar, era vendedor ambulante de remédios patenteados e de uma grande variedade de produtos farmacêuticos de uso corrente. O letreiro de sua carroça fechada e amplamente adornada anunciava a venda de fundas para hérnia, fortificantes, muletas e próteses a preços módicos.

Vestindo um guarda-pó, o sr. Grey estava lubrificando um eixo problemático quando Doc Roberts parou e o cumprimentou com toda cortesia. Em pouco tempo, a conversa revelou que o vendedor estava voltando exatamente do lugar aonde o médico ia.

O vendedor ambulante sacudiu lentamente a cabeça e olhou para o céu.

— Aquele velho ordinário é uma coisa do outro mundo, juro. Eu podia ter me poupado do aborrecimento de ir visitar aquele bandido. Em Notley's Landing, disseram que um rancheiro tinha quebrado a perna. Achei que seria gentil da minha parte mudar de rumo para ver se podia socorrê-lo. O senhor sabe que não sou médico, mas tenho uma ótima tintura de láudano que podia aliviar a dor até que o doutor chegasse. — Tornou a encaixar a roda no eixo lubrificado enquanto falava. O esforço pontuou seu discurso com grunhidos. — O senhor não imagina como aquele homem me xingou, aos berros, por causa da audácia que tive de visitá-lo sem ser convidado. Depois de me chamar de todos os nomes que conhecia, gritou que já tinha chamado um médico de verdade e que não tolerava nenhum charlatão em sua casa. O vocabulário daquele velho deixa vermelho até um marinheiro. Juro que nunca tinha ouvido coisa parecida nem mesmo da boca de quem estava indo para a forca. Pois então o bastardo resolveu jogar sua peçonha na moça. Palavra que fiquei boquiaberto quando soube que a pobre criatura era a esposa daquele ogro. A coitada não fazia senão tremer e chorar feito um vira-lata espancado. Uma infeliz. Dava pena ver como ele a maltratava. Pois, como se não bastasse abusar assim da pobre menina, ele voltou a me atacar com as mais indecentes acusações, insinuando que eu estava lá porque tinha alguma coisa com sua jovem esposa. Juro que era a primeira vez que eu via a moça na vida. Ele sempre foi louco, tenho certeza, mas agora está passando dos limites. De repente, aquele velho traiçoeiro tirou uma pistola de debaixo do travesseiro e ameaçou me matar se eu e minha carroça não sumíssemos de lá em dez segundos. Eu achei melhor não pagar para ver se ele estava decidido a chegar a tanto. Despedi-me às pressas e, graças a Deus, consegui bater em retirada intato. Duvido que sejam muitos os que têm essa sorte. Pode ser que ele tenha ficado um pouco mais lerdo por causa da perna quebrada, mas, mesmo assim, só me resta levantar as mãos para o céu. Então quer dizer que o senhor é que é o médico que aquele desgraçado está esperando?

Doc Roberts sorriu, empurrou o chapéu para trás e limpou a poeira do rosto com um lenço novo.

— Sou, e nós dois fizemos uma longa viagem — disse, mostrando o ar exausto de Daisy. — Pode ser que, por causa de um insulto qualquer, a gente acabe mandando o cliente se virar sozinho com a perna quebrada, mas às vezes a dor aguda leva as pessoas a agir de maneira inconveniente. Na minha profissão, não é bom fazer julgamentos apressados.

— Levou a mão ao chapéu, despedindo-se, e pegou as rédeas, mas algo lhe ocorreu, e ele se deteve para fazer uma pergunta ao vendedor. — Parece que o senhor disse que tem uma boa tintura de láudano. É verdade? Também vou precisar de uma garrafa pequena de rum, de um frasco de extrato de baunilha e de um pouco de óleo de cravo-da-índia.

A idéia de fazer negócio depois daquela fuga humilhante animou extraordinariamente o sr. Grey. Abandonando o eixo avariado, ele limpou as mãos com um trapo e subiu de um salto na traseira da carroça.

Doc Roberts ouviu-o vasculhar o estoque de mercadorias em busca dos itens solicitados. Achou graça porque ele se pôs a falar sozinho enquanto procurava. Dois minutos depois, reapareceu com a mercadoria. Estava sinceramente satisfeito com o lucro que ia ter, talvez o último do dia.

Como o médico era um profissional obviamente influente, o comerciante achou sensato fazer um abatimento na esperança de, um dia, receber um favor em troca. O doutor Roberts pagou, guardou as coisas na carroça, despediu-se com um aceno e rumou para o sul.

À entrada do rancho do Fuinha, havia um portão de arame farpado que balançava ao vento, fazendo um barulho triste nos gonzos enferrujados e moribundos. Alguns metros mais adiante, no caminho todo coberto de mato, a carroça de Doc chegou a uma depressão profunda, que outrora, séculos antes, devia ter sido um ancho leito de rio. Daquele lugar, não se podia ver nem a estrada nem a casa, mas, em compensação, ele não podia ser visto. Ali deteve Daisy e tratou de se preparar. Tirou da maleta de lona um frasco de remédio grande e vazio, ainda com a crítica etiqueta médica. Sempre levava alguns consigo para colher amostras ou ministrar suas mezinhas. Colocou no frasco uma quantidade bem medida de láudano, uma boa dose de extrato de baunilha e algumas gotas de óleo de cravo-da-índia para suavizar o gosto de remédio. Depois de acrescentar ainda o equivalente a um copo de rum escuro, tornou a arrolhar o frasco, sacudiu-o bem e o guardou na maleta. Satisfeito com isso, tomou o caminho da casa, que ficava a uns quinhentos metros.

Ao dar com as construções precárias do rancho, Daisy pareceu ter a mesma sensação de trepidação que invadiu seu dono. Em geral, os clientes emocionalmente instáveis dificultavam muito a simples tarefa de clinicar. Procurando enfeixar coragem para enfrentar o que desse e viesse, Doc Roberts retardou o passo da égua.

A única coisa que distinguia o estábulo da casa eram as janelas. Aliás, as edificações anexas apresentavam um desbotado muito decadente, que emprestava à paisagem um ar de incessante dissecação. Davam a impressão de que a erosão dos ventos salgados e da maresia não tardaria a reduzir aquelas tábuas e ripas a descoradas lascas podres. Com certeza, fazia anos que estavam com aquela aparência.

Doc conduziu a carroça até a frente da casa e gritou seu próprio nome à guisa de apresentação. Aguardou sem desmontar e tornou a chamar. Momentos depois, a porta se abriu e uma menina suja saiu ao alpendre com os braços recatadamente cruzados no peito. Olhou para ele com uma curiosa expressão de expectativa infantil.

O médico perguntou para a mocinha de olhar inocente se era ali que havia um homem ferido, um homem com a perna fraturada. Era difícil acreditar que aquela criança tão simples fosse esposa de alguém. Sem dizer uma palavra, ela fez que sim e apontou para a porta aberta. Doc apeou, tirou as maletas da carroça e desatrelou Daisy. Esta se afastou dos varais da carroça com um salto nervoso, e o médico deixou-a ir ao bebedouro antes de amarrar sua rédea no parapeito do alpendre.

O velho de aparência feroz jazia completamente vestido, com um suéter todo manchado e um macacão imundo e coberto de remendos. Suava em um antigo colchão deformado pelo estrado de lona de uma enferrujadíssima cama de ferro. Por mais veementes que tivessem sido as suas explosões com o sr. Grey, era evidente que agora tinha chegado a um nível de exaustão que só a agonia crônica era capaz de induzir.

Quando Doc se aproximou, o rancheiro semicerrou os olhos e o fitou com desconfiança. Chegou a unir as sobrancelhas em uma expressão de suspeita, mas a dor na perna foi mais forte, e ele se rendeu, encolhendo-se e deixando escapar um gemido.

O dr. Roberts se apresentou formalmente e colocou a maleta na mesinha bamba que havia perto da cama. A consternação retesou ainda mais as feições angulosas do velho, mas ele assentiu e, ato seguido, apontou com o beiço para o lençol ensangüentado que lhe cobria a perna direita. Doc Roberts removeu a suja coberta e deu com a perna da calça ainda mais ensangüentada e pútrida. Abrindo a maleta de médico, tirou o estojo de instrumentos. Escolheu uma tesoura cirúrgica para cortar o tecido coberto de coágulos.

Como indicava a quantidade de sangue, a fratura exposta havia rasgado muito a pele, não seria fácil recolocar o osso no lugar. O mero choque podia matar um homem daquela idade e de constituição tão debilitada. O velho ergueu o corpo, apoiando-se nos cotovelos, mas Roberts lhe ordenou que ficasse deitado e procurasse poupar o que lhe restava de energia. Era óbvio que aquele cliente não cooperaria com ele. Oxalá pelo menos a jovem esposa não fosse um estorvo.

Doc tirou da maleta o remédio que acabava de preparar. Desarrolhando o frasco, entregou-o para o velho, dizendo-lhe que podia tomar quanto quisesse para mitigar a dor e aliviá-lo um pouco antes que a perna fosse tratada.

Desconfiado, o homem primeiro cheirou o frasco, mas bastou-lhe sentir o doce aroma alcoólico para arregalar os olhos e tomar um gole. Foi o que bastou para lhe iluminar a expressão ansiosa. Ele bebeu vários tragos longos e ruidosos, e, com um suspiro de alívio longamente esperado, reclinou a cabeça no travesseiro encardido.

Doc Roberts anunciou que ia dar uma olhada na cavalgadura. Voltaria dentro de alguns minutos, quando o remédio começasse a fazer efeito. Dirigindo-se à moça parada à porta, pediu-lhe que providenciasse imediatamente uma boa chaleira de água limpa e fervente. E foi atender as necessidades de Daisy.

Pegou uma cevadeira limpa na carroça, encheu-a de aveia e a pendurou no balaústre para a comodidade da égua. Almofaçou-lhe o pêlo enquanto ela comia e, antes de voltar para a casa, cobriu-a com uma manta de estábulo a fim de protegê-la do ar úmido do mar.

Tendo lavado as mãos, Doc Roberts entrou e encontrou o idoso cliente já quase em estado de coma. Havia tomado a metade do frasco de rum adulterado e jazia, feliz e entorpecido, no ninho de ratos que era o seu colchão. Doc pediu à esposa do rancheiro que trouxesse a água e o ajudasse em outras pequenas tarefas. Uma vez cortada a perna da calça, lavou bem a horrível ferida e desinfetou toda a região com um produto malcheiroso, que tingiu a pele de um feio ocre. Então mandou a apreensiva menina segurar com muita firmeza o quadril direito do cliente, enquanto ele puxava e ajustava o membro estropiado na longa e dolorosa tentativa de recolocar o osso no lugar. O grande problema era a irregularidade da fratura.

Afortunadamente, o velho reagiu a essas terríveis manipulações apenas com gemidos de dor. Seu estado de embriaguez não dava muita margem de erro no tocante ao choque, mas Doc alertou a moça para que fizesse o possível para que seu marido bebesse muita água limpa.

Depois de suturar parte do músculo com tripa de gato e fechar a ferida, Doc Roberts, tornou a desinfetá-la e aplicou uma atadura limpa. Com a vacilante assistência da menina, conseguiu imobilizar o membro fraturado com uma tala de lona grossa, reforçada com osso de baleia. A tala era produzida por um fabricante de corpetes para senhoras e com estes conservava muitas semelhanças no modo de prender.

Terminando o tratamento, o médico posicionou o velho inconsciente no sujo colchão de modo a lhe dar o máximo de alívio à perna e, ao mesmo tempo, mantê-lo quase totalmente imóvel. Aproveitou a oportunidade para confiscar a pistola escondida debaixo do travesseiro. Na sua opinião, não havia nada mais nefasto do que a mistura de ópio com arma de fogo. Embora o revólver não fosse propriamente o canhão descrito pelo vendedor, ele achou melhor descarregá-lo. Guardou arma e munição na última gaveta da velha e instável cômoda, sabendo perfeitamente que o rancheiro não conseguiria chegar até lá. Ao erguer os olhos, deu-se conta de que a moça desaparecera. Procurou-a no resto da casa, mas, como não a encontrou, deu de ombros e não pensou mais no assunto.

Levando a maleta de lona para a cozinha, sentou-se à mesa e tirou três frascos. Depois de examinar se estavam limpos, enfileirou-os a sua frente. Pegou um pequeno funil de prata, o láudano, a essência de baunilha, o óleo de cravo-da-índia, um vidro de água destilada e a garrafa de rum. Verteu o láudano nesta última; depois, servindo-se do funil, encheu dois terços do primeiro frasco, a metade do segundo e um terço do último com a mistura. Acrescentou a cada um deles uma colher de sopa de baunilha, óleo de cravo-da-índia e, a seguir, encheu os três com água destilada. Fechando os frascos, numerou-os de 1 a 3 na ordem de sua potência e na ordem em que deviam ser ministrados. Então relaxou na cadeira, acendeu seu cachimbo Wellington e saboreou com satisfação a doçura do fumo. Após algumas baforadas reconfortantes, tirou o livro de registro da maleta e anotou cuidadosamente os fatos pertinentes ao caso. Imaginava que, a menos que um fator externo tivesse influência mais forte, o velho passaria o resto da vida coxeando. No entanto, ainda podiam surgir muitas complicações imprevisíveis capazes de alterar seus generosos prognósticos. O homem era um verdadeiro selvagem, e as condições de higiene em que vivia nada prometiam de auspicioso.

Doc deu uma longa baforada no cachimbo e soltou um aro de fumaça com aroma de maçã. O círculo flutuante era absurdamente imperfeito. Sempre era.

Voltando a refletir sobre a menina, ele imaginou que a jovem esposa do rancheiro provavelmente se deixara dominar por sua natureza frágil e, com toda certeza, tinha ido vomitar. Muita gente corajosa desmaiava ao ver a agulha de sutura perfurar a carne. Seus corpos prostrados complicavam as coisas do ponto de vista médico, de modo que Doc Roberts geralmente dispensava sua participação.

De súbito, a porta da frente se abriu e a silenciosa garota entrou com um frango já depenado e limpo. Suas mãos estavam cobertas de sangue e de fragmentos de víscera. As especulações de Doc sobre sua natureza frágil se desfizeram no ar como os círculos de fumaça. Ele lhe endereçou um sorriso. Ela retribuiu do mesmo modo.

Enquanto a mulher do rancheiro acendia o enferrujado fogão, Doc lhe explicou os frascos numerados. Seu marido receberia um deles, de quatro em quatro dias, na ordem indicada. Ela havia entendido? A moça sorriu e fez que sim. E, corando ligeiramente, contou que também sabia ler.

Doc lhe disse que isso era muito bom e prosseguiu, explicando-lhe os outros procedimentos necessários no tocante à pala e à ferida. A moça prestou muita atenção às explicações e, quando solicitada, repetiu os detalhes corretamente. Satisfeito porque ela compreendera a responsabilidade envolvida, Doc balançou a cabeça e levou a maleta para a carroça.

Entrementes, a menina partiu o frango em pedaços, empanou-os com farinha, fritou-os em banha, acrescentando cebola, cogumelos silvestres e, no fim, um bocado de pimenta. Doc sentiu o cheiro delicioso enquanto guardava as coisas e atrelava a égua.

Deixou que Daisy descansasse até o último momento, mas justamente quando ele ia tirar-lhe a manta, a esposa do rancheiro saiu da casa, trazendo uma enorme bandeja de madeira com o delicioso frango quente e a guarnição. Era demais para que ele pudesse resistir.

A moça apontou para a única cadeira do alpendre e lhe entregou a bandeja e um garfo. Como a maioria dos homens, Doc tinha sua própria faca. Sentou-se na velha cadeira de balanço com a generosa bandeja no colo. Pouco depois, a garota voltou com uma fumegante caneca de café doce, a qual ele aceitou com prazer.

Doc sentiu-se no céu. Fazia dois dias que não provava uma boa refeição quente e sabia que isso o revigoraria. A moça retornou com sua própria e pequenina ração e se sentou no degrau do alpendre para comer.

Enquanto comiam, ficaram contemplando juntos o oceano e os pássaros a voar. O panorama da água era impressionante, mas iludia quanto à distância devido à altitude em que se achava a propriedade do Fuinha. O terreno terminava abruptamente, a algumas dezenas de metros do alpendre, no alto de uma colina de arenito que se precipitava uns trinta metros até as rochas castigadas pela rebentação.

As cabras haviam dado cabo das ervas até a beira do despenhadeiro, de modo que a ilusão de grande distância e altura era esplêndida e singular. No entanto, aquele ponto de observação privilegiado oferecia visões extraordinárias. Em silêncio, os dois ficaram observando um grupo de baleias cinzentas brincando a poucas centenas de metros da praia.

Por fim, a esposa do rancheiro se levantou e foi pegar a bandeja e o garfo de Doc. Ele sorriu, elogiou a comida e lhe agradeceu a deliciosa hospitalidade. Ela respondeu com um sorriso doce e se voltou para ir. Foi quando Doc perguntou educadamente seu nome, seu nome de solteira, é claro. A menina se virou, mas respondeu sem olhar para ele.

— Mary... Mary Rose... Mary Rose Dolan... Mas agora o meu nome é... — Preferindo não concluir a frase, Mary Rose Dolan levou as coisas para a cozinha.

Doc Roberts não teve a menor dificuldade para atrelar Daisy. Aliás, até pareceu que a idéia tinha sido dela. Dona de uma intuição desenvolvidíssima, a opção da égua foi a de partir imediatamente. Ela não parava de mover as orelhas, como se estivesse esperando o pior a qualquer momento.

Doc subiu na carroça e puxou as rédeas para acalmar o sensível animal. Mary Rose tornou a sair e lhe entregou uma pequena trouxa.

— É apenas o resto do frango e algumas torradas — disse com voz sumida. — Para o caso de o senhor ficar com fome antes do amanhecer.

Doc sorriu e aceitou com gratidão.

— Muito obrigado, senhora. Não se esqueça de nada que eu disse. Preciso tratar de outros clientes no sul, mas volto daqui a alguns dias para trocar o curativo e examinar a pala. Até lá, procure fazer com que seu marido repouse. Ele precisa beber muita água limpa, principalmente se tomar o remédio que deixei aí. Uma vez mais, obrigado pela comida. Estava muito gostosa, palavra... Até logo.

Não foi preciso sacudir as rédeas para que Daisy partisse. Virando as orelhas para o leste, ela se pôs a trotar assim que ouviu a expressão "até logo". Doc ia tirar o chapéu para a mulher do rancheiro, mas foi obrigado a interromper o gesto para controlar um animal que já tinha rumo certo. A cena surtiu um efeito cômico que, Doc notou, iluminou com um sorriso o rosto triste da mocinha. Mary Rose ficou observando Daisy partir de um salto, provocando um solavanco na carroça, sem a menor consideração pela dignidade, o equilíbrio e o conforto de seu dono. Parecia decidida a sair o mais depressa possível daquele triste e miserável pedaço de terra.

Quando eles chegaram ao largo caminho que bordejava a costa, Doc Roberts já tinha levado Daisy a compreender bem melhor suas obrigações eqüinas. Seu primeiro instinto foi o de rumar para o norte, para Monterrey, e o médico teve de exercer um pouco de autoridade para que ela fosse para o sul. Quando a caprichosa égua finalmente se viu trilhando um caminho conhecido e confiável, Doc deixou os detalhes menores da viagem por conta dela. Amarrou frouxamente as rédeas em um dos buracos da madeira do estribo da carroça e se deitou no leito, usando o colchonete enrolado como travesseiro. Pegou no sono em pouco tempo. Daisy preferia viajar sem supervisão e, quando isso acontecia, proporcionava uma excursão serena. Tinha aprendido a evitar os obstáculos mais comuns e era capaz de passar horas parada por iniciativa própria, sem que a mandassem, a menos que a fome ou a sede interferissem.

Doc despertou ao cair da noite. Notando que agora a cavalgadura avançava com mais vagar e cautela, pendurou um lampião a querosene no estribo. O suave arco de luz projetado pela chama a encorajava nas viagens noturnas. Doc abriu o presente de Mary Rose e escolheu uma coxa de frango para se distrair. Foi quando começou a chover.

O mês tinha sido inclemente, por isso ele se precavera com ponchos impermeáveis para si e para a égua. Contanto que estivesse essencialmente seca, Daisy seguia caminho, mas, se ficasse molhada, simplesmente parava, baixava a cabeça com ar deprimido e aguardava a piedosa intervenção do dono. Se ele a enxugasse com palha seca e a cobrisse com o encerado que mandara fazer especialmente para ela, tornava a empreender viagem com renovada energia.

Nos seis chuvosos dias que se seguiram, Doc Roberts tratou de seus longínquos clientes, alguns dos quais estavam convalescendo de uma gripe obstinada e insistente. Quando os caminhos ficaram muito lamacentos para a carroça, deixou-a guardada na casa de Tom Doud.

Naquela época do ano, sempre levava consigo a velha sela e a cabeçada para enfrentar tais eventualidades. Reduzia seu equipamento aos itens que podia carregar nos alforjes, no colchonete e na sacola. Os caminhos cobertos de lama não toleravam a carroça, e sempre havia o perigo de um desbarrancamento obstruir totalmente as estradas. Daisy mostrou-se satisfeita com a decisão e passou a colaborar quase desinteressadamente.

Por cima dos estufados alforjes, que eram simultaneamente consultório, sala de cirurgia e biblioteca de consulta, Doc prendeu a aveia do animal. Seu modesto colchonete ia amarrado no arção juntamente com a correia do cantil, presa na maçaneta. Ele foi obrigado a reconhecer que sua sela ia sempre sobrecarregada e, pela centésima vez, decidiu adquirir uma robusta mula de carga para levar o material necessário. Isso diminuiria misericordiosamente o fardo de Daisy e ajudaria muito a restaurar sua antiga disposição alegre e animada.

Depois de um frugal café da manhã à luz do lampião com Tom Doud, Doc e Daisy seguiram viagem para o sul assim que o primeiro clarão do dia se insinuou por trás dos montes do leste.

A chuva tinha limpado o ar. Todas as moléculas faiscaram quando o sol surgiu, amarelo feito manteiga, sobre as montanhas. Todos os celeiros poeirentos estavam livres da camada cor de esterco que os cobria, todas as casas pintadas pareciam quase novas e todos os pastos e encostas vibravam com o capim verdejante que brotara poucas horas antes. Também os pássaros se puseram a ostentar entusiasmo. A alvorada se inundou de cantos, gorjeios e tagarelice.

Doc finalmente voltou a pensar em seu trabalho. Prometera acompanhar vários casos graves e, no fim, estava contente porque os doentes haviam melhorado mais do que era de se esperar. Todos pareciam estar sarando. Sempre lhe dava prazer não ter de apresentar diagnósticos definitivos que afetassem o futuro dos amigos ou clientes.

Os dois dias de viagem de volta ao rancho de Doud decorreram sem imprevistos, e isso o alegrou. Lá chegando, atrelou Daisy à carroça, coisa que não se pode dizer que a agradou muito, e tomou o caminho de Monterrey.

Na viagem de volta, tornou a pensar no velho rancheiro e em sua jovem esposa. Sabia que o encontro seguinte seria o pior da viagem. Daisy manifestou a mesmíssima opinião assim que reconheceu o caminho das colinas de Grace Point.

O conjunto da propriedade do Fuinha tinha um ar de abandono fatal. A brisa marinha flauteava entre as tábuas descoradas do celeiro e dos barracões, as porteiras entreabertas dos currais pendiam dos gonzos e os poucos animais à vista se dispersaram ao vê-lo chegar. Eram escassos os sinais de vida humana, nada de fumaça na chaminé, nenhuma roupa pendurada no varal, ninguém trabalhando.

Doc gritou diante da casa, mas não obteve resposta. Desceu da carroça, desatrelou Daisy e, depois de lhe dar de beber, levou-a para o curral. Tinha certeza de que estava sendo observado e, quando se voltou, deu com a esposa do rancheiro parada à sombra do celeiro arruinado. Estava carregando um cabrito recém-nascido, o animalzinho parecia feliz em seus braços.

Embora um tanto assustado com o súbito aparecimento da garota na sombra, ele conseguiu sorrir e cumprimentá-la cordialmente.

— Mary Rose, eu não a tinha visto. Como vai, minha filha? Meu cliente está passando bem? Venha me dar uma mão com estas coisas.

A moça depositou o cabrito no chão e se aproximou para ajudá-lo. Não falou senão para responder perguntas diretas. Respostas breves, isentas de qualquer sentimento pessoal, fosse pelo que fosse.

Doc ficou sabendo que seu marido continuava sentindo muita dor. Tinha passado a beber o destilado caseiro desde que a mezinha acabara. Coisa que acontecera em pouquíssimo tempo. Recusava-se a tomar banho e não fazia senão gritar, reclamar e xingar. A bebida pelo menos o acalmava de vez em quando.

Sempre que possível, ela tentava dar-lhe a comida recomendada pelo médico, mas o velho se recusava a aceitá-la. Achava que estava com gangrena e acusava Doc Roberts de não ter deixado remédio suficiente para mitigar a dor.

Mas, apesar de toda a gritaria, Mary Rose acreditava que o marido estava se recuperando. Renunciara aos velhos hábitos sem grande resistência. Mais do que isso ela se recusou a contar, e, pouco depois de entrarem na casa, tornou a desaparecer.

Doc foi para o quarto do velho e sentiu imediatamente o fedor de imundície e podridão. Não era o mau cheiro normalmente presente nos casos de gangrena, mas nem por isso deixava de ser repugnante, por mais que a diferença fosse importante em termos médicos. Doc Roberts abriu a janela, permitindo que a brisa varresse o denso eflúvio do quarto. O rancheiro acordou em uma vibrante explosão de pragas e palavrões. Esperneou feito um siri de ponta-cabeça até que o médico conseguisse acalmá-lo mediante a superioridade moral e o recurso à autoridade. Superficialmente, aquele vilão não tinha medo de nada, mas Doc sabia que, no fundo, não passava de um covarde. Não lhe deu muito trabalho dominar o cliente.

Depois de examinar e limpar a ferida, desinfetar e tratar da perna, recolocou a tala de osso de baleia de modo a lhe dar um pouco mais de conforto. Como recompensa pela relativa passividade do fedido convalescente, ofereceu-lhe mais um frasco do remédio especial, dessa vez substancialmente mais diluído que o anterior, se bem que muito parecido com o original graças ao rum, ao óleo de cravo-da-índia e à baunilha. Também foi bastante direto ao ralhar com o crédulo enfermo para que desse um jeito em seu abominável estado de higiene. Chegou a intimidá-lo com pavorosas histórias de infecções repentinas e, naturalmente, de túmulos visitados por esposas jovens e inconsoláveis, mas muito prósperas. Infelizmente, ele via isso com muita freqüência. Oxalá seu paciente não viesse a figurar entre os poucos idiotas que deixavam de tomar as devidas precauções. Bem antes que ele terminasse de pintar o retrato da desgraça iminente, o Fuinha já estava aos berros, exigindo água quente.

Esgotado pela emoção das terríveis histórias do médico, tomou um bom trago da mezinha especial e voltou a se reclinar no travesseiro imundo, resmungando as piores obscenidades.

Doc foi para a cozinha e encontrou Mary Rose já esquentando duas boas chaleiras de água. Interrompeu o serviço para lhe oferecer uma caneca de café bem forte e um biscoito enorme. Ele agradeceu e foi espairecer no alpendre. Mary Rose não tardou a ir a seu encontro. Os dois ficaram algum tempo contemplando o oceano. Doc pigarreou para lhe chamar a atenção e disse que tinha de tratar de alguns doentes em Los Burros, mas retornaria dentro de alguns dias para examinar o Fuinha. Por ora, bastava que Mary Rose fizesse com que ele se lavasse um pouco a fim de evitar uma infecção desastrosa. A menina fez que sim e, momentos depois, voltou a se ocupar de seus afazeres.

Doc se sentou no degrau do alpendre para tomar o café e refletir sobre o cliente. Infelizmente, estava se inclinando para o mesmo veredicto daqueles que ele acusava de chegar a conclusões ignorantes. O Fuinha era uma desculpa extremamente pobre para o *Homo sapiens*, quanto a isso não havia dúvida. Doc tinha ouvido dizer que ele era incapaz de conservar um empregado durante mais de uma semana. Ninguém queria trabalhar para aquele avarento desbocado. Jamais pagava os peões com pontualidade, por isso eles se demitiam. O sujeito era malévolo e grosseiro, e ninguém lamentaria se partisse desta para a melhor. Isso levou o médico a se preocupar com Mary Rose, por mais que a situação dela não fosse da sua conta. A menina teria de cuidar de si. Havia conseguido até então, e Doc tinha outros clientes que precisavam de seus cuidados tanto quanto o velho intratável.

Doc Roberts teve a alegria de achar as outras visitas menos cansativas, conquanto o caminho das montanhas estivesse mais difícil que de costume devido aos muitos desbarrancamentos provocados pela chuva. Aquelas veredas, além de inóspitas, eram uma ameaça constante, de modo que ele apeou para conduzir Daisy em meio aos perigos. A égua se animou, talvez na esperança de que se estivesse estabelecendo um precedente.

Manchester era uma cidadezinha mineira relativamente próspera, incrustada na serra de Santa Lúcia. Constituía o centro do rico distrito de Los Burros. Por sua própria natureza, a mineração era uma atividade precária e arriscada. Lá, toda variedade imaginável de acidente era lugar-comum, e Doc sempre tinha lucro na região. Ao contrário de boa parte de seus outros clientes, os mineiros pagavam tudo à vista, em dinheiro, inclusive a morte, e esperavam a mesma cortesia em troca. Suas expectativas contavam com o respaldo das armas. Aliás, os únicos que ainda circulavam armados eram eles e os homens da lei. Com o passar dos anos, assaltar mineiros imigrantes converteu-se em uma verdadeira tradição na Califórnia. Isso os tornou irritáveis e imprevisíveis. Era de se esperar que todos eles andassem armados e dispostos a atirar.

Depois de fazer as primeiras visitas, Doc Roberts tinha o hábito de pernoitar na cidade, na pequena cabana de Willie Cruikshank. Este raramente ficava lá, preferia dormir nas proximidades de sua mina, ao relento mesmo, para não ser roubado. Doc jantou no Gem Saloon, como de costume, e passou parte da noite contando casos para os amigos e conhecidos do lugar.

Os garimpeiros eram grandes contadores de histórias. Tal atividade era considerada uma espécie de arte em Manchester, e quem não tivesse um caso bom e emocionante para narrar dificilmente era convidado a participar da hospitalidade e da garrafa do dono do estabelecimento.

No dia seguinte, Doc se entregou ao seu périplo de injeções, suturas e curativos nas minas e, depois de passar algumas horas agradáveis na companhia de seu anfitrião Willie Cruikshank, tratou de levar Daisy para o oeste, acompanhando o sol a fim de sair das montanhas. Seguindo o sensato conselho de Willie, escolheu outro trajeto, um caminho antigo, mas bem conservado, que descia pelo Plover Canyon. Aquela estrada de carroças sobrevivera aos temporais sem grandes danos, e sua sombra tornava a descida agradável tanto para o homem quanto para o animal.

Atravessaram dois riachos dilatados pela chuva, de modo que a égua, podendo matar a sede facilmente, renunciou a sua habitual resistência a voltar para a senda. Chegaram à estrada principal, que ia para o norte, bem quando o sol estava começando a se inclinar no horizonte. Havia um abrigo de tropeiros razoavelmente confortável à margem da ribeira de Little Grass, uns cinco quilômetros mais adiante, e era lá que Doc pretendia passar a noite.

O pequeno curso de água irrigava um prado muito exuberante, riquíssimo em capim, e ele sabia que Daisy consideraria a extravagância nada mais do que uma justa recompensa pelos dedicados serviços prestados.

O caminho levava a um estreito desfiladeiro e, a seguir, a uma pequena clareira cercada de carvalhos e cedros retorcidos pela chuva. Bem quando eles iam entrar no bonito lugar, a égua parou de repente e se pôs a balançar a cabeça de um lado para outro. Doc perscrutou a penumbra, mas nada viu de sinistro. Instou a besta a avançar, mas esta obedeceu com relutância. Pouco mais adiante, notou um estranho movimento à beira da estrada, um metro a sua frente. Detendo-se, examinou os arredores com cautela. Detectou o movimento uma vez mais. Um movimento furtivo, bem perto do chão, mas a cor do vulto lhe pareceu familiar. Ele desmontou e, certo de que a situação não oferecia perigo, puxou Daisy pela rédea. Não sabia como tinha chegado a essa conclusão, mas seguiu em frente. De súbito, soltou a rédea e avançou correndo. Tinha visto um homem que parecia se esforçar muito para conseguir engatinhar. Vestia uma camisa xadrez e levava às costas um pequeno colchonete enrolado. Suas botas tinham mais buracos do que couro, e seu *jeans* estava rasgado e sujo de sangue.

Doc Roberts reconheceu de pronto os graves sintomas de exaustão e desidratação. E tirou imediatamente o cantil e a maleta de médico da carroça. Recomendou muito que o homem sedento bebesse devagar enquanto ele cuidava de suas outras feridas. Era evidente que o pobre-diabo não tinha condições de andar e que, sem água, comida, agasalho e descanso, estava com as horas contadas neste mundo.

Foi preciso muito esforço, mas ele foi capaz de colocar a alquebrada figura na carroça a fim de levá-la ao abrigo de tropeiros à margem da ribeira de Little Grass. Daisy conseguiu chegar lá com dignidade, conquanto continuasse um tanto assustada com o incidente. Doc achou melhor oferecer-lhe uma ração especial de aveia para acompanhar o capim fresco e a água pura do riacho.

Foi durante essa curta viagem que ficou sabendo que acabava de salvar um vaqueiro errante que viera a pé de San Luís Obisbo à procura de trabalho em Salinas. Chamava-se Jersey Dean e era de Santa Maria. Disse que partira adequadamente equipado para a viagem. Havia comprado um burro forte, e a criatura carregara bravamente sua bagagem durante quilômetros. Cinco dias antes, porém, eles foram atacados por um urso enorme no caminho. Este matou o burro com uma violenta mordida no pescoço e obrigou Dean a fugir e trepar em uma árvore, onde passou a noite debaixo de chuva. No dia seguinte, ele tentou voltar sobre seus próprios passos na tentativa de recuperar o equipamento, mas o urso havia levado o animal consigo, com toda a bagagem. Dean teve sorte de encontrar o cobertor e, como estava desarmado, não pôde resgatar o que restava de seus pertences — infelizmente, seu velho Colt estava atado ao burro, coisa que deu ao urso muita superioridade em termos de potência de fogo. Doc riu da piada e elogiou o bom senso do caubói.

Encontraram o abrigo de tropeiros em boas condições. Não passava de um grande barraco de madeira de três lados, mas tinha um telhado sólido e quatro beliches de tábua nas paredes. O quarto lado da cabana se abria para uma grande lareira de pedra que ficava protegida dos elementos graças ao largo beiral do telhado. O fogo refletia a luz e o calor na cabana graças ao muro de pedra erigido atrás da lareira. Um telhado secundário, ao lado desta, abrigava uma boa quantidade de lenha seca, e, assim que instalou Dean em um dos beliches, Doc tratou de acender um bom fogo para espantar o frio nevoento do interior da cabana.

A falta de comida era um problema difícil de resolver. Ele raramente levava provisões substanciais nas viagens. O cheiro de comida no fogo ou mesmo guardada era um chamariz para os predadores, e valia a pena prescindir da companhia deles.

Mas Doc possuía quase um quilo de carne de caça em conserva, chá preto, sal, açúcar, diversos condimentos e uma boa quantidade de sopa desidratada, se bem que lhe faltassem os utensílios para prepará-la. Uma caneca de lata e um antigo jogo de talheres do exército lhe bastavam, mas seu uso era bastante limitado.

Ele cortou ramos de cedro e tornou mais confortável o beliche de seu novo cliente, perto do fogo. Usou suas próprias cobertas para forrar os galhos e improvisou um travesseiro sofrível com a cevadeira de Daisy. Desceu ao riacho e areou a chaleira e o balde. Pôs aquela no fogo para desinfetá-la. A seguir, encheu o balde de água e a ferveu. Quando a primeira chaleira de água havia fervido a ponto de se esterilizar, verteu-a no balde, esperou que esfriasse um pouco e lavou as feridas de Dean.

O vaqueiro levantou as mãos para o céu por ter encontrado semelhante samaritano quando lhe faltava tão pouco para entregar a alma a Deus. Jurou retribuir a generosidade do médico, ainda que tivesse de esperar a vida inteira. Doc Roberts reconheceu que a oferta do cliente era muito bem-vinda, mas totalmente desnecessária. Bastava pagar o serviço. Seus honorários eram de dois dólares em dinheiro ou oito frangos vivos, mas ele estava disposto a discutir um prazo de pagamento com um cliente responsável e com emprego fixo.

O jovem Dean sorriu pela primeira vez em muitos dias, se bem que isso tenha lhe maltratado os lábios rachados.

Doc reparou na careta do rapaz e prometeu não fazer tanta graça enquanto ele não se recuperasse um pouco mais.

Para o jantar, cortou a carne em pequenos cubos e a cozinhou com uma boa quantidade de sopa desidratada em água fervente. Guarneceu o guisado com as cebolas silvestres que encontrou quando foi levar Daisy para pastar.

Quando a carne ficou suficientemente macia para uma pessoa debilitada, Doc a serviu a Dean. Embora fraco, ele estava muito faminto, de modo que não foi fácil convencê-lo a comer devagar. O médico também lhe recomendou tomar muita água morna com açúcar em pequenas quantidades.

O dia seguinte amanheceu com uma neblina espessa, muito frio e uma chuva intermitente. Doc achou melhor não viajar com aquele tempo, principalmente levando um cliente ainda tão frágil. Mas, em vez de aproveitar o tempo para descansar, tratou de cuidar do conforto de ambos agora que a luz do dia lhe permitia trabalhar. Primeiro acendeu o fogo e foi buscar Daisy, que estava pastando no prado. Não convinha deixá-la muito tempo exposta à intempérie. Era o tipo de coisa que sempre a deixava de péssimo humor. Levou-a para junto do fogo e a esfregou com capim cheiroso e ramos de cedro e, quando ela ficou razoavelmente seca, cobriu-a com a manta e a instalou no fundo da cabana, onde estaria agasalhada. Em um dia como aquele, ela ficou muito agradecida pela consideração.

Jersey Dean dormiu um sono tão pesado que nenhum incômodo foi capaz de invadir seu refúgio sem sonhos. Doc lhe tomou o pulso várias vezes e ficou satisfeito em constatar que o vaqueiro continuava entre os vivos. A exposição à intempérie e a exaustão eram difíceis de remediar num abrigo de tropeiros em pleno sertão, mas Doc gostava de enfrentar desafios e tinha muita tenacidade quando se tratava de resolver um problema. Ficou contemplando o rapaz adormecido e recordou que só as crianças inocentes e os octogenários contavam com a bênção do verdadeiro repouso. A essa lista, acrescentaria os jovens caubóis extenuados.

Lembrou-se de ter visto rastros frescos de coelho no pequeno prado verdejante, onde Daisy havia pastado sob as árvores. Ele jamais caçava por esporte e raramente por necessidade. Levava um velho Colt da marinha na sela, mas só o usava para espantar predadores curiosos. Não sabia se conseguiria acertar o que quer que fosse se tentasse e achava o calibre grosso demais para que sobrasse muito coelho caso tivesse a sorte de alvejar um. Em todo caso, tinha de providenciar uma quantidade razoável de alimento se quisesse que seu cliente recobrasse a energia para seguir viagem.

Por fim, pegou um pequeno rolo de linha de pesca, escolheu os gravetos mais flexíveis na pilha de lenha e, com a ajuda de seu canivete afiado como uma navalha, empenhou-se em fabricar as seis armadilhas de coelho mais bem-feitas que ele podia imaginar. Depois de pôr mais lenha no fogo, saiu para espalhar as arapucas. Achou um generoso aglomerado de cogumelos comestíveis, bulbos de íris e uma bela touceira de agrião à beira do riacho. Colheu o máximo que pôde para enriquecer o jantar.

Ao voltar, encontrou Dean acordado e morrendo de fome. Para começar, esquentou água na chaleira e lhe ofereceu uma caneca de chá doce e um bom pedaço de biscoito. Tornou a preparar um forte guisado de carne, agrião e cebola silvestre. Dean comeu com voracidade e pediu mais.

Doc constatou que ele estava melhorando, pelo menos no que se referia ao apetite, mas insistiu para que continuasse tomando muita água a fim de reidratar o organismo.

Depois de encher a barriga, o vaqueiro tornou a mergulhar em um sono reparador e esquecido de tudo. Doc se sentou junto ao fogo e registrou no diário os acontecimentos do dia e suas observações médicas.

A chuva parou no final da tarde, e Doc levou Daisy para pastar à beira do riacho. Dean continuava imóvel no leito improvisado, dormia como sob o efeito de um narcótico. O médico se deu conta de que sua saúde não era de modo algum um problema superado. Os anos e anos de experiência lhe diziam que a constituição do vaqueiro estava prestes a ser testada novamente. Seu frágil estado podia ser um terreno fértil para uma infinidade de infecções.

Doc ficou admirado, orgulhoso e surpreso ao descobrir que três coelhos gordos e uma pomba do tamanho de um capão haviam caído em suas armadilhas. Não tinha idéia de como a pomba entrara na arapuca de coelho, mesmo assim, agradeceu à Providência onisciente.

De volta à cabana, tratou de transformar a caça em uma suntuosa refeição. Dois coelhos se transformaram em um fino guisado com cogumelos e cebola. A comida ficou bem temperada, pois ele costumava viajar com uma boa quantidade de condimentos. O sal, a pimenta-do-reino, a mostarda seca, a pimenta e as ervas é que estabeleciam a diferença entre um bom prato e uma ração insossa de viajante, e Doc gostava de comer bem. No entanto, cuidou para que a porção de Dean ficasse relativamente leve, não convinha abusar de seu aparelho digestivo. Assou sua porção de coelho e pomba em espetos de madeira e a condimentou com uma dose valente de tempero.

Dean despertou lentamente com o delicioso aroma do jantar. Apoiado nos cotovelos, perguntou onde podia ir fazer suas necessidades. Doc apontou para a vasta floresta lá fora, entregou-lhe a pá que sempre levava na carroça e, bem-humorado, convidou-o a escolher o trono que mais lhe agradasse.

O vaqueiro retornou corado e com a testa coberta de gotas de suor, muito embora estivesse fazendo frio. O médico não fez comentários, mas diminuiu a ração de guisado de coelho, com a qual o caubói se deliciou até a última garfada.

Doc lhe contou que eles tinham de partir para o norte ao amanhecer. Temia problemas caso não encontrassem rapidamente melhores acomodações. Voltando a se encolher em seu morno beliche, o vaqueiro garantiu que chegaria ao fim da viagem, já que tinha conseguido se agüentar até então. Tornou a agradecer a solícita intervenção do médico e não tardou a pegar no sono. Pouco depois, estava roncando sonoramente enquanto Doc jantava ao pé do fogo.

Em vez de enterrar o resto de comida, jogou-o em uma antiga toca de esquilo e tapou-lhe a entrada. Foi buscar Daisy no prado e a instalou no fundo da cabana para que não passasse frio. A noite prometia ser úmida e neblinosa, e a égua merecia muita consideração. Teria de puxar o dobro da carga no dia seguinte. Era preferível que estivesse aquecida e ágil a fria e rígida quando fosse convocada a tanto esforço. Depois de acender o fogo, Doc se acomodou em sua cama de ramos de cedro e dormiu coberto com o guarda-pó de estrada e o poncho.

Sonhou com a viagem para o norte. Sonhou que todos os árduos e perigosos obstáculos tinham sido despejados do caminho e substituídos por uma ampla e lisa avenida para facilitar a jornada. Ela serpenteava graciosamente qual uma larga fita de veludo preto entre as montanhas que orlavam a praia. O luar se derramava, fazia calor e o terreno era firme.

De manhã, ao despertar, encontrou Jersey Dean de pé e em plena atividade. A água do chá já estava esquentando na chaleira. O vaqueiro dobrara e enrolara seu colchonete e queimara o cedro que lhe servira de colchão. A fumaça desprendia um aroma agradabilíssimo. Ele também tinha alimentado Daisy com uma boa ração de aveia antes de lhe dar de beber no riacho.

Conquanto estivesse impressionado e agradecido, Doc Roberts sabia que, apesar do aparente vigor, Dean estava sofrendo a primeira euforia produzida pela febre. Deu-lhe uma dose de sais de sinceiro, que o rapaz ingeriu obedientemente, e, depois de tomar sua caneca de chá quente, o médico atrelou Daisy e carregou a carroça.

Fez questão de que Dean se agasalhasse com seu poncho, já que não tinham com que isolá-lo da intempérie.

A viagem para o norte nada teve de rápido ou agradável. Quando a febre do caubói aumentou, Doc achou necessário parar várias vezes para dar de beber tanto ao cliente quanto à égua. Esta não estava habituada a puxar dois passageiros, e, embora Doc se orgulhasse de sua resistência e tenacidade, não podia deixá-la sofrer, exaurindo-se no terreno inóspito. De modo que acabou caminhando muito mais do que desejava.

O pobre Dean ia dormindo em uma névoa semifebril em que os sonhos se misturavam com alucinações, balbuciando palavras quase sempre ininteligíveis. Doc teve de ficar de olho, temendo que o rapaz caísse inesperadamente do leito da carroça.

Doc desejou contar com uma estrada mais larga ao longo da costa. Uma viagem que normalmente levaria vinte horas a cavalo, consumiria agora quase três dias completos, possivelmente mais do que isso. Três dias sem abrigo ou provisões adequados podiam ser fatais para seu cliente.

Por ora, não havia como levá-lo ao hospital de Monterrey sem matá-lo no caminho. Daisy também precisava muito de forragem decente e descanso para prosseguir.

Doc refletiu sobre o problema e finalmente se lembrou do barracão abandonado na propriedade do Fuinha. Resolveu tentar o diabo. Assim que chegasse à encruzilhada, rumaria para o oeste, diretamente para Grace Point. Poderia tratar do velho e providenciar um leito, um pouco de comida e abrigo decentes para Dean antes que fosse tarde para lhe oferecer algo mais proveitoso do que uma cova, uma bíblia e uma lápide.

O clarão do ocaso estava se recortando por trás dos montes quando Doc Roberts levou Daisy para o celeiro, em Grace Point. Os raios de luz que passavam pelas largas aberturas entre as tábuas denunciaram um leve movimento lá dentro.

Enquanto ajudava Dean a descer da carroça, Doc chamou Mary Rose. Ela saiu do celeiro com um pequeno e velho cesto de ovos. O médico não teve dificuldade para comunicar a gravidade da situação.

Mary Rose pôs o cesto no chão e se apressou a auxiliá-lo a levar o vaqueiro semiconsciente ao barracão, que não passava de um bambo prolongamento do celeiro, coberto por um único telhado inclinado. Tal como se achavam, as acomodações nada tinham de hospitaleiras. Tudo lá dentro estava coberto por uma camada de pó e sujeira: os dois instáveis catres de corda trançada e os finos colchões de crina, a enferrujadíssima estufa a carvão, a velha mesa e a cadeira com o encosto quebrado. Todo esse luxo vinha acompanhado de um lampião a querosene e um urinol. Doc e Mary Rose deitaram Dean em um dos catres. Doc deu instruções precisas à menina para que preparasse um caldo e lhe pediu alguns lençóis emprestados.

Voltando para o celeiro, tirou os arreios de Daisy e cuidou dela o melhor que pôde. Depois pegou a maleta e o colchonete e, à fraca luz do lampião, fez o possível para limpar o barraco. Por fim, decidiu terminar a tarefa no dia seguinte. Tendo acomodado o quase delirante Dean com o máximo de conforto possível, foi para a casa visitar o velho e tratar de sua perna. No estado em que se encontrava, com os pés doendo e cansado da viagem, aquela não era a missão que mais o entusiasmava.

A vinte metros da casa, ouviu o velho gritar. Estava fuzilando a esposa com um vendaval de insultos e queixando-se de não ser tratado com a atenção e o respeito a que tinha direito. Jurou que quando sarasse e voltasse a andar, as coisas seriam muito diferentes para certas pessoas.

Doc interrompeu a diatribe do rancheiro com toda a autoridade profissional de que dispunha. Esta não serviu de grande coisa, mas pelo menos calou aquela boca suja o tempo suficiente para que ele terminasse de examiná-lo, fizesse um curativo na ferida e recolocasse a tala. Notou que, apesar das afirmações em contrário, a higiene do homem não tinha melhorado muito. Seu hálito era de aguardente, mas como ele conseguia bebida sem a conivência da esposa era um grande mistério.

Aproveitando-se de que o Fuinha ainda estava acuado, Doc falou no vaqueiro que ele salvara no caminho e acabava de instalar no barracão para que se recuperasse. Mencionou a conta médica cada vez mais alta do rancheiro e ofereceu negociar um abatimento se o rapaz recebesse hospedagem e comida até melhorar.

O velho não se entusiasmou muito com o trato, mas como não tinha dinheiro para pagar o que devia, achou melhor concordar. Mas só até que o pilantra voltasse a andar. Assim que isso acontecesse, ele teria de pôr o pé na estrada. Doc concordou e foi para a cozinha pegar o caldo de Dean e os outros itens solicitados.

Mary Rose já estava com tudo pronto. Além da tigela de delicioso caldo para o doente, havia preparado um prato de picado de cordeiro com cebola para Doc Roberts. Pegando os lençóis e outros objetos úteis, ajudou-o a levar tudo para o barracão. Uma vez arrumados os catres, o médico despiu o corpo inerte de Dean e o agasalhou com cobertores quentes e limpos.

Com muito cuidado, Mary Rose se encarregou de alimentar o doente com colheradas do nutritivo caldo, enquanto Doc lidava para acender a estufa e expulsar o frio do ar do mar. Quando tudo ficou arrumado e Mary Rose voltou para a casa, ele se sentou à velha mesa bamba para comer o cordeiro. Depois de jantar, aproximou-se da luz do fumarento lampião e fez anotações no diário. A febre de Dean exigia cuidado, mas ele pareceu se acalmar quando Doc lhe umedeceu a testa e os pulsos com água fria. Esse procedimento continuou até que o médico pegasse no sono, por volta de meia-noite.

Na manhã seguinte, ao despertar, Doc encontrou o paciente dormindo serenamente. A febre baixara nas primeiras horas da madrugada, porém, à mercê dos rigores da exposição ao frio, à exaustão, à alimentação deficiente e agora à febre, ia demorar para que "o pilantra pusesse o pé na estrada", como queria o velho rancheiro.

Enquanto Dean dormia, Doc preparou medicamentos para os dois clientes. Para o Fuinha, a mezinha de costume, se bem que só com dez gotas de láudano para meio litro de rum misturado com essência de baunilha e cravo-da-índia. Tornou a verter doses cada vez menores nos frascos e a completá-los com água destilada. Calculou que aquela espécie de placebo pelo menos serviria para manter o velho tranqüilo. Certas pessoas achavam difícil acreditar que estavam sendo medicadas adequadamente, a menos que a prova fosse um frasco de remédio. Era difícil entender que o corpo tratava de se curar, bastava um pouco de paciência e cuidado. Elas pediam remédios e poções que alimentassem sua definhada autoconfiança.

Do ponto de vista médico, dava na mesma. O corpo acreditava naquilo em que o cérebro dizia. Às vezes, unir os dois de maneira harmoniosa era questão de manipulação psicológica, mas isso nada tinha de antiético. Antiético era o que Doc gostaria de ter feito com o velho intratável, mas ele não praticava tal espécie de maldade desde os seis anos de idade. Agora era tarde para voltar a essa fase.

Já os remédios de Dean eram coisa bem diferente. Doc deu instruções precisas para ministrá-los, e seria necessária muita disciplina para que o rapaz não interrompesse o tratamento em uma prematura ostentação de fanfarrice juvenil. Por isso Doc tratou de lhe explicar que devia acatar as determinações de Mary Rose. Depois fez anotações em seu diário, satisfez as necessidades de Daisy e passou o resto do dia cuidando do doente.

Na manhã seguinte, bem cedo, tomou o pulso do vaqueiro. Este ainda estava dormindo, embora a exaustão e os pesadelos o agitassem de vez em quando. Então o médico começou a se preparar para seguir viagem. A caminho da casa, deteve-se no celeiro para ver Daisy, que estava mais do que satisfeita com sua aveia.

Doc entregou o remédio do velho, recomendando-lhe que o tomasse às colheradas, não no gargalo. Tinha de durar quinze dias, quando ele retornaria com mais, caso fosse necessário. Também o exortou a tratar o hóspede com muita cortesia por conta dos honorários médicos que teria de pagar. Segundo seus cálculos, o Fuinha lhe devia mais do que todos os porcos, cabritos e galinhas que tinha no rancho, de modo que era melhor cumprir sua parte no trato.

O rancheiro resmungou e praguejou, mas prometeu fazer como combinado. A raiva contida em sua voz revelou que ele não estava nada contente com o acordo, mas Doc sabia que o respeitaria, no mínimo por medo.

Encontrou Mary Rose na lavanderia, esfregando macacões sujos na tábua de lavar feita em casa. Convidou-a a conversar um pouco. A mocinha enxugou as mãos no avental e o acompanhou até o barracão. Ele lhe entregou instruções escritas e lhe perguntou se conseguia compreendê-las. Mary estufou o peito e disse que sabia ler muito bem, obrigada. Até lhe mostrou alguns livros. Doc elogiou sua cultura literária e repassou a lista com ela, item por item.

Quando os dois entraram no barracão, Dean acabava de acordar e estava morrendo de sede. Doc lhe deu água e explicou que estava prestes a partir. Disse que tinha arranjado para que o rapaz se recuperasse no rancho. Ele devia seguir as instruções de Mary Rose sem discutir nem reclamar. E acrescentou que a moça não precisava de mais problemas além dos que já tinha na casa com o outro doente.

Embora ainda fraco, Dean sorriu e agradeceu os cuidados e a consideração de Doc Roberts. Devia-lhe a vida e ia trabalhar muito para lhe mostrar o quanto estava agradecido. O médico fez um gesto de desdém e retrucou que o vaqueiro podia mostrar sua gratidão obedecendo as ordens de Mary Rose. Ele havia deixado instruções específicas e esperava que fossem cumpridas religiosamente. O caubói olhou para a esposa do rancheiro, corou e concordou com todas as exigências do médico.

Doc Roberts sabia que não podia percorrer todo o trajeto até Monterrey de uma vez, mas pretendia viajar o máximo possível, até que Daisy perdesse a paciência. Foi preciso muito esforço, mas conseguiu chegar às terras dos Pfeiffer antes do anoitecer. Decidiu pedir um banho e uma cama aos velhos amigos.

O estresse da semana passada na estrada se abateu sobre ele: precisava de uma boa noite de descanso antes de prosseguir. Uma boa refeição também viria a calhar, desde que não fosse coelho. E cuidaria para que Daisy recebesse toda a atenção que fosse capaz de agüentar. Forragem fresca, aveia doce e a companhia de seus semelhantes contribuiriam muito para melhorar sua disposição. A égua aprovou a decisão de parar. Estremeceu de prazer ao se sentir livre de seu fardo. Doc a escovou e lhe deu algumas maçãs antes de ir para a casa de banho a fim de passar uma muito cobiçada hora mergulhado na água quente e cheirosa, fumando o cachimbo, soltando círculos imperfeitos no ar e pensando na esposa, na casa e na lareira.

Quinze dias depois, Doc Roberts tornou a viajar para o litoral. Acabava de visitar a turma de trabalhadores de Grimes e o sítio de Dani quando lhe pediram que parasse em Partington Cove para tratar de um marinheiro que havia quebrado o braço ao carregar uma escuna com casca de abeto-branco. O velho Clarke apareceu do nada, como de costume, e lhe falou no marujo ferido. Fazia anos que os dois eram amigos. Embora Clarke morasse no sertão e vivesse como um eremita, embora pouca gente o visse circulando por aí, ele dava um jeito de ficar sabendo de tudo que se passava em Big Sur.

Tendo imobilizado o braço do marinheiro com uma tala especial, Doc pernoitou no rancho de Tom Doud. De manhã, tomou emprestada uma das montarias mais velozes do anfitrião para fazer uma rápida visita e avaliar o estado de Jersey Dean e do Fuinha. Como Daisy obviamente detestava o lugar, preferiu não obrigá-la a puxar a carroça até aquela enorme distância, já que ela podia se divertir à vontade no pasto exuberante de Doud e rolar na poeira com os amigos.

Chegou a Grace Point no meio da tarde. A primeira pessoa que viu foi Jersey Dean. Estava sentado à frente do barracão, consertando a batedeira de manteiga de Mary Rose. À primeira vista, pareceu feliz e bem disposto, mas bastou-lhe avistar o médico para que exibisse uma expressão triste e sombria.

Doc apeou junto ao celeiro, e Dean foi ter com ele para ajudá-lo a recolher o cavalo. O médico sentiu imediatamente que havia alguma coisa errada. Quando indagou sobre seu estado de saúde, o caubói respondeu que estava melhorando devagar, mas, com o tempo, esperava recuperar-se totalmente. Doc examinou superficialmente seus sinais vitais e concluiu que Dean estava apenas se fingindo de doente. Perguntou-lhe por que não tinha aproveitado a primeira oportunidade para procurar uma perspectiva melhor. Não faltavam fazendas precisando de mão-de-obra naquela época do ano, e até o diabo sabia que seu atual anfitrião estava longe de ser o sujeito mais amável do mundo.

O vaqueiro riscou a poeira com o bico da bota recém-remendada e se esforçou para achar uma resposta que parecesse espontânea, mas não encontrou nenhuma. Sem dissimular o constrangimento, disse que na verdade gostava do lugar onde estava, mas o velho não dava sinais de querer contratar um ajudante. O rancho precisava muito de um trabalhador qualificado enquanto seu dono estivesse de cama, e ele tinha feito o possível para ser útil. Assumira as tarefas mais árduas de Mary Rose, que parecia ocupadíssima em cuidar do marido. Até havia confeccionado um par de muletas para que o velho pudesse se locomover com mais facilidade, mas ele não expressara a menor gratidão pelo presente. Aliás, tinha chegado ao cúmulo de reclamar que o rapaz não passava de um chupim em busca de casa e comida de graça. Mais de uma vez, Dean o ouvira dizer a mesma coisa para a esposa, sobretudo quando sabia que ele estava ouvindo tais comentários.

Doc prometeu ver o que podia fazer e, pegando a maleta de médico, foi para a casa.

Ao entrar no alpendre, ouviu o homem fuzilar impropérios. Aquilo já se tornara tão habitual que ele nem prestou atenção, ainda que achasse que o velho abusava do direito de usar palavrões. Uma coisa era um homem insultar outro com semelhante vocabulário, mas empregá-lo para xingar uma mulher era uma falta de respeito imperdoável.

Assim que notou sua presença, o Fuinha cessou de vituperar. Podia descarregar o mau humor nos outros, mas tinha muito medo do dr. Roberts e se mostrou quase obsequioso na sua presença.

Mary Rose ficou contente ao vê-lo e conseguiu esboçar algo parecido com um sorriso quando ele entrou. Sem querer passar muito tempo na companhia do Fuinha, Doc se apressou a examinar seu ferimento. Enquanto isso, disse-lhe que, embora sua perna estivesse melhorando constantemente, ainda demoraria para que pudesse voltar a cuidar do rancho. Nada mais sensato do que contratar Jersey Dean para administrá-lo até que o velho rancheiro estivesse em condições de trabalhar sozinho.

Embora tivesse tratado a sugestão com sarcasmo, caso viesse de outra pessoa, o velho se mostrou disposto a pensar na recomendação, já que era do eminente dr. Roberts. Mary Rose também pareceu gostar da idéia e estimulou o marido a acatá-la para o bem do rancho, que, no momento, estava indo por água abaixo sem um homem que se encarregasse do gado e do conserto das cercas.

Retornando ao curral para pegar o cavalo de Tom Doud, Doc encontrou Dean dando lavagem aos porcos. Contou-lhe que tinha feito um trato com o velho. Ele lhe pagaria trinta e cinco dólares por mês, com casa e comida, e o rapaz se encarregaria do rancho até que o dono pudesse voltar a trabalhar.

Dean ficou contente, mas procurou não mostrar até que ponto. Agradeceu a ajuda do médico e retomou o trabalho com uma tenacidade que desmentiu as queixas anteriores quanto a seu estado de saúde.

Doc se despediu e montou. Disse que voltaria dentro de vinte dias. Esperava encontrar o lugar em melhores condições quando chegasse. O vaqueiro se despediu com um aceno alegre e voltou para o curral. Doc Roberts esporeou o garanhão na esperança de chegar à propriedade de Tom antes que a lua surgisse. Este lhe havia prometido um suculento filé para o jantar se ele chegasse a tempo. O garanhão não precisou de muito estímulo para voltar a seu estábulo. Mostrou-se tão ansioso quanto Daisy por sair do rancho do Fuinha.

Vinte dias depois, cumprindo sua palavra, Doc Roberts e a relutante Daisy se puseram uma vez mais a caminho do rancho de Grace Point. Ao chegar, ele notou que a propriedade estava com aparência melhor, posto que parecesse um tanto abandonada. Levou a égua para o estábulo, deu-lhe uma pequena ração de aveia e tomou o caminho da casa. Estava a poucos passos do alpendre quando ouviu uma explosão inusitada de violência verbal lá dentro. Pensava que já tinha ouvido o pior de que o velho Fuinha era capaz quando se tratava de obscenidade, mas descobriu que, até então, ele só oferecera uma pequena amostra do que era capaz. Sua fonte de vulgaridades era quase inesgotável. Por muito menos, Doc Roberts já tinha visto gente baleada nos *saloons*.

Sem saber o que fazer, diminuiu o passo e ficou escutando, não queria participar daquele escândalo. O constrangimento e o mal-estar com o baixíssimo nível a que seu cliente tinha descido levaram-no a se arrepender de estar tratando daquele vilão. No entanto, por mais que o Fuinha fosse uma aberração obscena, Doc Roberts era muito escrupuloso e nada faria que não tivesse caráter estritamente profissional. A despeito de seus sentimentos pessoais, ele nada tinha de vingativo ou rancoroso. Um cliente era um cliente, e, à parte as considerações éticas, sua função era curar as pessoas, não julgá-las.

A voz enfurecida do rancheiro se elevou a um tom verdadeiramente abominável. E culminou com o estalo de uma forte bofetada e um gemido abafado. Mudando de idéia, Doc resolveu interferir para evitar mais violência, mas já era tarde. O barulho de móveis tombados, os gritos, os gemidos e os palavrões denunciaram uma batalha. Antes que o médico pudesse chegar à porta, esta saltou das dobradiças com um estampido, e dois vultos foram lançados para fora. À frente vinha o rancheiro, gritando e bracejando feito um albatroz preso à terra. No primeiro momento, Doc mal pôde acreditar que aquele velho com a perna quebrada fosse capaz de andar tão depressa, mas não tardou a ver que Dean o tinha agarrado pelo colarinho e a virilha e o estava levando para fora. O Fuinha quase não tinha peso nas mãos fortes do rapaz, e, por mais que xingasse e espernasse, nada podia fazer para se defender.

Ante o olhar assombrado do médico, Dean o arrastou pelo terreno roçado pelas cabras, na direção da ribanceira. E ia gritando que aquela era a última vez em que o velho bastardo espancava uma mulher neste lado do inferno e, com essas palavras de despedida, arrojou-o no precipício como se fosse um fardo de algodão.

Doc Roberts ficou paralisado. O Fuinha chegou a se deter um momento suspenso no ar, a agitar os braços do modo mais otimista possível. E então despencou feito uma pedra, expelindo uma derradeira pachouchada: algo a ver com excrementos, como ficou na memória do médico.

Dean não ficou à beira do abismo para examinar a cena lá embaixo, deu meia-volta como se tivesse apenas jogado fora o lixo e voltou para a casa. Doc se surpreendeu ao ver a expressão de madura determinação naquele rosto quase infantil.

Só então o rapazinho reparou na sua presença. Balançou a cabeça como se este não tivesse presenciado mais do que um fato trivial. Nem chegou a notar sua expressão de espanto.

— Que bom que o senhor chegou, doutor. Como tem passado? — Segurou o ombro de Doc com muito carinho e o levou para a porta como se ele fosse seu tio predileto. Este ainda estava atordoado e sem voz, mas o rapaz não se importunou com isso. — Veja só seu estado, doutor! Aposto que um café vai lhe fazer muito bem. Vamos entrar, vamos entrar.

Doc deixou que o instalassem à mesa. O único indício que restava daquela luta mortal era uma cadeira e uma bacia quebradas, as quais Mary Rose estava recolhendo quando os dois chegaram. Ela parecia muito bem, a não ser pela feia marca vermelha que lhe cobria a bochecha e o olho esquerdos. Mesmo assim, sorriu para ele e, sem dar nenhuma explicação nem fazer comentários, balançou a cabeça e se apressou a servir três canecas de café. Depois se sentou e, cheia de gratidão, ficou olhando para seu benfeitor.

Dean virou a cadeira e se escarranchou como se estivesse montando um cavalo. Apoiando os braços cruzados no respaldo, abriu um largo sorriso.

— É claro que o senhor vai ser o padrinho do nosso casamento, não é mesmo, doutor? A gente não pode se casar sem o senhor. Mary Rose faz questão. Eu também.

Doc tirou os olhos do café e tentou ordenar os pensamentos. Depois os fechou e sorriu.

— Sim, claro, vai ser um prazer. Obrigado pelo convite. Para quando a festança está marcada?

Uma hora depois, Doc e Daisy desapareceram na estrada do oeste enquanto o novo casal acenava para eles. Notou de pronto que o andar da égua já não estava tão agitado. Ela balançava a cabeça com modesta alegria, parecia divertida com uma observação crítica e espirituosa que só um cavalo era capaz de entender.

Doc Roberts passou um bom tempo refletindo sobre os acontecimentos do dia. Não sabia que futuro aquele casal podia esperar com um homicídio nas costas. Fosse como fosse, ele não seria o primeiro a tocar no assunto. Mas, se chegassem a interrogá-lo sobre o caso, simplesmente daria de ombros e responderia que, pelo que lhe constava, o velho Fuinha simplesmente caíra arrastado pelo peso de toda uma vida de incorrigível iniquidade.

A verdade é que Doc nunca foi interrogado sobre nada. Mesmo porque ninguém se importou com o acontecido.

Em homenagem à noiva, Dean mudou o nome do rancho para Rose Point, e Mary Rose trocou de sobrenome e passou a se chamar sra. Dean.

O Vigia

SENTADO À ESCRIVANINHA, o prof. Solomon Gill olhou para os impacientes alunos por cima do aro dos óculos de leitura. Acabava de interromper a apresentação de um artigo do dr. Herbert Nash sobre as comunidades aborígines do litoral da Califórnia.

Os estudantes compreenderam a muda mensagem e contiveram seus movimentos inquietos quando ele os encarou com severa expressão de censura. Envidaram muito esforço para cessar de se remexer, mas isso estava além de suas possibilidades. Era o último dia do ano letivo; e aquela, nada menos do que a última aula antes do início das férias de verão de 1933.

San José era um bonito *campus* em meio a um panorama de abundância. Os alunos se sentiam privilegiados por estudar sob seus auspícios acadêmicos, mas férias de verão eram férias de verão, e nada tinha mais importância do que a perspectiva de fugir, do que a idéia de liberdade e lazer.

A tarde estava esplendorosa. As nuvens pequeninas e pitorescas pareciam saltitar do outro lado das montanhas de Santa Cruz, a oeste. Pelas janelas abertas da sala de aula, o canto dos pintarroxos, gaios e pardais invadia o recinto universitário com promessas de longos dias de verão. Para a maioria dos estudantes e do corpo docente, tratava-se de uma deliciosa libertação das exigências rotineiras da vida acadêmica. O mundo esperava a todos com prazerosa antecipação, exceto ao pobre prof. Solomon Gill.

O sinal tocou exatamente quando ele estava concluindo sua exposição. Dispensando os alunos, desejou-lhes formalmente umas férias agradáveis e estimulantes. Ainda os exortou a não interromper suas leituras, mas essas últimas palavras se perderam no tumulto e na comoção do atropelado êxodo em massa. Os estudantes gritaram alegres palavras de despedida e desapareceram como animais assustados.

Em segundos, o prof. Gill ficou a sós, vendo pela janela o pátio se inundar com uma multidão de jovens exuberantes e ávidos por ir embora antes que algum professor enfadonho se lembrasse repentinamente de lhes impor um trabalho de férias. Minutos depois, a paisagem já não apresentava o menor vestígio de vida universitária.

O professor era alto, magro, e tinha os ombros um pouco caídos. Ostentava uma cabeleira castanha e rebelde a qualquer tentativa de penteado decente, em resumo, um exemplo semi-animado de solteirão de quarenta e três anos de idade. A aparência ligeiramente empoeirada e as botas gastas endossavam seu estado celibatário.

A não ser quando oficiava à tribuna acadêmica, onde exibia uma habilidade razoável e exercia poder absoluto, o professor Gill tendia a apresentar pronunciados sintomas de reticência social. A srta. Honória, sua tia-avó, o comparava freqüentemente a um jovem Abraham Lincoln: "Muito distinto, é verdade, mas eu ficaria mais estimulada se ele dissesse alguma coisa útil de vez em quando". Suas observações insensíveis sempre faziam Solomon corar de indignação contida. Por outro lado, muitos alunos o achavam parecidíssimo com Ichabod Crane e costumavam chamá-lo de "Black Ichy" pelas costas.

Quando Solomon Gill se levantou para guardar suas anotações na velha pasta de documentos, uma das alunas voltou a entrar na classe e lhe pediu um momento de sua atenção. Precisava de orientação acadêmica e achava-o a pessoa mais qualificada para ajudá-la.

O prof. Gill forçou a vista por cima dos óculos e disse:

— Ora, pois não. Entre, srta. Castro. O que quer saber? — E continuou a enfiar papéis e livros na pasta, embora esta se mostrasse pouco disposta a engolir tanto volume.

A srta. Castro se acercou, parecia quase tão tímida quanto o próprio professor.

— Meus pais prometeram me deixar acompanhar uma das duas expedições deste verão, mas ainda não consegui decidir qual delas vale mais a pena. O dr. Rice, de Stanford, vai levar um pequeno grupo para o norte, para as escavações da ilha Salmon, e o nosso dr. Holt foi convidado a levar uma turma de estudantes para trabalhar nas escavações de Casa Grande. Qual viagem o senhor recomenda, professor? Quer dizer, na qualidade de antropólogo, qual seria sua preferência?

O prof. Gill corou levemente, mais por não estar conseguindo fechar a pasta do que pela complexidade da pergunta.

— É difícil dizer, srta. Castro. Depende do rumo que quiser dar a seus estudos. Na qualidade de antropólogo, como você diz, eu me sentiria igualmente interessado pelas duas expedições. Mas, se fôssemos julgar o calibre do curso pela qualificação do instrutor, eu escolheria o do dr. Holt. Ele é um dos mais autorizados intérpretes das culturas nativas pós-Clovis dos Estados Unidos, além de ser uma pessoa muito simpática. Já o dr. Rice, embora muito qualificado, tem reputação de ser um bocado rigoroso em campo, e daqui à ilha Salmon é uma longa viagem. — Ele pigarreou com nervosismo. — A propósito, srta. Castro, qual é o preço da excursão do dr. Holt, se é que posso perguntar.

— Claro que pode, professor. Cobram cem dólares por aluno pelo curso de três semanas. Viagem e hospedagem incluídas, é claro. O senhor está pensando em ir conosco?

— Infelizmente as minhas férias de verão já estão comprometidas — respondeu o professor. — Mas espero que, no próximo semestre, você me fale de suas muitas aventuras, srta. Castro.

A moça sorriu.

— Obrigada, professor, e grata pela recomendação. Vou falar com o meu pai hoje à noite. Até logo. Boas férias.

A srta. Castro desapareceu como os outros, e o mundo de Solomon Gill voltou à tranqüilidade, acompanhado unicamente pelo canto dos pássaros e o ritmo de suas próprias atividades.

Ele havia mentido. Nada tinha de interessante para fazer nas férias, principalmente por falta de dinheiro. Os professores universitários, sobretudo os mais jovens e com *status* ainda modesto, não eram bem remunerados pelo serviço que prestavam. Uma boa herança era quase indispensável para sobreviver com um salário de professor, e Solomon Gill era o único arrimo de sua idosa mãe. Não lhe sobrava muito para se aventurar em incursões no deserto a fim de estudar as escavações de Chaco Canyon. Ele não podia se dar ao luxo nem mesmo de passar um fim de semana visitando os museus de San Francisco, muito menos empreender viagem à ilha Salmon. E a verdade era que morria de inveja, quase se sentia humilhado ao pensar em tamanha injustiça.

No ônibus elétrico, o professor ficou ruminando essas tristes especulações durante todo o trajeto até a pensão em que morava. Continuou seriamente mergulhado em sua melancolia durante o jantar. A sra. Hammel, sua senhoria, orgulhava-se muito da carne de panela que costumava servir nas noites de sexta-feira, prato que tornara sua pensão muito conhecida.

Com os passar dos anos, ela acabara se habituando aos prolongados silêncios do prof. Gill, se bem hoje ele se mostrasse particularmente reservado. A sra. Hammel procurou tirá-lo da concha, tentando-o com seu famoso pudim de pão com rum e uva passa, o qual ele aceitou e levou para o quarto. Ela deu de ombros, sacudiu a cabeça com tristeza e continuou conversando com os outros três hóspedes.

O lusco-fusco do anoitecer encontrou Solomon sentado à janela do quarto, olhando para o quintal; o pudim continuava intato em seu colo. Sobressaltando-se com o badalar de um sino distante, ele deixou a colher escorregar do prato de pudim. Só algum tempo depois se animou a recolhê-la. Teve um novo sobressalto quando a sra. Hammel bateu na porta, anunciando que haviam entregado uma encomenda para ele. O professor agradeceu e lhe pediu que a deixasse na mesa perto da porta. Quando se levantou para escovar os dentes e se preparar para o dia seguinte, que começaria cedo, lembrou-se da encomenda. Tratava-se de um livro, um fino volume embrulhado com papel pardo e barbante, acompanhado de um bilhete do prof. Wick, seu amigo. Este esperava sinceramente que o prof. Gill se interessasse pelo texto obscuro.

Conquanto árido, tratava-se de um trabalho sobre as sociedades caçadoras-coletoras do centro da Califórnia, de modo que o prof. Gill se instalou na cama e começou a ler. Era quase uma hora da madrugada quando pôs o livro de lado e apagou a luz. Tinha se deixado absorver sobretudo pelas descrições das técnicas de caça e coleta dos *rumsens* e esselens do litoral. Encontrara uma interessante referência cruzada que mencionava a existência de acampamentos de caça habilmente organizados, que eram usados ano após ano. Um senhor chamado Bert Stevens proclamava ter descoberto dois desses locais, na companhia dos irmãos Partington, quando estava supervisionando uma operação de desmatamento. Afirmava que a organização dos acampamentos era singular e muito bem concebida. Pareciam fortes e resistentes, posto que ninguém soubesse quando tinham sido ocupados pela última vez por seus inovadores. O sr. Stevens era citado, dizendo que os montes de lixo eram grandes e notavelmente diversificados em termos do material descartado.

O prof. Gill ficou curioso ao constatar que o livro não oferecia nenhum depoimento autorizado corroborando a existência desses sítios. Evidentemente, nenhum outro observador qualificado os tinha visto ou catalogado. Ele digeriu o texto durante o sono e, de manhã, acordou com o firme propósito de descobrir a verdade sobre certas coisas que tinha lido na noite anterior. Depois de um leve desjejum de café com torrada, tomou o ônibus e foi para a biblioteca da universidade. Passou quatro horas pesquisando e saiu de lá com uma expressão de grande satisfação consigo mesmo. Retornando à pensão, arrumou sua pequena mala, pegou a bolsa escondida com a modesta reserva de dinheiro que guardara para uma emergência e se despediu temporariamente da sra. Hammel. Esta ficou um pouco confusa no começo, mas ele esclareceu que só ia pesquisar um pouco em Carmel e em Big Sur. A explicação a tranqüilizou, e ela se apressou a preparar um lanche para a longa viagem do professor até Monterrey. Perpetuamente desprovido de recursos, ele acolhia de bom grado todo e qualquer auxílio material.

A primeira parte da viagem foi de ônibus, uma lata-velha barulhenta que quebrou duas vezes na estrada. A partir de Monterrey, Solomon Gill sabia que teria de improvisar, pois seu destino ficava muito longe. Havia um ônibus que percorria a costa pela estrada nova, mas seus horários não eram fixos nem seguros. Por isso, ele se apegou à esperança de encontrar uma boa alma que lhe desse carona até Carmel. Por sorte, avistou o velho Sam Trotter abastecendo seu caminhão em frente à pequena estação rodoviária de Monterrey. Havia conhecido o famoso sr. Trotter no ano anterior, quando estava visitando um velho amigo, o dr. Hedgepoole. Aliás, tinha justamente a intenção de primeiro passar pela casa do dr. Hedgepoole, que se aposentara alguns anos antes devido a sua péssima saúde. Tendo alugado uma casinha graciosa na avenida San Carlos, em Carmel, de propriedade da idosa cunhada da sra. Hammel, levava uma existência sossegada com seus livros, o vinho do Porto e os remédios. Muito culto, fora uma espécie de mentor de Solomon Gill em Stanford. Suas aulas de disciplinas clínicas aplicáveis à antropologia atraíam um público respeitável, bem acima e bem além do corpo discente, e seus conhecimentos sobre as tradições nativas locais eram considerados vastíssimos, embora inéditos em sua maior parte.

Sam Trotter transferiu imediatamente sua carga de provisões para a carroceria do caminhão, prendendo-a entre alguns sacos de cimento, para que o professor se instalasse confortavelmente na cabine. Viajaram alguns quilômetros conversando à toa, então Gill tocou no assunto dos acampamentos indígenas de Big Sur. Sam Trotter era um dos melhores madeireiros nascidos no litoral da Califórnia. Se ele não soubesse onde ficava um lugar, provavelmente era porque não existia. Naturalmente tinha ouvido falar naquelas histórias e encontrara diversos pequenos sítios, mas nada que se igualasse às descrições publicadas que o professor Gill acabava de citar. Os irmãos Partington eram homens responsáveis, não costumavam exagerar. Tinham explorado uma grande extensão naquela parte do distrito, desde Partington Cove, com seu túnel cavado a mão, até Partington Ridge, no alto das montanhas. Sam Trotter sorriu, balançou a cabeça e admitiu que naquelas colinas devia existir muita coisa que ninguém tinha visto ainda. Fazia gerações que se falava nas cavernas em que os índios armazenavam o ouro, mas os naturais do alto Sur guardavam quase tudo para si e, sendo possível, evitavam falar sobre isso com forasteiros. Depois de pensar um pouco, retomou o tema:

— Os *rumsens* e os *esselens* eram caçadores cheios de segredos. Por motivos óbvios, seus acampamentos e esconderijos ficavam muito bem escondidos, geralmente com a ajuda de obstáculos naturais. Eles se disfarçavam não só para enganar a caça. Era muito comum roubarem a comida dos clãs rivais. — Sam coçou a cabeça. — Mas não vai ser nada fácil, professor. Há anos que muita gente vem fuçar estas montanhas atrás de um monte de coisas, de marcos de pedra, de gado e caça perdidos, de ouro índio, do que o senhor imaginar. Mas nunca ouvi ninguém dizer que encontrou uma prova importante de colônias permanentes naqueles montes. Eu não me surpreenderia se me contassem que os índios do litoral se deslocavam muito, seguindo as migrações da caça, dos peixes etc.

Sam deixou o prof. Gill no alto da avenida Ocean. Pediu desculpas por não levá-lo até o fim da ladeira, mas temia que seu velho caminhão não conseguisse tornar a subila com tantos sacos de cimento na carroceria. Agradecido, o professor pegou a maleta, despediu-se com um aceno e desceu rumo à avenida San Carlos e à casinha do dr. Hedgepoole.

Fazia tempo que Solomon Gill cobiçava um descobrimento plausível que fosse considerado exclusivamente seu. Talvez tivesse chegado a algo diferente e viável na forma de uma narrativa havia tanto tempo ignorada e esquecida. Aspirava a descobrir alguma coisa, por insignificante que fosse, que o ajudasse a chegar a um dos acampamentos índios escondidos. Imaginava-se publicando um trabalho acadêmico que, mesmo sendo modesto, chamasse a atenção para a descoberta e lhe rendesse alguns créditos para os anos que ainda ia passar à tribuna.

Infelizmente, seu orçamento total para essa expedição peculiarmente espontânea estava agora reduzido a quinze dólares e setenta centavos. Não chegava a ser uma importância principesca, mas era o que ele tinha conseguido juntar no último momento. Começara com a nota de vinte dólares de emergência, dobrada e escondida no bico de uma bota velha. A viagem de ônibus lhe comera uma parte substancial dessa fortuna. Seu esforço futuro requereria muita frugalidade, mas Solomon Gill conhecia bem a arte de fazer das tripas coração.

O dr. Thadius Hedgepoole estava lendo a correspondência em seu pequeno jardim quando Solomon Gill atravessou a rua de terra e depositou a bagagem no muro de conchas de haliote que protegia suas roseiras. Hedgepoole ergueu a vista por cima dos óculos de leitura, mas, como não estava esperando visita, demorou a reconhecer o amigo cansado da viagem.

— Pelo que há de mais sagrado, Solomon Gill, o que você está fazendo aqui? Eu não esperava vê-lo antes do... Mas entre, sente-se aqui comigo. A sra. Ogden não demora a servir um pouco de porto e chá quente. Esta é a hora do dia de que eu mais gosto. Mas o que é que o traz a estas paragens, meu jovem Prometeu?

No começo, Solomon achou difícil falar no assunto. Insistiu em tratar de coisas irrelevantes, mas percebeu que estava aborrecendo o anfitrião, de modo que passou para o motivo real de sua visita. Em síntese, o dr. Hedgepoole sabia, sim, do texto que fazia referência aos acampamentos de caça dos índios, mas, não, nunca tinha visto nem ouvido falar em um que tivesse sido descoberto.

— Se é que eles existem como dizem — prosseguiu —, é de se presumir que estejam totalmente encobertos pelo mato e provavelmente sejam invisíveis a olho nu. Uma vez, há muitos anos, conversei com Frank Post sobre os acampamentos de pesca dos índios nos rios Carmel e Big Sur. Ele disse que, pelo que se sabia, os sítios viviam mudando de lugar, porque os rios e a boa pesca viviam mudando. Mas, pensando bem, Frank mencionou um lugar a que sua mãe o levava quando ele era menino. Se não me falha a memória, ficava perto de Pico Blanco. Tradicionalmente, os grupos de caçadores *rumsens* se reuniam lá na primavera e no outono. Mas Frank disse claramente que não se lembrava exatamente de onde era. Parece que sua mãe, Anselma Onesimo, parou de levá-lo para lá quando ele completou seis ou sete anos. Ele era um garoto muito traquinas, de modo que ela passou a deixá-lo em casa quando ia visitar sua gente.

O chá e o vinho chegaram, e ficou decidido que Solomon passaria a noite no pequeno quarto de hóspedes. O capitão Balycott, um velho amigo, teve a gentileza de passar por lá para dar de presente um cesto de linguados frescos. O dr. Hedgepoole ficou contentíssimo e pediu à sra. Ogden que servisse os deliciosos peixes grelhados no jantar. Mais tarde, quando estavam tomando o ótimo café cubano, os dois concordaram que a sra. Ogden havia se esmerado no preparo da iguaria.

Já instalado diante da lareira e aquecido, Solomon continuou a fazer indagações, ainda que dispersas, acerca dos enclaves semipermanentes dos índios nas montanhas. Hedgepoole compreendeu que seu amigo estava interessadíssimo em investigar aquilo pessoalmente e, ainda que um tanto cético quanto aos possíveis resultados, nada falou que o dissuadisse de sua pequena expedição. Chegou até a escrever um bilhete, apresentando o prof. Gill ao pessoal da Hospedaria Pfeiffer. O dr. Hedgepoole achava que eles podiam ser úteis, cuidando para que Solomon percorresse a região em segurança.

— Aquela gente é muito boa — disse. — Converse com qualquer Dani ou Grimes que você encontrar. Suas famílias estão naquele território desde o ano um. Se existe alguma coisa que possa ser encontrada no Sur, eles hão de saber onde fica. Talvez você ache o tesouro principal que os outros não conseguiram achar. Eu sei que isso é raro, mas acontece.

Na manhã seguinte, Solomon tomou o ônibus no alto da ladeira e, por volta das três horas da tarde, estava desembarcando na Hospedaria Pfeiffer, com dois dólares a menos, porém satisfeito. O tempo estava excelente. Os raios de sol atravessavam as árvores em penetrantes fachos dourados, e a vista do oceano fulgurava com a brancura da espuma e o revoar das aves marinhas.

Uma frágil percepção da aventura iminente estava perfurando lentamente a concha acadêmica de Solomon, que começava a se alegrar consigo mesmo. Contrariando sua tímida reserva habitual com estranhos, até arriscou um bate-papo animado com Corbett Grimes, o simpático e tagarela motorista.

O bilhete do dr. Hedegepoole abriu todas as portas da Hospedaria Pfeiffer. Por um preço bastante módico, ofereceram-lhe acomodações rústicas, comida, um mulo de sela chamado Reco, um bom mapa, uma trouxa de alimento para a viagem e, por fim, instruções para que não se separasse do animal, custasse o que custasse.

Criatura de amadurecida sensibilidade, o mulo conhecia perfeitamente as trilhas das montanhas. Bastava deixá-lo por conta própria para encontrar o caminho de volta automaticamente, era o mesmo que empreender a longa viagem para casa. Reco tinha uma grande paixão pelo conforto de seu belo estábulo e era capaz de voltar para lá mesmo debaixo de um temporal de granizo, caso tal fenômeno se apresentasse.

O fato é que fizeram questão de alertar o prof. Gill quanto ao perigo de passar a noite no mato. O cavalariço de Pfeiffer disse:

— É melhor voltar antes que Reco comece a ficar teimoso. Esse bichinho dá trabalho quando se vê privado da aveia, da manta e do calor do estábulo.

O prof. Gill compreendeu perfeitamente os sentimentos do mulo, mas preferiu não dizer nada que refletisse a graça de sua preferência comum pelos confortos simples. Na manhã seguinte, tornou a fazer a diligente promessa de ir marcando o caminho e observar um horário sensato. Com ajuda, montou o mulo, despediu-se com um aceno jovial e enveredou pela trilha do nordeste, mais ou menos na direção de Pico Blanco.

Pinky Ransome, que estava por lá, fazendo uma visita, notou que ele lembrava Abraham Lincoln, com aquelas pernas compridas balançando junto aos flancos do velho

Reco. Solomon ouviu o comentário de longe e engoliu a raiva em silêncio. Tudo indicava que a observação prometia se perpetuar em todas as bocas. Fazendo uma careta, ele meteu as esporas no mulo, mas este não se dignou a reagir.

Os recortados flancos de Pico Blanco, mencionados no texto, ficavam muito longe para ir e voltar no mesmo dia. Na verdade, seriam necessários três ou quatro dias de viagem, porém Solomon queria apenas se familiarizar ao máximo com a topografia da região. Na medida do possível, esperava fixar o aspecto geral da paisagem como referência posterior e até chegou a fazer toscos esboços em um pequeno bloco de papel para estudá-los mais tarde.

A pousada tivera a gentileza de lhe emprestar uma cópia do mapa feito a mão de todas as estradas, caminhos, trilhas e passagens da região, cortesia normalmente reservada aos caçadores sazonais. O prof. Gill desconfiava de que os indícios de acampamento semipermanente, fossem quais fossem, não podiam estar muito longe dos cursos de água. Ali onde a água e as trilhas consolidadas se cruzavam, deviam existir sítios viáveis em todos os pontos cardeais. O resto era questão de procurar os sinais adequados. Passou algum tempo acompanhando o rio Big Sur no sentido leste-nordeste. Nos lugares em que as trilhas dos animais cruzavam com riachos fáceis de transpor, fazia um amplo trajeto circular na região, procurando cortinas naturais ou pontos mais elevados que oferecessem uma boa vista dos arredores. Procurou as áreas em que um pequeno grupo de caçadores podia encontrar abrigo e esconderijo para charquear a caça e prepará-la para o transporte.

O mulo avançava com passo firme e constante, nem demasiado rápido, nem excessivamente lento. Parecia compreender o que se lhe exigia e tolerava a ampla vastidão de trilhas e becos sem saída que o professor lhe impunha ao acaso. Por vezes, ao chegar ao fim de um caminho, erguia a cabeça e movia as longas e esguias orelhas em todas as direções. Depois de vê-lo repetir várias vezes essa manobra, Solomon também se pôs a escutar automaticamente. Em duas oportunidades, teve a impressão de ouvir o relinchar distante de um cavalo e, em duas outras, foi capaz de jurar que havia detectado um vulto montado, um misterioso cavaleiro a espioná-lo em um recesso do alto das colinas. Então, lá pelas cinco horas, quando estava iniciando o trajeto de volta à hospedaria, tornou a avistar o cavaleiro solitário.

Reco fez jus à sua reputação e, sem que o professor tivesse de conduzi-lo, chegou à pousada bem na hora do jantar. Sua noção de tempo era impecável.

Naquela noite, Solomon comeu bem e se distraiu com vários sedentos habitantes do lugar que vieram tomar vinho e contar casos. Alguns se mostraram seriamente interessados por suas teorias e lhe contaram o que sabiam daquele enigma, mas, no cômputo geral, ele concluiu que os comensais de Pfeiffer pouco tinham a oferecer além de especulações. Diziam ter visto sítios parecidos com a descrição do professor, mas os grupos nativos que os usavam eram espertos e manhosos. Todos garantiram que, atualmente, qualquer exemplo significativo de semelhante obra devia ter se desintegrado e desaparecido.

— Com exceção dos vigilantes da noite, é claro — sorriu o holandês "Soneca". — E dos fantasmas que protegem os túmulos dos índios.

O professor percebeu que a lorota era iminente e tratou de se esquivar, agradecendo os visitantes e desejando boa-noite a todos. Manifestou o desejo de retomar a viagem na manhã seguinte bem cedo e explicou que precisava descansar, pois não estava habituado a cavalgar com tanta freqüência. Todos concordaram alegremente e lhe desejaram um bom sono. Ele não mencionou o cavaleiro solitário que o havia seguido nas montanhas nem fez perguntas a respeito. Achou melhor não chamar a atenção para seu empreendimento ou suas preocupações. Como a maioria dos acadêmicos em busca de uma pesquisa publicável, preferia jogar com cartas bem escondidas. O roubo de propriedade intelectual era comum em sua profissão. Ele vivia pensando na descarada venalidade e na traição de que seus colegas eram capazes. Todos os gângsteres acadêmicos pastavam nos mesmos e pequenos prados, e as intrigas universitárias às vezes levavam à carnificina intelectual. Era raro, senão impossível, encontrar um pedagogo veterano que não fosse capaz de mostrar a cicatriz de pelo menos uma punhalada nas costas.

Infelizmente, Solomon Gill não teve uma noite tranqüila. Seu sono foi assombrado pela perseguição dos fantasmas: a imagem de um sombrio cavaleiro a segui-lo nas montanhas sem fim; e acordou várias vezes banhado em suor frio. Chegou a pensar seriamente em retornar a San José, mas o aroma do café recém-torrado e do *bacon* na frigideira devolveu o calor e a coragem a suas articulações enrijecidas.

Enquanto se vestia, examinou a lógica que o impedira de falar no curioso cavaleiro. Ao fazer a barba, concluiu que tinha sido deveras sensato em não cultivar a fama de um sujeito que tinha visões no escuro. As aparições misteriosas não fariam senão decretar a morte de sua carreira. Mais valia não contar nada enquanto não soubesse exatamente o que vira. O cavaleiro tinha um objetivo e estava preocupado com sua presença. Disso ele quase tinha certeza. Tal idéia continuou orientando-o quando desceu para tomar o fartíssimo café da manhã.

Antes de partir no lombo de Reco, o prof. Gill pediu emprestado um binóculo. Não previra a utilidade desse instrumento ao planejar sua aventura. Lamentavelmente, a única solução disponível para semelhante problema era o binóculo de teatro que uma hóspede distraída esquecera no tempo em que Adelaide Pfeiffer ainda dirigia o albergue. Uma das lentes estava rachada, mas isso não chegava a inutilizá-lo por completo. Ele o aceitou com gratidão e prometeu devolvê-lo intato no fim do dia.

Com alimento e água presos a uma velha sela McClellan, Solomon e o mulo partiram. Rumaram mais para o leste do que para o norte a fim de chegar às nascentes dos afluentes secos que desaguavam no antigo curso do rio.

O mapa dos Pfeiffer indicava uma região interessante para sua pesquisa nas proximidades de um planalto que dominava a confluência de quatro trilhas de animais e duas fontes. A geologia do lugar era promissora. Permitia detectar vários cursos de água arcaicos ali onde seu fluxo desgastara as pedras. Cada hora de percurso naquela paisagem primordial não fazia senão convencer ainda mais o professor de que estava cada vez mais perto de algo tangível.

Então Reco se deteve e se pôs a rodar as orelhas compridas em todas as direções. Solomon Gill teve um calafrio ao avistar o cavaleiro em uma elevação a certa distância ao norte. Meia hora depois, tornou a encontrá-lo em um outeiro ao sul do rio. Pegando o binóculo de teatro, procurou focalizá-lo, mas a distância e o ângulo da luz o impediram de ver com clareza. O misterioso cavaleiro voltou a aparecer no norte, e o professor começou a se sentir verdadeiramente mal com a presença constante daquela aparição.

Nada indicava que o espectro tivesse intenções hostis, mas Gill começou a se perguntar se as lendas a respeito dos vigilantes da noite não tinham um fundo de verdade. Talvez aquele vulto fantástico fosse uma verdadeira manifestação original do mito... Mas logo pensou que estava apenas se deixando levar pela imaginação. Em todo caso, estremeceu quando a figura montada tornou a se materializar em uma elevação ao norte da trilha.

Em vez de continuar topando com a sombria presença do cavaleiro em cada curva do caminho, Solomon Gill resolveu tomar a iniciativa e lançar mão da astúcia. Estava irritado com o fato de o cavaleiro tê-lo afetado emocionalmente durante dois dias. Nunca se aproximava o bastante para que ele o identificasse ou enfrentasse, coisa que lhe parecia simplesmente inaceitável. O professor havia abandonado diversos destinos promissores por se sentir intimidado com a distante e vigilante presença daquela figura montada. Agora estava disposto a virar a mesa. Sim, era o que ia fazer, mesmo que só para mover uma peça a seu favor naquele jogo.

Imaginando que continuasse sendo observado mesmo quando não conseguia ver o cavaleiro, tomou o rumo nordeste, enveredando em uma densa mata de carvalhos e velhos pinheiros. Seu destino — óbvio para quem quer que o estivesse espionando — era um estreito platô a uns quinhentos metros de distância. A julgar por seu comportamento recente, era de se supor que o cavaleiro tivesse planos de aparecer em uma elevação que havia na margem leste. Vendo-se bem escondido no bosque, o professor fez com que o mulo parasse e aguardou que os gaios azuis cessassem de denunciá-lo com seu canto estridente. Quando lhe pareceu conveniente, inverteu a direção da qual viera. Sabendo que o cavaleiro não tardaria a perceber seu erro e mudar de rumo para ganhar distância, o professor apeou e se postou atrás de uma cortina natural no canto sudeste da floresta. Sua meta era confundir o cavaleiro que o seguia e obrigá-lo a se revelar.

Passou algum tempo limpando o binóculo de teatro e ajustou o precário foco no ponto em que suspeitava que o cavaleiro devia reaparecer. Achou divertido perceber que estava recorrendo às antigas técnicas de caça nativas para pilhar o esquivo fantasma.

Não precisou esperar muito, mas acabou presenciando uma coisa simplesmente chocante. Infelizmente, a realidade nada tinha a ver com as especulações que o haviam ocupado nos últimos dois dias. O que viu não foi nenhuma aparição, e sim um índio seminu, cavalgando um garanhão preto que atravessava a galope uma depressão rasa uns quinhentos metros mais a leste. O tal índio parecia verdadeiramente selvagem. Não vestia mais que uma tanga, uma espécie de perneira e uma tira de pano na testa. Tinha cabelos compridos, muito preto, que esvoaçava no ar ao sabor da cavalgada. Manejava a montaria com evidente habilidade e montava quase em pêlo, apenas com um xairel e um cabresto de corda. Driblava os obstáculos com muita facilidade, como se sua destreza eqüestre não passasse de um brinquedo de menino.

Solomon conseguiu ver fugazmente as feições do guerreiro. Eram fortes, angulosas e quase clássicas. Julgando que o índio podia ser perigoso, concluiu que a alternativa mais segura era permanecer invisível até que ele se distanciasse. Enfocando cuidadosamente o binóculo, determinou que o cavaleiro estava desarmado. Portava o facão normal, naturalmente, mas nenhuma arma de fogo — coisa que, para o professor, era uma verdadeira bênção.

Em poucos instantes, o garanhão escapou ao foco do modesto binóculo. O cavaleiro acabava de subir e parar no alto de mais um outeiro. Solomon reajustou as lentes e, escondido, viu-o perscrutar a paisagem em todas as direções. Passados alguns minutos, decidiu-se pelo sudoeste e desapareceu do outro lado da elevação.

Depois de algum tempo, o professor se considerou suficientemente a salvo para sair do esconderijo e, com certa dificuldade, tornar a montar. Tomaram o rumo aproximado que o índio havia escolhido, se bem que Gill continuasse seguindo para o norte e a uma grande distância. Achou melhor deixar que o mulo escolhesse o caminho. Mesmo porque estava convencido de que todas as rotas que escolhera durante a busca não tinham levado a nada. Talvez a besta fosse capaz de achar o que ele não encontrava. Satisfeito, soltou as rédeas, tomou a água do cantil e ficou devaneando enquanto Reco seguia a trilha de sua escolha.

O mulo acabou entrando e depois saindo de um pequeno aglomerado de carvalhos ainda novos. A trilha atravessava um platô baixo e chegava ao leito seco de um antigo riacho que, pouco mais adiante, desaguava no rio Big Sur. Reco tornou a parar, e Solomon imaginou que ele havia detectado a proximidade do garanhão do índio; mas o mulo virou as orelhas para a frente e baixou a cabeça com ar de entediada resignação.

O professor olhou a sua volta e, não tendo notado nada fora do normal, desmontou para fazer as necessidades. Aproveitou a oportunidade para passar alguns momentos examinando melhor o terreno em que se achava. Em poucos segundos, chamou-lhe a atenção a complexa disposição das rochas escondidas sob a vegetação. Continuou procurando e detectou outras orquestrações simétricas de construções de pedra, rochas empilhadas que outrora faziam parte de um abrigo maior, agora muito bem camuflado por gerações de vida vegetal e erosão natural.

Voltando a ser o herói entusiasta de seus próprios sonhos, o professor Gill entrou no mato e achou uma série de valas abertas na própria rocha e pedras fundamentais que haviam sustentado os esteios e os telhados curvos de pequenas habitações temporárias. Ficou deslumbrado. Procurando mais um pouco, encontrou um lugar que muito provavelmente serviria de bastidor de charqueação e esconderijo para caçar. Atravessou uma clareira e, chegando à beira do barranco, achou o lugar de um provável depósito de lixo. Sabia que os depósitos de lixo revelavam muita coisa sobre as culturas antigas. Ao sul, a vista do leito seco de rio era perfeita para espreitar a caça. Aliás, nesse momento, ele teve a impressão de ouvir um animal. Um bicho grande passando pela trilha.

Solomon ficou subitamente petrificado. Olhou para a própria mão, girou sobre os calcanhares e descobriu que os seus piores temores se haviam realizado. Arrebatado pelo entusiasmo do que acabava de descobrir, tinha cometido o erro imperdoável de soltar a rédea da mula. Nesse intervalo inesperado, esta, vendo-se em liberdade, decidira voltar para casa para jantar. Obviamente não vira motivo para notificar o que tinha em mente. O prof. Gill deixou escapar um gemido, olhou para o céu e deu um tapa na testa. Uma vez celebrada espontaneamente sua própria burrice, ele não tardou a decidir que só lhe restava tratar de seguir o mulo o mais depressa possível. E, abandonando sua descoberta, enveredou pela trilha irregular com a celeridade possível a um homem de hábitos sedentários. Desesperou-se ao perceber com que facilidade o terreno acidentado lhe fatigava o esqueleto e obstruía o progresso. Viu-se obrigado a parar muitas vezes para descansar, tratar dos pés inchados e amaldiçoar a própria sina. Também se arrependeu de ter deixado o cantil amarrado na sela do mulo em vez de levá-lo consigo.

Enquanto descia a trilha, Solomon tentou anotar mentalmente as características do lugar, mas logo se deu conta de que reencontrar aquele sítio remoto seria pura questão de sorte. O mapa não o indicava; disso ele tinha certeza. E, para uma pessoa com tão péssima noção de orientação, reconstituir o caminho seria no mínimo dificílimo. Reco conseguiria chegar lá, naturalmente, mas era um animal caprichoso e cheio de vontades.

Felizmente, o mulo usava ferraduras muito características, de modo que não foi difícil seguir seus rastros a partir de certo ponto do caminho, onde a terra se tornava mais macia. Se bem que Solomon soubesse que, com o cair da noite, isso seria impossível sem uma lanterna.

Perspectivas lamentáveis o inundaram. O tempo prometia ventos gelados durante a noite, possivelmente neblina, e ele estremeceu ante a idéia de pernoitar no mato, sem alimento nem abrigo.

Suas piores fantasias se reforçaram com a visão de um feroz cavaleiro índio seguindo-o na escuridão. Então ele se lembrou de que não tinha sequer uma caixa de fósforos. Não fumava e nunca lhe ocorrera que podia precisar de fogo em caso de emergência.

Por nervoso e desanimado que estivesse, sentiu um calafrio terrível ao ouvir o garanhão do selvagem relinchar à distância. Teve a vaga impressão de que o barulho vinha da direção para a qual ele estava indo. A idéia suscitou algumas possibilidades sobre as quais valia a pena refletir seriamente. Talvez tivesse lido demasiados livros de aventuras na juventude. Sua imaginação, posto que temperada pelo estudo e a experiência, continuava povoada de imagens infantis de escalpamentos sangrentos, cabanas incendiadas e hordas de guerreiros pintados e aos berros.

Depois de outra meia hora de caminhada a lhe maltratar os pés inchados, a ladeira se amenizou, tornando-se mais tolerável. De súbito, o professor teve a impressão de sentir cheiro de fumaça, mas este logo desapareceu com a brisa.

Estava percorrendo uma paisagem de sombras e perspectivas estranhas. Cada detalhe parecia conspirar para impedir uma visão imediata dos arredores. Tornou-se impossível avaliar as distâncias. Então a fragrância da fumaça de pinheiro voltou a se insinuar na trilha, e ele se deteve um instante na tentativa de detectar a sua origem. Foi impossível.

Coxeando, seguiu caminho até chegar a uma clareira em meio à floresta. O que viu o deixou assombrado. Lá estava nada menos do que Reco, a rédea atada a um galho de árvore, uma das patas traseiras recuada em posição de descanso. Dormia o sono dos inocentes. Uma fogueirazinha ardia em um pequeno um círculo de pedras que a separava de todos os combustíveis das proximidades. A trouxa com seu lanche fora cuidadosamente estendida no chão, qual uma toalha de mesa. Um exame mais detido revelou que faltava uma parfe da comida que ele esquecera na sela do mulo. Dois pedaços de frango frito e duas panquecas haviam desaparecido. Seu cantil estava de pé no pano da trouxa, e o copo telescópico ainda estava úmido pelo uso.

Conquanto o professor tenha tido a cautela de esperar, ninguém apareceu na escuridão para assumir a responsabilidade, e o misterioso cavaleiro selvagem não tornou a aparecer, coisa que o deixou profundamente agradecido. Aliviado por haver encontrado seu transporte preso e tranqüilo, Solomon sentou-se no chão, perto da trouxa estendida, e comeu vorazmente o que restava do frango e das panquecas. A pessoa que amarrara o mulo na árvore, fosse quem fosse, tivera a generosidade de deixar a metade da refeição intata. O professor sentiu muita gratidão pelas duas coisas.

Terminando de comer e descansar, amarrou a trouxa, montou e continuou descendo a trilha escura, murmurando uma sincera prece de agradecimento. Os dois finalmente chegaram à hospedaria por volta das nove horas. Meia hora depois, tanto o cavaleiro quanto a montaria estavam aquecidos e dormiam profundamente.

Solomon Gill se levantou suando frio às cinco e meia da manhã seguinte. Um ruído o assustara durante o sono. De repente, ele tornou a ouvi-lo e sentiu um frio na espinha. Era a voz de um cavalo relinchando ao longe.

Solomon vestiu a calça e foi para a janela. Um boiadeiro conduzindo uma fila de cavalos pegureiros vinha vindo na estrada. O professor se sentou na cama para calçar as botas. Perturbado que estava com sua reação sobressaltada ao relincho dos cavalos, teve de reconhecer que as experiências dos últimos dois dias tinham sido muito diferentes do que era de se desejar. O fato de se haver deixado assustar pelo índio fantasma levava-o a duvidar de sua capacidade de pesquisar em campo. Sentia falta de seus livros e do modesto conforto que a pensão da sra. Hammel lhe oferecia. Fazia tempo que se habituara ao recinto seguro da academia. E não se tratava de um gosto adquirido. Ele o adotara com muita facilidade. Os panoramas podiam não ser tão vastos e espetaculares, mas os perigos eram correspondentemente menores graças ao caráter mundano da vida no *campus*.

O professor tirou a caderneta do bolso do paletó e examinou as escassas anotações que tinha feito nos últimos dois dias. Eram muito pouco para mostrar suas aventuras, a não ser o possível acampamento neolítico que ele nunca seria capaz de voltar a encontrar e a história esquisita de um cavaleiro índio seminu, à qual ninguém em sã consciência daria crédito.

Em poucos segundos, Solomon Gill acabou desistindo de empreender novas expedições nas montanhas. Tomaria o primeiro transporte disponível para Monterrey. Se chegasse a tempo, poderia alcançar o ônibus noturno para San José e estaria em casa na hora do café da manhã. A idéia foi se tornando mais fascinante a cada momento, de modo que ele começou a se preparar com diligência para viajar.

Estava com sorte. O ônibus para o norte devia passar por lá por volta das nove horas. Sobrava-lhe tempo para desfrutar à vontade um bom café da manhã rural, com carne de veado e ovos.

A conta da hospedaria se elevava à grande importância de seis dólares e quarenta centavos. Ele deixou o troco para comprar um presente para Reco. Sessenta centavos em maçãs ou cenouras manifestariam a sua gratidão pela boa vontade do mulo. Deu mais um dólar de gorjeta para o pessoal da hospedagem. A seguir, pegando a bagagem, saiu à varanda para esperar o ônibus ao sol da manhã. A pequena Anne, da cozinha, serviu-lhe uma segunda xícara de café doce para saborear enquanto aguardava.

Às nove e cinco, o motor do ônibus trepidou para parar em frente à hospedaria; o sorridente Corbett Grimes estava ao volante. Trazia consigo uma mocinha, que apresentou como sua filha Mary, apelidada "Toots". Disse que a estava levando à festa de aniversário de uma amiga em Palo Colorado. Grimes era um sujeito muito falante, dono de um bem-intencionado senso de humor. Toots achava graça em tudo.

A função de motorista do correio fez do sr. Grimes o principal divulgador de todos os acontecimentos locais. Sua antologia de fofocas parecia infindável. Ele pôs a maleta do professor no bagageiro, junto com a correspondência, o presunto defumado de javali para Frida Sharpe, da Pensão Bixby, e um rolo de peles de veado ainda não curtidas para o pequeno curtume de Monterrey.

Solomon pensou que seria o único passageiro, até que o boiadeiro que chegara com os cavalos saísse da hospedaria, cumprimentasse Grimes com uma risada e se instalasse no banco da frente, ao lado de Toots. Estava vestido à espanhola. Levava um lenço preto na cabeça, ao estilo dos marujos, e um chapéu preto de aba reta. Vestia perneira também preta, abotoada dos lados, como os *chaparajos* que os vaqueiros mexicanos haviam popularizado muito tempo antes. Tinha um chicote ornado com contas, com o qual cumprimentou quando o sr. Grimes o apresentou ao professor Gill:

— Prazer em conhecê-lo, professor. Eu me chamo Castro, Roche Castro. O senhor gostou da estada na nossa terra selvagem? — Conquanto falasse bem o inglês, conservava um maleável sotaque latino que lhe embelezava a fala.

Durante a viagem para o norte, o sr. Grimes e Roche Castro intercambiaram longas histórias como quem troca cartas de baralho. Às vezes, Roche se voltava para contar detalhes pitorescos de um caso qualquer ao professor, mas este passou a maior parte do tempo calado. Não se mostrou descortês, apenas reservado, e Roche fez o possível para mantê-lo incluído na conversa. Quis saber onde ele dava aula, mas não de que matéria. Quando soube que Gill era professor da Universidade Estadual de San José, disse que tinha uma prima de segundo grau estudando lá, mas não perguntou se ele a conhecia. Só estava tentando ser gentil.

Roche preferia contar seus casos a Cobertt Grimes. Não conversava com estranhos, a não ser para ludibriá-los no jogo de pôquer. Toots limitava-se a tudo absorver e rir das velhas piadas do pai. Só Deus sabia quantas vezes ouvira aquelas histórias na vida, porém, mesmo assim, divertia-se com elas. Grimes gostava de entreter os estranhos com suas histórias sobre Robinson Jeffers, o famoso poeta. Tendo sido um dos primeiros, na região, a conhecê-lo, levara-o a todos os lugares do litoral durante sua visita a Big Sur.

Posto que não tivesse muito interesse por poesia, o prof. Gill ouviu com atenção quando Grimes se pôs a falar nos velhos tempos. Conhecera George Sterling e também o louco Jimmy Hopper, mas esses nomes nada significavam para Solomon, de modo que ele deixou o pensamento voar sobre o vasto oceano verde manchado de branco. O sol claro e forte definia a linha da costa em esplendorosos detalhes. O professor ficou devaneando até que Roche Castro disse algo acerca dos "vigilantes da noite", coisa que o despertou instantaneamente:

— O quê? Como assim, vigilantes da noite? Do que o senhor está falando?

Roche se voltou e disse que Corbett tinha falado nessa história contada por um mascate de Santa Cruz que se perdera na região do rio Little Sur. Quando o encontraram, não parava de falar que havia passado a noite inteira sendo perseguido por vultos escuros que vigiavam todos os seus movimentos, mas insistiam em permanecer escondidos. Fazia séculos que eles eram vistos, acrescentou Castro. Todas as lendas índias locais contavam histórias parecidas sobre os vigilantes da noite.

Grimes interferiu, gritando por cima do ombro para que o ouvissem mesmo com o barulho dos solavancos em uma curva particularmente acidentada.

— É verdade, professor. Eu mesmo os vi duas vezes em uma noite de lua cheia. Não é mesmo, Toots? Pode perguntar a Olive Steinbeck, em Salinas. Ela era professora na escola do Sur. Uma mulher inteligente, e o senhor não vai encontrar uma irlandesa mais realista e prática do que Olive Steinbeck. Nunca foi de conversa fiada, mas diz que os viu muitas vezes. Ela mesma me contou há alguns anos. Viu-os quando estava percorrendo as trilhas do alto à noite. Contou que tinha o costume de deixar pequenos cestos de maçã em certos lugares. As frutas sempre desapareciam, mas, quando ela voltava, encontrava os cestos intatos, ninguém os levava embora. Pelo que contam, os vigilantes da noite nunca fizeram mal a ninguém, mas Olive disse que muitos garimpeiros ambiciosos desapareceram misteriosamente quando estavam procurando o ouro índio nos altos desfiladeiros; seria muita sorte achar ouro lá em cima. O senhor os viu, professor? Quer dizer, os vigilantes da noite.

Solomon não respondeu de pronto. Não conseguiu. Ia dizer "não" quando o ônibus fez uma ampla curva, contornando o sopé de um morro. No alto da elevação, bem acima da estrada que dominava o Pacífico, montando seu cavalo preto, estava o pesadelo índio particular do prof. Gill. Este sentiu o suor frio brotar na testa. Quis falar, mas as palavras ficaram presas em sua garganta. Precisava desesperadamente saber se os outros passageiros tinham visto o que ele vira, mas não conseguiu se fazer entender. Quando Roche Castro se virou para ouvir melhor sua resposta à pergunta, deu com uma visão inquietante. O prof. Gill estava quase roxo, balbuciando e apontando com a mão trêmula para o vulto montado, lá no alto da escarpa.

O prof. Gill não podia esperar o que se passou a seguir. De repente, Corbett Grimes, Roche Castro e Toots avistaram o homem no alto do morro. Puseram-se a acenar e gritar animadamente. Grimes tocou a enferrujada buzina e sacudiu o chapéu pela janela, enquanto Toots, colocando-se de quatro no colo de Roche, punha a cabeça para fora e agitava os dois braços com alegre entusiasmo. Gill ficou ainda mais assombrado ao ver o índio seminu apear, abrir um largo sorriso e acenar para eles. Momentos depois, o ônibus virou a curva seguinte e a aparição sumiu. Solomon ouviu a voz de Roche Castro em meio a uma espécie de neblina:

— Tudo bem com o senhor, professor? Professor! Está passando mal?

Gill finalmente recuperou a voz.

— Estou, sim, obrigado. Foi um choque, no mínimo uma grande surpresa. Eu já vi aquele homem e, obviamente, todos vocês o conhecem. Quem é esse índio? Tenho certeza de que já cruzei com ele.

Roche Castro se voltou com uma expressão divertida.

— Isso não me surpreende, professor. Mas ele não tem nada de índio, embora saiba mais a respeito dos índios do que qualquer outro homem na Califórnia. Esse é o dr. Jaime De Angulo. Vendi um sítio para ele há alguns anos. É um antropólogo famoso, aliás, estuda as línguas indígenas. Ouvi dizer que conhece vinte e cinco dialetos, talvez mais. Sua especialidade são as tribos do rio Pit. É curioso que o senhor nunca tenha ouvido falar nele, já que também é professor.

Solomon Gill se encostou no banco com expressão bovina. De queixo caído, os olhos erguidos para o céu, balançou a cabeça feito uma boneca chinesa. Depois de algum tempo, enfiou a mão no bolso e pegou o lenço para enxugar a transpiração da testa. Quando o abriu, sua caderneta de anotações apareceu entre as dobras. Passou um segundo olhando para a capa de papel barato e, então, jogou-o pela janela em uma vala.

No fim de agosto, o dr. Hedgepoole mandou uma carta ao prof. Gill. Manifestava sua decepção por não ter recebido notícias do amigo desde sua viagem para Big Sur. A missiva também contava que um antropólogo e respeitado lingüista indígena local chamado dr. J. De Angulo acabava de descobrir uma rede notável de acampamentos de caça nativos em Big Sur. O dr. Hedgepoole ouvira dizer que a descoberta ocorrera mais ou menos na mesma região que o prof. Gill pretendia pesquisar. Prosseguia, afirmando que não conhecia o homem pessoalmente, mas tinha sido informado de que o dr. De Angulo era uma personalidade e tanto, e todos os habitantes de Big Sur pareciam conhecê-lo muito bem. Perguntou se o prof. Gill havia entrado em contato com ele durante sua estada na Hospedaria de Pfeiffer. Encerrava a missiva pedindo-lhe que mandasse notícias assim que fosse possível.

Passaram-se quase quatro meses até que o dr. Hedgepoole voltasse a saber do prof. Gill. Um dia, teve a surpresa de receber uma carta postada em Chicago. O professor pedia desculpas pela demora em responder sua carta anterior. Prosseguia explicando que decidira aceitar uma cátedra mais lucrativa em uma universidade para moças em Illinois. Infelizmente, a mudança fora feita às pressas, impedindo-o de atualizar sua correspondência.

A carta continuava relatando diversos detalhes corriqueiros da sua decisão de se mudar para o Leste, porém um deles chamou a atenção do dr. Hedgepoole. No vasto e fértil território dos estudos antropológicos, o prof. Gill finalmente decidira concentrar-se em um campo de pesquisa extraordinariamente obscuro e despovoado. O dr. Hedgepoole não compreendeu bem, mas a essência tinha a ver com o antigo cultivo de cereais, a artrite e itens relacionados aos dentes das populações pré-históricas da Europa: sem dúvida, um campo de estudo quase sem concorrência. A carta do professor Gill omitia toda e qualquer referência à sua viagem a Big Sur e a seu encontro singularmente bizarro com o antropólogo dr. Jaime De Angulo. *Sic transit gloria mundi.*

Carga Estragada

Mesmo os relatos mais corriqueiros davam conta de que o jovem Simon Gutierez O'Brian era violento, desonesto, grosseiro e perigoso. Rebento frio, egoísta e rancoroso de uma linhagem indiferente e dona das mesmas características, ele era considerado um representante típico da sua genealogia deformada, seca e maligna.

Sendo o que era, fazia tempo que o clã O'Brian, de San José, dedicava seus mesquinhos empreendimentos às mais diversas formas de pequenas e grandes vilanias. Houve uma época em que a metade da família esteve ausente, cumprindo pena em algum estabelecimento correcional administrado pelo Estado.

Aos quinze anos, o jovem O'Brian já era espinhoso e carregado de pecados, mas o seu maior talento criminoso se manifestava no cultivo de um otário qualquer que levasse a culpa de suas calculadas transgressões. Em tais situações, nas quais felizmente conseguia se safar mediante falso testemunho, ele via na impunidade de que gozava um sinal seguro de que sua espertalhona duplicidade escapava ao domínio das autoridades locais, e quase sempre tinha razão.

Aos dezesseis, O'Brian foi para o mar a fim de escapar à perseguição por graves delitos dos quais não teve como inculpar ninguém. Isso deu às autoridades de San José a muito necessária pausa para respirar, mas pouco contribuiu para modificar as inclinações básicas do rapaz. Mesmo a bordo do navio, não lhe faltou oportunidade de empregar seus dons negativos e, em pouquíssimo tempo, ele estava com pequenos crimes até o pescoço.

Infelizmente, deu-se um fato particular, no qual sua astúcia falhou rotundamente. Sendo ajudante de aparelhador a bordo da escuna de cabotagem *Queensland*, com destino a Seattle, O'Brian foi surpreendido roubando conhaque medicinal da farmácia, o qual tencionava vender aos colegas a preços exorbitantes. Podia ter sido punido apenas com uma multa e um rebaixamento se não tivesse tido a audácia de pôr a culpa no contramestre.

Ocorre que o marujo acusado, vítima inocente da sórdida calúnia de O'Brian, era sobrinho do capitão, e este sabia perfeitamente que, no ano anterior, ele havia "jurado parar de beber" a pedido de sua mãe agonizante. Após um julgamento sumário, O'Brian foi expulso do navio com desonra, sem pagamento nem ração, e abandonado à sua própria sorte em uma praia erma ao sul de Coos Bay, em Oregon. Jurou nunca mais se deixar pilhar sem ter um bom otário a quem incriminar.

Apresentando-se como oficial de um navio em trânsito, disse que tinha caído no mar, de madrugada, quando estava lacrando os porões; com isso, conseguiu conquistar a simpatia de dois idosos sacerdotes católicos e lhes pediu que financiassem sua viagem a Portland, no norte. O malandro se disse co-proprietário do *Saints*, a tal embarcação perdida, e garantiu que o capitão, sendo seu cunhado, não deixaria de ir a Portland quando recebesse a notícia do acidente. Na qualidade de oficial da marinha mercante, assinou uma nota promissória pelo empréstimo, com juros módicos, é claro, e prometeu devolver o dinheiro assim que voltasse para seu navio.

Os dois religiosos ficaram convencidos de que estavam tratando com um bom católico e homem de palavra. O tratante os iludiu de tal modo que eles acabaram lhe oferecendo duzentos dólares em ouro mexicano para subsidiar a viagem.

O'Brian pagou-lhes a crédula generosidade embolsando o dinheiro, roubando a valiosa prata da igreja e evadindo-se furtivamente do vilarejo na carroceria de um caminhão. E acabou concluindo que se saíra muito melhor do que se tivesse ficado a bordo do navio.

Em uma taverna ordinária do cais do porto de Portland, floreou ainda mais sua história mentirosa, contando-a a um sinistro interlocutor materializado na pessoa de um capitão de escuna português, com uma feia cicatriz no rosto, recém-egresso do comércio de Macau e da China. Embora fosse obviamente um autêntico oficial, o capitão (na avaliação de O'Brian) tinha todo o charme de um cara-de-pau da melhor estirpe. Ele calculou acertadamente que o "portuga" era um sujeito perigosíssimo, mas, sem dúvida, também sortudo o bastante sobreviver e prosperar no ramo da velhacaria que escolhera. Como a maioria dos veteranos, o velho capitão português desconfiava de toda fanfarronice de marinheiro. Mesmo assim, reconheceu que estava precisando de um bom ajudante, particularmente de um marujo que conhecesse bem os pontos mais remotos da costa ao sul de Santa Cruz, na Califórnia. O'Brian declarou imediatamente possuir tal conhecimento, à parte outros.

O velho lobo-do-mar não duvidou de que o rapaz fosse capaz de ferrar panos, rizar e timonear quando pressionado, mas considerou o resto das credenciais por ele alardeadas mera lorota e gabarolice. Porém, longe de querer recrutar tripulantes, tinha a intenção de contratar um trapaceiro, vigarista e traidor morbidamente viciado em empreendimentos ilegais. O candidato também devia servir de otário e pagar o pato quando a coisa fosse por água abaixo, como às vezes acontecia. Mas achou mais prudente calar esse pormenor.

Tendo sobrevivido dez anos nos portos da China, o capitão lusitano desenvolvera, por necessidade, uma boa noção de caráter ou de falta deste. Percebendo rapidamente que O'Brian tinha pouca ou nenhuma integridade com que entrar em conflito, ofereceu-lhe o emprego com a condição de que ele aprendesse a controlar a língua. A dolorosa alternativa a seu código de silêncio era temível. Pelo que o português deu a entender, seus subalternos conheciam a dor e a morte mais do que os piores canalhas deste mundo. Também se declarou disposto a demonstrar essa arte sutil na primeira oportunidade em que O'Brian se atrevesse a ultrapassar os limites ou a dar com a língua nos dentes, mesmo que fosse para um percevejo. Erguendo o copo e abrindo um sorriso, afirmou que em *seu* navio até os insetos tinham ouvidos, e tudo acabava chegando ao conhecimento do capitão.

O'Brian engoliu o conhaque como se já estivesse brindando ao laço no pescoço e selou o pacto com um aperto de mão. Para solenizar o contrato, serviu a seu novo chefe três dedos de conhaque mexicano, um destilado traiçoeiro que corroía o sangue em questão de segundos. O ardiloso português não deixou de notar que o rapaz tinha uma sede prodigiosa por bebidas fortes. Em sua opinião, a maior parte dos marinheiros estava fadada à perpétua embriaguez, mas, por sorte, isso os tornava extraordinariamente maleáveis quando a fibra moral exigia o máximo de flexibilidade.

Foi assim que Simon Gutierez O'Brian abraçou a nova carreira de contrabandista. Não a de mero traficante de bebida ordinária sem pagamento de direitos aduaneiros, mas a de mercador de seres humanos. Estava sob o comando de um capitão que vendia imigrantes chineses ilegais para os numerosos encraves mineiros da Califórnia e do litoral de Baja. Sua tarefa consistia em procurar clientes potenciais para o lusitano e, quando os desgraçados orientais desembarcassem em algum ponto clandestino da costa, levá-los até as minas que os haviam encomendado. Cinco ou seis vezes por ano, encontrar-se-ia com o capitão, em um lugar preestabelecido, e orientaria o navio a um desembarcadouro clandestino, onde o contrabando pudesse entrar no país sem o conhecimento das autoridades.

Quando não estava cuidando dos negócios do capitão, O'Brian se entregava a práticas desonestas por ele mesmo concebidas. Tinha a cautela de nunca dar as caras em Monterrey ou King City, onde lhe podiam fazer perguntas incômodas caso fosse capturado.

O lugar que mais gostava de freqüentar era um conhecido antro do litoral de Monterrey chamado Porto de Notley. Esse curioso enclave não passava de um aglomerado sem graça de velhas construções de madeira, desordenadamente fixadas para enfrentar os ventos marinhos, erguido em um trecho denteado do litoral, ao sul da serra de Carmel, na entrada do desfiladeiro de Palo Colorado. Era lá, em meio à depravação da fronteira, que ele consumia o tempo livre, o dinheiro e a saúde. Quando não estava ocupado em planejar e perpetrar delitos, seguramente se achava na companhia das moças, no bar do mal-afamado salão de baile de Notley, o mais tumultuoso estabelecimento do ramo no litoral de Monterrey. Em outras ocasiões, podia ser localizado no Chinês, onde fumava numerosos cachimbos de ópio a fim de curar os males causados por seu estilo de vida dissoluto.

Um dia, recebeu o já esperado recado, dizendo que o português estaria à sua espera em um promontório deserto em certa noite escura de agosto. O capitão ia desembarcar uma carga pronta para ser entregue nas minas de Los Burros, em Manchester.

A cidadezinha de Manchester, se é que merecia esse nome, era uma comunidade frouxa, embora lucrativa, situada no alto da serra de Santa Lúcia. Como a maioria dos encraves mineiros, tinha um grande apetite por negociar mão-de-obra. As socavas das minas, geralmente construídas e mantidas sem o menor cuidado, cobravam um pesado tributo em sangue. A rotatividade da mão-de-obra era elevadíssima. Os índios da costa, os mexicanos, os filipinos e os chineses formavam o grosso desse festim sacrificial, mas também havia profissionais de Gales, da Itália, da Polônia, da Hungria e da Alemanha. Os mineiros de estanho da Cornualha eram considerados os mais consumados bastardos e os melhores capatazes de mina com que se podia contar, porém mesmo eles sucumbiam aos rigores da mineração fronteiriça a uma velocidade assombrosa. Os italianos e os portugueses não hesitavam em se matar entre si, de modo que também no seu caso a rotatividade era enorme.

Manchester era um lugar perigoso para cultivar amizades e pior ainda para angariar inimigos, mas lá O'Brian não tinha problemas. A cidadezinha não o via senão contrabandeando chineses às pencas, e isso lhe valeu a simpatia dos proprietários das minas.

Para favorecer o negócio, ele criou o hábito de ir pescar sozinho ao anoitecer quando o tempo permitia. Dissimulava seu objetivo real com o mais inocente dos expedientes: alugar um pequeno barco de pesca dos habitantes locais, que viviam precisando de dinheiro. Procurou tornar-se uma figura familiar para os outros pescadores quando entrava e saía dos baixios e baías. O conhecido passatempo de O'Brian se destinava a camuflar as ocasiões especiais em que sua "pescaria" rendia bem mais do que meros peixes.

Nas noites marcadas, ele se fazia ao largo com uma lanterna de sinalização a fim de aguardar a velha escuna do capitão em alto-mar. Uma vez feito o contato, o astuto português levava pessoalmente os chineses a terra e ficava esperando que O'Brian retornasse com o dinheiro. Para acelerar a transação, muitas vezes pediam que os donos de mina levassem seus próprios homens a um lugar próximo do desembarcadouro. Lá recebiam a carga para a longa marcha às montanhas. Em outras oportunidades, O'Brian se encarregava de fazer a entrega pessoalmente.

No fim daquele dia, ele se deixou ficar à mercê do balanço do barco alugado, fumando tranqüilamente. De vez em quando, aquecia as mãos na lanterna enegrecida pela fuligem. A noite que se anunciava seria perfeita para a pesca simulada, de modo que ele tratou de jogar vários aparelhos de pesca e linhadas para o caso de ser observado ou saudado por estranhos. Sua indiferença por qualquer pesca possível mostrou-se aos peixes, e não tardou para que o fundo do barco ostentasse trinta quilos de linguado e cinco robustas percas marinhas. Também os peixes seriam vendidos aos mineiros para dar de comer aos chineses.

Como muitos marinheiros, O'Brian não sabia nadar. Mesmo assim, sentia-se à vontade a bordo de uma embarcação. Conquanto desse um pouco de sossego à sua loucura, o mar era incapaz de lhe abrandar o mal-estar físico. Por isso ele engoliu uma pequena pastilha de ópio, queria combater o frio e a dor nas articulações; a seguir, tomou um longo e saboroso trago de conhaque. Pouco depois, estava sorrindo feito um gato mimado. Teve o cuidado de não perder de vista as rochas na praia, que lhe serviam de ponto de referência, e tratou de compensar os fluxos e refluxos com longas remadas. Havia adquirido os rudimentos mais simples da navegação de cabotagem graças à longa experiência de esperar o lusitano.

A encapeladura do oceano foi se amainando à medida que a brisa marinha diminuía. O barulho das ondas mansas, a lamber a proa, tornou-se tão calmo que O'Brian começou a inclinar a cabeça e acabou cochilando. Mas, poucos segundos depois, voltou a erguer a vista para examinar sua posição, suas linhas, e consultar o relógio de bolso. Na hora marcada, pôs-se a enviar o sinal da lanterna. De pé no barco, traçou um arco de sessenta graus na direção do mar alto. Repetiu três vezes a operação, cobriu a luz e tornou a se sentar a fim de examinar as linhas. Tendo aguardado dez minutos, repetiu a manobra. Na quarta tentativa, ficou preocupado; na sexta, irritado; na oitava, furioso. Só quando já havia decidido remar para a praia foi que reparou em uma densa e veloz massa de neblina que, chegando do noroeste, avançava a sotavento sobre seus flancos. E se abateu sobre ele, primeiro como uma muralha que tapou o horizonte e as estrelas, depois, devorando a constelação de Leão e expandindo-se até encobrir toda e qualquer referência visual. O'Brian sentiu os dedos gelados do medo subirem-lhe a espinha, eriçarem-lhe o cabelo. Brotaram gotas de suor de cada um de seus poros.

Esquecendo-se de tudo, ele tratou de buscar o abrigo da enseada que o protegia, mas, antes que pudesse dar algumas desesperadas remadas, seu mundo ficou envolto em um vapor impenetrável. Eram uma névoa tão densa e um mar tão parado que todos os ruídos se transmitiam sob veemente protesto.

Sua primeira reação foi a de escutar a arrebentação na praia e, em seguida, examinar a maré. Usando uma linha de pesca e uma bóia de cortiça para calcular a velocidade em que se deslocava, ficou aliviado ao detectar uma maré mansa, prestes a mudar. Aproveitou a mudança para continuar remando para o alto-mar. Queria conservar certa margem de segurança, caso fosse obrigado a passar a noite no mar. Isso acontecia. Se a neblina se dispersasse no fim da manhã, bastava tratar de voltar à praia com a maré seguinte.

Depois de algumas horas remando lentamente e às vezes parando para escutar, O'Brian relaxou. O casulo de vapor continuava denso, e o movimento da água tinha quase o mesmo ritmo de seu pulso. Ele testou a lanterna de sinalização, mas a luz mal penetrou alguns palmos. Houve longos momentos em que a proa invisível do barco e todos os ruídos se reduziram a ecos apagados ou a vagas reverberações de ondas distantes.

O'Brian se acomodou tranqüilamente no barco, entregando-se à cerração e esperando com ansiedade o momento em que a garrafa de conhaque se encarregasse do resto. Um adelgaçamento da neblina canalizou ecos de direções indeterminadas. Surpreso, ele engasgou com o cachimbo ao ver dois fortes clarões aparentemente próximos. Pouco depois, ouviu vozes fantasmagóricas, quase inaudíveis. Erguendo precipitadamente a lanterna, pôs-se a fazer sinais em todas as direções possíveis, mas a luz se recusava a viajar. Retornava qual um espectro girante de si mesma.

Movido pela frustração, ele começou a gritar:

— É a sua âncora, portuga? Eiiii! Eiiii! É você, português? Seu condenado de uma figa! Diga alguma coisa! Sou eu, O'Brian!

Mas não obteve resposta. Sua voz parecia não chegar mais longe do que a luz da lanterna. Temendo que o navio não fosse o do capitão, ele achou mais sensato parar de gritar. Às vezes, as lanchas da aduana se aproveitavam da neblina para caçar contrabandistas. Não valia a pena lhes chamar a atenção.

Conformando-se com as longas horas de espera, O'Brian resolveu se entregar ao impulso do vento para variar. Recolocou isca nos anzóis e recolheu as redes. Os chumbos afundaram quase vinte metros antes de rebater no fundo, atraindo um enorme linguado. Ele marcou a linha com um nó, decidido a usar essa referência para avaliar sua proximidade da praia quando a maré mudasse.

Sem que O'Brian soubesse, fazia quase seis horas que o lusitano estava vogando com velas amainadas. A neblina, inesperada naquela estação do ano, atingira sua escuna diante de Point Año Nuevo no começo da tarde, e, embora houvesse intervalos infreqüentes em que o sol voltava a brilhar, era perigoso aproximar-se da Baía de Monterrey com tantas embarcações igualmente cegadas pela cerração.

Ao sul de Point Lobos, a névoa se dissipou temporariamente e chegou a parecer que as estrelas do verão orientariam a rota noturna até a costa, mas, oito quilômetros a sudoeste de Yankee Point, a densa neblina oceânica tornou a cegar a embarcação, encobrindo todas as referências visuais e abafando quase todos os sons. Em poucos segundos, as estrelas sumiram e não restou senão a bitácula do navio para iluminar as espirais de vapor que avançavam sobre as amuradas e se espalhavam nos conveses.

O português ouviu todas as sirenes de alarme, mas se negou a tocar a sua e revelar a posição em que se encontrava. Encobriu ou apagou as luzes mais fortes, decidido a seguir navegando ao léu até que a lousa de bitácula lhe indicasse aproximadamente o ponto de encontro com O'Brian.

Enquanto a escuna ia e vinha nas proximidades de seu destino, esperando que a cerração impenetrável se desfizesse, um incidente sinistro estendeu uma mortalha de apreensão sobre toda a embarcação. A meio caminho da vigia de estibordo, um marujo se aproximou do português para avisar que, no porão, dois chineses tinham morrido de uma espécie de varíola e que o resto se achava em estado de grande agitação.

Embora irritado, o capitão se pôs a dar ordens instintivamente. Mandou levar os cadáveres ao convés, alertando que só os chineses podiam tocar neles. Depois que os marinheiros tornaram a conduzir os ansiosos orientais para o porão, ele se aproximou e examinou os cules mortos. Embora só se dignasse a tocar neles com a ponta de uma corda, detectou as célebres pústulas na pele a anunciar uma viagem sem lucro ou coisa pior. Depois de ordenar a um grumete que eviscerasse os cadáveres a fim de evitar o inchaço, fez com que os colocassem de lado com bicheiros. No porão, os chineses gemeram com tristeza quando o baque dos corpos na água ecoou em todo o navio.

Do mesmo modo como antes amaldiçoara a neblina, o português se pôs a abençoar o véu que ocultava sua presença. Com um pouco de sorte, talvez conseguisse partir sem ser visto na região. Ordenou furtivamente que a escuna seguisse por uma nova rota, a oeste-noroeste, a fim de tomar uma posição conveniente para chegar a China Cove na noite seguinte. Lamentava não ter se encontrado com O'Brian, mas o estado de fragilidade da carga exigia venda rápida, e o único cliente adimplente a um dia de viagem era a Carmelo Land and Coal Company.

A serra de Carmelo se gabava de algumas minas em atividade e mostrava uma avidez normal por mão-de-obra barata. As fatalidades eram de se esperar em qualquer lugar em que os homens cavavam a terra, mas sempre persistia o dilema das viúvas e órfãos sobreviventes. Seria muito triste e excessivamente caro se toda uma turma perecesse de uma hora para outra. Os chineses eram um fardo muito menor quando ocorria uma extinção acidental. Naquelas tenebrosas condições de trabalho, suas famílias, caso existissem, raramente se apresentavam para pedir indenização.

O luso tornou a pensar em sua ovelha extraviada, O'Brian, e se perguntou o que lhe teria acontecido. Não era característico do manhoso ladrãozinho faltar a um encontro que rendesse um bom dinheiro, mas, por outro lado, ninguém tinha previsto a neblina nem a morte dos chineses. Sendo uma criatura naturalmente supersticiosa, o capitão preferiu acreditar que tudo aquilo pressagiava uma desgraça iminente. Portanto, a sensatez impunha a necessidade de partir imediatamente daquelas praias povoadas de espectros. Principalmente porque ele queria ver um bom trecho de água entre seu barco e os chineses mortos.

Postado junto ao corrimão de popa e olhando para a neblina, chegou a pensar em conceder a O'Brian uma pequena participação no negócio com a serra para compensar o esforço vão daquela noite, mas acabou resolvendo não lhe dar nada. Já havia perdido dois chineses, era prejuízo suficiente. No fim, sempre se decidia contrariamente à generosidade. Esta não costumava figurar como alternativa. Ele se benzeu por força do hábito e mandou içar mais vela na esperança de brisa intensa.

Cinco minutos depois, a neblina se partiu e se desfez atrás do navio. O céu voltou a ser uma assombrosa congregação de estrelas reconfortantes. O coração do capitão e da tripulação sentiu-se aliviado de um peso glacial. Todos sentiram o espírito vencido da morte dissipar-se com a névoa na esteira da embarcação. O português mandou servir bebida a todos para comemorar a salvação. Insistiu para que o contramestre vertesse uma dose de rum nas ondas, para o Santo, e tornou a se persignar.

Comandava uma tripulação poliglota de marítimos asiáticos, mexicanos, indianos de Madras, além dos mais diversos ratos de porão locais, não menos supersticiosos do que ele, de modo que seus nervos coletivos não chegaram propriamente a se acalmar quando, do fundo do túnel de névoa aberto pela passagem da embarcação, uma alma distante e atormentada soltou um grito estrangulado e de tal modo carregado de pavor e desespero que todos, no convés, engoliram a ração de rum de um só trago. O português tornou a fazer o sinal-da-cruz e, em silêncio, rogou a proteção das obscuras e vingativas sombras do mar. Também pediu que O'Brian não tivesse sido capturado pelos homens do xerife. Conhecia muito bem seu mascote e tinha muita razão para temer que, dependendo da situação, ele o entregasse em troca de um tratamento mais benevolente. Era exatamente o que o capitão faria no lugar de O'Brian. Mesmo assim, achava lucrativo conhecê-lo e esperava que a Providência não desperdiçasse um capital tão valioso. O mistério estava fadado a acompanhar suas especulações indefinidamente, pois ele nunca mais tornaria a ver O'Brian nem a ouvir falar dele. Aliás, ninguém voltou a ter notícias do rapaz.

Não faltaram as conjeturas de sempre, nos habitantes locais, quando O'Brian e o barco de pesca não retornaram, mas quase todos os pensamentos se voltaram para o paradeiro da embarcação, não para o possível destino de seu ocupante. O rapaz nunca foi de procurar ou cultivar amizades. Aliás, desdenhava até mesmo os contatos mais passageiros, de modo que, naturalmente, ninguém perdeu tempo indagando sobre seu destino. A maior parte das pessoas imaginou que ele tivesse caído do barco e acabaria sendo arremessado na praia, caso os tubarões não o devorassem primeiro.

No entanto, chegou um sinal do céu. Quatro dias após o desaparecimento, o barco de pesca foi encontrado flutuando à deriva, mas intato. Não se detectaram sinais de O'Brian nas proximidades. O depósito de peixes também estava relativamente intato, descontada a predação das gaivotas, e suas linhadas continuavam jogadas a ambos os lados da embarcação. Tudo parecia normal como qualquer mistério procedente do oceano, porém houve uma aparição inquietante que deitou uma sombra fugaz na alegria do dono do barco recuperado.

Quando puxaram a linhada de bombordo, emergiu a cabeça e a carcaça semidevorada de um linguado prodigiosamente grande, que devia ter pesado mais de quarenta quilos. Mas, a outra linha, que não chegava a mais de seis metros de profundidade, tinha fisgado o feio e desventrado cadáver de um chinês. O anzol se cravara bem na axila esquerda, de modo que o defunto veio à tona com o dedo diretamente apontado para a pessoa que estava puxando a linha. Inevitavelmente, os tubarões pequenos também haviam descoberto o pobre homem. Os locais se apressaram a cortar as duas linhas e a rebocar o barco até a praia.

O português se revelou um homem de muita sorte. Conseguiu entregar sua débil carga a um ambicioso proprietário de mina da serra de Carmel antes que um aventureiro qualquer dela se apossasse. A seguir, zarpou com a intenção de navegar em outras latitudes até que a poeira baixasse. À parte uma passagem documentada ao largo de San Francisco, nem o lusitano nem sua sórdida escuna voltaram a ser vistos neste lado do Pacífico.

Sing Fat e a Duquesa Imperial de Woo

Em BIG SUR, certos imigrantes acabavam se transformando em celebridades locais por força dos acontecimentos, ao passo que outros preferiam empregar o talento com que vieram ao mundo para sumir na sombra da discrição ou até mesmo da invisibilidade. Um desses personagens enigmáticos escolheu a segunda alternativa com tão empenhada diligência que ninguém jamais descobriu seu verdadeiro desígnio nem sua identidade. A narrativa que se segue tentará contar como e por que essa figura misteriosa veio a adotar Big Sur como asilo.

O peregrino se chamava Sing Fat. Nascido na China Central, era filho de uma família poderosa, cuja linhagem remontava à sublime criação do Império do Meio. Diziam que seus antepassados haviam comandado grandes legiões contra as hostes bárbaras que ameaçavam a perfeição celestial do império. Todo o clã pretendia seguir cumprindo essa honorável missão até o fim do Décimo Mundo.

Como a maioria dos meninos de sua extração social, Sing Fat começou a estudar muito cedo e com intensidade. Nesse aspecto, mostrou-se excepcionalmente talentoso, sobretudo em línguas e matemática. Era dono de um ouvido extraordinariamente sensível aos dialetos. Ainda pequeno, conseguia conversar sem dificuldade com os criados das províncias mais remotas em seus próprios idiomas.

Um famoso abade taoísta, que percorrera o império de ponta a ponta, garantiu ao orgulhoso pai de Sing Fat que o garoto tinha tudo para vir a ser um pilar de sabedoria e prudência, e o império ainda dependeria dele e o veneraria.

No entanto, quando o menino tinha treze anos, todo seu mundo saiu dos ordenados eixos. Uma sangrenta guerra civil se abateu qual onda terrível sobre grande parte do Império do Meio e, quando ela chegou ao termo, Sing Fat era o único membro vivo de sua família imediata. Nos dias da destruição final, o promissor rebento daquela grandiosa árvore patrícia tinha sido reduzido a pouco mais que um pobre lavrador, um escravo agrilhoado a sua própria herança.

Aos dezesseis anos, ele decidiu lançar mão do perigoso subterfúgio de trocar de lugar com um cule recém-falecido, o qual o novo senhor da terra acabava de vender a um mercador imperial de mão-de-obra. Este, por sua vez, fornecia os conterrâneos empobrecidos à voracidade das minas e das estradas de ferro das Américas. O camponês morto preferira suicidar-se a sair da China. Não queria morrer sob a "montanha de ouro", longe dos ancestrais e perdido nas terras selvagens do Leste. Com esse triste acontecimento, o órfão degradado teve oportunidade de escapar a uma servidão humilhante, a serviço dos inimigos de sua família. Sendo objeto de um contrato de fornecimento de força de trabalho, foi jogado em um navio cargueiro, feito um baú clandestino de ópio, e transportado ao lugar que seu povo denominava "a boca da montanha" — aliás, San Francisco. Ouvira dizer muitas vezes que, daquele destino temível, eram poucos os que conseguiam retornar à mãe China. Mas, tendo avaliado as negras alternativas, concluiu que a perspectiva de trabalhar para os bárbaros olhos-redondos, com a sempre presente possibilidade de fugir, era menos abominável do que a certeza de uma morte lenta e sofrida nas mãos de seu próprio povo. Foi assim, por ordem do destino, que Sing Fat acabou desembarcando em San Francisco (Tai Fau), na Califórnia.

Os incontáveis trabalhadores chineses eram transferidos dos fétidos e escuros porões de navios sem nome para carretas de transporte de gado, todos forrados de palha, e depositados como reses extenuadas nas minas de aluvião do sopé das montanhas a nordeste de Sacramento — Yi Fau.

Sing Fat passou cinco anos trabalhando feito um burro de carga na lama do garimpo. Tal como ocorria com a maioria dos chineses, seu salário miserável nunca bastava para pagar as dívidas com o "barracão" controlado pela empresa mineradora. Em breve, ele esqueceu o que era estar seco e limpo ou usar uma roupa que não tivesse sido remendada pelo proprietário anterior. A maior parte dos doadores morrera de exaustão, picaretas em punho, ou se havia espedaçado com cargas de explosivo erroneamente colocadas, ou sucumbira a alguma terrível moléstia ocidental. Sing Fat cobria o corpo com esse derradeiro legado dos mortos e lhes honrava a generosidade toda vez que remendava uma costura ou uma rasgadura.

Houve ocasiões singulares em que lhe surgiu a oportunidade de fugir da lama e da privação, mas ele não tinha aonde ir. Na verdade, nem era capaz de dizer ao certo onde estava, muito menos onde encontrar refúgio caso resolvesse buscar a liberdade. Sempre prudente, achou melhor esperar até que tivesse colhido informação útil suficiente para alcançar a emancipação sem maiores conseqüências. A última coisa que lhe convinha era ser caçado pela polícia mineira em pleno sertão, como um cavalo roubado.

Entrementes, ficou conhecendo um colega cule, um velho sorumbático de sua própria província de Baoding. Esse senhor astuto, que se lembrava bem da reputação da família de Sing Fat, ensinou-lhe um truque que, felizmente, tornou o trabalho nos aluviões bem mais lucrativo do que convinha aos donos da mina. Mostrou-lhe como extrair pequenas quantidades de ouro da escória do minério. Com paciência e discrição, era possível auferir uma renda modesta a partir do refugo do garimpo. Se ele calhasse de topar com uma boa pepita às vezes, tanto melhor. A mágica consistia em reprocessar às escondidas a escória supostamente inútil e extrair minúsculos vestígios de ouro residual. A técnica se assemelhava à de separar o ouro, só que envolvia o uso do óleo de baleia e de um balde de pedreiro. Os resíduos finíssimos e secos eram colocados cuidadosamente no balde cheio de óleo de baleia, que fazia com que os detritos mais leves ficassem suspensos, enquanto as partículas de ouro, sendo mais pesadas, se precipitavam no fundo.

Era um trabalho árduo fisgá-las com a ajuda de uma fina taquara com a ponta embebida em alcatrão de pinheiro. Concluído o processo, filtrava-se o óleo em um pano para ser reutilizado. Como praticamente não havia o que fazer nas poucas horas de folga, extrair o precioso mineral era quase uma recreação. Ao completar oito anos de trabalho nas minas, Sing Fat havia acumulado aproximadamente três mil e trezentos dólares em ouro em pó.

Seu pecúlio ficava permanentemente escondido em um cinto de lona encerada, o qual ele sempre levava debaixo da roupa, preso com fortes tiras de couro. Um ladrão teria muita dificuldade para se apossar desse patrimônio, mesmo com o auxílio de uma faca afiada. O mesmo senhor idoso o aconselhou a aprender o máximo possível da esquisita língua dos olhos-redondos. Reconhecia que grande parte daquele idioma bárbaro era impronunciável e, portanto, inútil, mas o que os olhos-redondos costumavam chamar de inglês macarrônico bastava para a maioria das transações. Aliás, era o máximo que se podia esperar que um pobre cule chinês conseguisse falar naquelas circunstâncias.

O homem alertou que o domínio completo do idioma dos bárbaros não faria senão despertar suspeitas e desprezo nas duas comunidades. Mais valia conservar-se obsequioso e invisível em um país de moral esquisita e perigos imprevisíveis. Lembrou-se de que, naquela situação — perdido, avassalado e sozinho em um país povoado de olhos-redondos espiritualmente desequilibrados —, os bárbaros não consideravam crime roubar e matar um chinês. Aquilo acontecia o tempo todo sem que as autoridades interferissem. Sing Fat e seu ouro não prosperariam durante muito tempo se ele se pusesse a chamar a atenção. A prudência aconselhava cautela. Os sensatos adotavam um procedimento sem cara e sem nome se a longevidade figurasse entre seus objetivos.

Depois do que pareceu uma eternidade de trabalho exaustivo, Sing Fat adquiriu informações básicas suficientes para concluir que tinha chegado a hora de pegar suas modestas economias e sumir. Os riscos inerentes a uma fuga pouco significavam para um homem em busca da liberdade de escolher os padrões e o lugar de sua faina. A vida sem escolha era sinônima de servidão, e ele já tinha explorado muito os meandros da escravidão.

Nos anos passados nas minas, Sing Fat fez pesquisas sutis entre os companheiros de trabalho. Descobriu que havia importantes enclaves chineses não só em San Francisco como também em Santa Cruz, Watsonville, Salinas e Monterrey. Não era impossível encontrar refúgio e emprego nesses lugares. Dispondo de um pequeno capital, maior seria a possibilidade de arranjar um lugar honrado em tais comunidades. E ele resolveu fugir na primeira chance.

Essa oportunidade surgiu bem antes do esperado. Em uma calorosa manhã de agosto, uma centena de trabalhadores, inclusive ele, embarcou em vagões de minério e foi levada a Sacramento e aos desembarcadouros de carga do rio Americano para trabalhar na estiva, descarregando o pesado equipamento de mineração de três navios fluviais.

Durante a perigosa transferência da carga do barco para o cais, uma corda escapou da roldana, jogando Sing Fat e outros vinte cules chineses no rio. Mesmo submerso, lutando com o peso da roupa molhada e do tesouro no cinto para voltar à superfície, ele ouviu os gritos desesperados dos colegas. Muitos trabalhadores não sabiam nadar e se afogaram quase imediatamente. Sing Fat, que na infância aprendera a nadar com um tio, conseguiu subir à tona bem embaixo do cais. Quando emergiu em busca de ar, percebeu que estava agarrado a uma das pilastras e, portanto, não podia ser visto por ninguém. Firmando-se para não ser arrastado pela correnteza, tratou de recobrar o fôlego. De súbito, ocorreu-lhe que, se não reaparecesse prematuramente nem fizesse barulho, seus senhores decerto o dariam por perdido e arrastado rio abaixo com as demais vítimas anônimas. Convencido de que a liberdade estava a seu alcance, passou o resto da tarde e boa parte da noite tenazmente agarrado à pilastra oculta, até se sentir seguro para sair. Por sorte, a água não estava insuportavelmente fria, graças ao calor de agosto, e, embora incomodado pelas muitas horas de imersão, ele não temeu por sua segurança. Protegido pela escuridão, deixou-se arrastar pela correnteza até encontrar um lugar escondido para sair do rio. Passou o resto da noite descansando no mato.

Na manhã seguinte, tendo se livrado dos elementos de sua indumentária que o identificavam como um cule mineiro, rumou a pé para o oeste. Sacramento abrigava uma boa quantidade de trabalhadores chineses, assim como de outras minorias, e o subúrbio da cidade contava com um miserável aglomerado de barracos e casebres que serviam de moradia. Tal como os estratos circulares do tronco de uma árvore, cada camada consecutiva representava uma minoria diferente. O enclave chinês ficava na mais exterior delas, sendo que todos, com exceção dos domésticos, ficavam exilados naquela região periférica. Desse modo, eram os que percorriam a maior distância entre a casa e o trabalho.

Por fim, Sing Fat chegou ao último subúrbio, onde pelo menos obteve invisibilidade e segurança em meio a centenas de patrícios. Encontrou e seguiu um tintureiro de aparência abastada, chamado Lee Me Fong. Esse cavalheiro se mostrou muito solícito e simpático. Em troca de uma pequena quantidade de ouro em pó, deu-lhe roupa limpa, sandálias resistentes e vinte dólares em moeda ianque. Para mostrar boa vontade, chegou até mesmo a desenhar um mapa das estradas que levavam a San Francisco e Salinas. Contou com orgulho que tinha parentes próximos em ambas as localidades e lhe deu de presente um cartão com um único caractere: "amora". E lhe pediu que desse muitas lembranças caso ele topasse com um de seus ilustres parentes.

Depois de uma generosa refeição e da compra de uma reserva de alimento para a viagem, os dois se entregaram a todas as formalidades da despedida. Então Sing Fat enveredou por um sertão habitado — ele tinha certeza — por ogros e demônios dispostos a tocaiar e destruir o inocente viajante estrangeiro.

Tendo estudado o mapa improvisado, chegou à conclusão de que San Francisco era excessivamente grande e ficava muito perto da arena de seu último emprego. Achou prudente ir mais para o sul, para Santa Cruz, Salinas ou Monterrey, onde eram mínimas as possibilidades de que as autoridades laborais o detivessem.

A escolha não deve ter sido fácil. Naquele momento, a distância em quilômetros escapava totalmente ao alcance de seu entendimento, mas ele começou a ter uma idéia geral quando, três semanas depois, descobriu que havia percorrido apenas a metade do caminho. A essa altura, já consertara a sandália pelo menos uma dezena de vezes. Quando as condições permitiam, viajava descalço a fim de poupar o desgastado couro.

Para um homem cujas predileções culturais muito se inclinavam para a existência de demônios e diabos, a viagem para o sul foi assustadora. Dormir ao relento no sertão, onde qualquer criatura sozinha chamava a atenção de animais estranhos, era como percorrer o próprio inferno. Ocasionalmente, um carroceiro filipino ou um pobre trabalhador sazonal mexicano lhe ofereciam uma pequena ajuda. Graças a eles, Sing Fat pôde comprar um pouco de comida ou pernoitar ao abrigo de um celeiro, mas sempre tomando o cuidado de ocultar todo e qualquer sinal de sua riqueza. Sempre oferecia dinheiro em troca do que precisava, porém tinha a cautela de tirá-lo de uma bolsa de couro muito usada para mostrar que aquelas poucas moedas eram tudo quanto ele possuía.

Evitava o contato com os olhos-redondos, temendo que descobrissem seu segredo e o prendessem para devolvê-lo às minas. A probabilidade de semelhante ocorrência era mínima, senão inexistente, mas Sing Fat não sabia disso e, em princípio, tratava de ficar longe de todos os bárbaros.

À noite, quando se abrigava em um bosque de carvalhos ou em uma gruta, o barulho dos animais noturnos assombrava sua imaginação fértil a tal ponto que o sono acabava se tornando impossível. Em várias ocasiões, achou prudente descansar trepado em uma árvore para evitar as matilhas de coiotes que infestavam a escuridão. Com freqüência, seus uivos noturnos o deixavam de cabelo em pé, já que ele os imaginava como algo bem diferente do que eram. Pode servir de indicador dos terrores dessa viagem, ou talvez de uma aversão natural a falar de si, mas o fato é que Sing Fat passou o resto da vida sem mencionar essas árduas e pavorosas semanas.

Sempre com medo de bandidos ou animais selvagens, da fome ou da sede, ele foi esgotando, camada após camada, toda a coragem e a determinação de que era dotado, até pensar que sua alma estava se cavando a si mesma.

Quando finalmente chegou à periferia de Salinas, em uma noite seca e estrelada, Sing Fat não passava de um fantasma, sem nada para mostrar de sua longa provação, a não ser a barriga vazia, os olhos fundos, os pés sangrando e uma expressão de fadiga total.

Como todas as outras cidades que ele havia contornado em sua jornada, Salinas confinava as minorias trabalhadoras em enclaves isolados, e foi lá que enfim buscou asilo. Sabia que estava exausto e à mercê das doenças contraídas durante a devastadora experiência na estrada. Assim, na primeira oportunidade, perguntou a um velho carvoeiro o endereço de um boticário que lhe vendesse remédios. Achou que estava começando a delirar quando o homem mostrou o caminho do venerável estabelecimento de Chow Yong Fat, a apenas seis portas de distância, quase na esquina da rua East Lake. O carvoeiro acrescentou que o velho Chow Yong Fat era o melhor médico do vale. Sua loja de remédios e curas superava tudo quanto os brancos podiam oferecer. Chow Yong Fat também conhecia as agulhas místicas, a mais valorizada das artes medicinais. Sing Fat se inclinou debilmente, agradeceu e foi cambaleando na direção indicada.

O carvoeiro ficou observando o desconhecido, notou que ele havia cortado a trança e sacudiu a cabeça. Era triste ver quem quer que fosse naquele estado de esgotamento e aflição, principalmente um filho do Império do Meio que decidira nunca mais voltar à pátria. Mas, pelo visto, ele não viveria muito para se arrepender da insensatez de sua escolha.

Sing Fat chegou ao estabelecimento poucos minutos depois. O caractere caligráfico na fachada da modesta loja era muito bem pintado, mas, para a sua grande decepção, não havia sinal de vida lá dentro. Pela empoeirada vidraça da porta, ele viu um pequeno lampião a querosene, com a luz muito baça, pendurado atrás do balcão. Mal iluminava o interior da botica e projetava um cálido verniz ambárico nos incontáveis escaninhos e jarros de porcelana com ervas, ungüentos e remédios. Desesperado, bateu na porta, mas não detectou nenhum movimento no interior da botica. Ia bater novamente, mas seu estado de desgaste não permitiu o esforço. Com a mão erguida, desmaiou de cansaço ali mesmo onde estava.

Sing Fat nunca se esqueceria do quanto foi difícil recuperar a consciência; ele passou muito tempo flutuando vagarosamente na direção de ruídos e luzes que pareciam muito além de seu alcance. Quando tinha a impressão de que ia subir à superfície da realidade aparente, tornava a mergulhar em uma pálida e obscura insensibilidade. E ficava pairando qual uma partícula de plâncton até que a luz e os ruídos tornassem a chamá-lo. Mas o sentido que finalmente o levou a voltar a si foi o do olfato: a pungência de antigos aromas, de perfumes familiares, mas esquecidos, perfumes de casa, da China, da infância. Cada um deles era o amálgama de uma multidão de origens diferentes, doces alguns, outros picantes, cheiros perturbadores, mas conhecidos, todos antigos, misteriosos e definitivamente chineses.

Abrir os olhos foi difícil e revelou sua incapacidade de focalizar qualquer coisa que estivesse a mais de alguns centímetros de seu rosto. Ele percebeu zonas realçadas de luz e sombra, mas pouco mais do que isso. Sem conseguir detectar movimento nem som, deu-se conta de uma rangente ansiedade a formigar em seus ossos. Tateando na penumbra, descobriu que estava confortavelmente estendido em um grosso tapete de lã e todo coberto com um acolchoado forte e quente. Sua cabeça repousava em um pequeno travesseiro de palha. Ele tentou se sentar, porém uma mão ao mesmo tempo firme e delicada o impediu. Uma distante voz de homem lhe disse que não precisava ter medo. Estava muito doente, mas, se fizesse o tratamento prescrito, ainda viveria para abençoar uma ou duas gerações. Fraco demais para protestar, Sing Fat obedeceu.

Pouco depois, a mesma mão lhe ergueu a cabeça e aproximou de seus lábios uma xícara de remédio quente e amargo. A voz remota o animou a beber o máximo possível da infusão. Ela o ajudaria a dormir e tornaria a convalescença mais agradável. Sing Fat aceitou a bebida com relutância. Em questão de minutos, notou que o tapete começava a parecer de pena de ganso e o edredom de linho grosseiro estava se transformando em um manto forrado de pele. Dormiu dois dias e despertou para visões diferentes de tudo quanto esperava.

Primeiramente, os padrões de luz e sombra que o rodeavam pareceram familiares, do mesmo modo que a voz distante daquele homem, indagando sobre seus sintomas e seu bem-estar. No entanto, Sing Fat não estava preparado para a extraordinária beleza nem para a graça tranqüila e a imperturbável serenidade da moça sentada perto dele, observando cada um de seus movimentos com imparcialidade clínica. A sua direita, do outro lado do quarto, achava-se um senhor com ar muito sério. Trabalhava a uma bancada, preparando cuidadosamente assombrosas misturas em um braseiro. Embora raramente erguesse a vista da tarefa, o feiticeiro se dirigia ele com uma informalidade que o desarmava. Mesmo assim, Sing Fat não conseguiu tirar os olhos da moça, a não ser por um brevíssimo momento. Era como se qualquer outra visão lhe ferisse literalmente a vista, e ele se sentiu compelido a mirá-la como se estivesse buscando ar para respirar. Nunca tinha provado uma sensação remotamente parecida com a comoção espiritual por que estava passando naquele momento. Acreditou sinceramente que tinha sido dominado por um ser sobrenatural. Cada detalhe da sua existência passou a depender instantaneamente de todo aspecto e de toda inclinação daquela criatura. Era demais agüentar aquilo no estado em que ele se encontrava, de modo que preferiu fechar os olhos antes que seu coração saísse do lugar. A manobra foi inútil. A imagem da moça continuou gravada em sua retina como um relâmpago em uma noite escura. Por mais que ele virasse os olhos por baixo das pálpebras escurecidas, a imagem dela, impressa em fagulhas azuis e roxas, insistia em flutuar rumo ao centro de sua visão e lá ficava.

As palavras seguintes que ouviu foram do boticário, e ele as pronunciou junto a sua cama. Mandou-o tomar de uma vez o preparado que lhe oferecia e não fazer caso do sabor. Seria recompensado com uma caneca de chá para eliminar o retrogosto.

Sing Fat abriu os olhos e viu o homem segurando uma pequena tigela com um líquido grosso e pardo. Seu anfitrião se instalara no lugar da moça, que agora estava ajoelhada perto da estufa, do outro lado do quarto. Acariciava um gato branco muito grande, reclinado com as patas dianteiras esticadas em seu colo. Tinha a atenção voltada para uma panela de barro assentada na brasa, mas o gato olhava para ele com a mesma expressão desapaixonada e pensativa da dona. Sing Fat contemplou a semelhança. Era como se a bela mulher e o bicho fossem duas metades do mesmo ser.

O boticário lhe chamou a atenção, lembrando-o do elixir e sublinhando a necessidade de tomá-lo imediatamente para que tivesse o máximo efeito. Sing Fat pestanejou como se fosse a primeira vez que ouvia aquela voz. Ao estender a mão para pegar o remédio, deu-se conta de que estava com um camisão limpo que não era dele. Tratou imediatamente de apalpar a cintura, mas antes que tivesse tempo de iniciar a busca, ouviu o homem dizer que não havia por que se afligir. Seu pecúlio estava guardado em um lugar seguro. Ele o receberia intato assim que estivesse curado. O boticário sorriu, e Sing Fat pegou a tigela e tomou a odiosa mistura de um só trago. O homem se alegrou e esfregou as mãos com sincera satisfação. Os bons clientes não importunavam os benfeitores com objeções ou perguntas tolas. A seguir, ofereceu-lhe a prometida caneca de chá doce. Então, voltando-se para a moça, pediu-lhe que preparasse uma malga de sopa de peixe para o hóspede. Momentos depois, a malga passou das mãos da moça para as do boticário e destas para as do doente. Achando que era a sopa mais deliciosa que provara na vida, Sing Fat a tomou com voracidade, quase de uma vez. A moça lhe serviu outra, e ele também a deglutiu às pressas. O boticário o aconselhou a não se fartar demais e recomendou que aproveitasse a oportunidade para descansar e dormir. Só assim recuperaria a saúde e o vigor. Sing Fat assentiu com um gesto e agradeceu.

A visão que lhe povoou os sonhos foi a da moça a velar a seu lado. O gato branco estava reclinado em seu casaco acolchoado como se o regaço da dona fosse seu hábitat natural. Também ele o velava e balançava com muita freqüência a ponta da cauda em uma ostentação de desinteresse felino. A última coisa que Sing Fat guardou na memória, antes que o medicamento o mergulhasse no sono, foi uma observação inocente que indicava uma nota de inquietante coincidência. A moça e o gato tinham exatamente a mesma expressão e a mesma postura lânguida. Podia-se acreditar que eram parentes consangüíneos. Depois de lhes endereçar um derradeiro olhar intrigado, ele sucumbiu às poções do boticário e se deixou envolver por uma névoa cálida e reconfortante.

Acordou na manhã seguinte com uma deliciosa sensação de bem-estar, mas, ao descobrir que estava a sós, ficou um pouco apreensivo. O fato de a moça e o gato já não estarem à sua cabeceira provocou-lhe pontadas de dor facetadas de alívio. Durante alguns momentos, Sing Fat foi obrigado a contemplar a possibilidade de que tudo quanto tinha vivido nos espasmos da doença não passasse de um delírio febril; no entanto, os detalhes do lugar em que se achava eram os mesmos que recordava. Agora que a luz da manhã, entrando por uma janelinha alta, iluminava bem o quarto, ele percebia que devia ter sido tratado no local que servia de oficina e depósito do estabelecimento do boticário.

A bancada, com uma miríade de instrumentos, caixinhas e recipientes de porcelana, era muito visível, todavia o fundo da sala, que ficara escondido na escuridão, agora apresentava pilhas de caixas de madeira e grandes jarros enfileirados em compridas prateleiras. Todos etiquetados com esmerados caracteres, mas, como Sing Fat nunca tinha visto aqueles símbolos, não pôde entender o que eles continham.

Quando ergueu o corpo no leito baixo e colocou os pés no chão, ouviu o ranger de uma porta e o tinir de um sino. Duas vozes cochicharam. Então a porta atrás dele se escancarou, e uma velha de aparência agradável entrou com uma bandeja e a depositou na mesinha ao lado da cama. Balançando a cabeça, disse que esperava que ele estivesse se sentindo melhor e o aconselhou a comer logo, antes que a comida esfriasse. Inclinou-se educadamente e saiu por onde entrara.

O cheiro da comida o seduziu de pronto. Deixando de lado quaisquer outras considerações, Sing Fat se rendeu ao apetite. Não se lembrava da última vez em que havia comido tão bem. Todos os deliciosos sabores e aromas, havia tanto tempo excluídos da ração de um pobre cule, retornaram para lhe deliciar o paladar com lembranças de uma infância de cozinhas pródigas e gente a rir em torno a longas mesas.

Justamente quando ele acabava de atravessar os palitos sobre a tigela vazia, a porta tornou a se abrir e o boticário entrou com um embrulho e uma trouxa de roupa limpa: a roupa de Sing Fat. Apresentou-se como Chow Yong Fat e ficou verdadeiramente surpreso ao saber que seu hóspede tinha o mesmo sobrenome. O Fat mais velho abriu um sorriso largo e declarou que os deuses haviam guiado os passos do rapaz. Embora os dois não tivessem parentesco direto, fez questão de chamá-lo de "primo", reconhecendo a distante afinidade que os ligava.

A Sing Fat bastou pegar o pacote para saber que era seu ouro. Ao desembrulhar o cinto de lona, encontrou todos os bolsos ainda costurados e lacrados, exatamente como os tinha deixado. Agradeceu a diligência e a gentileza do Fat mais velho e, ademais, expressou sua gratidão pelo esforço envidado para salvar o que restava dele de uma morte certa e de uma sepultura anônima à beira da estrada. Disse que se sentiria honrado em recompensar generosamente o extraordinário empenho do boticário.

Este inclinou gentilmente a cabeça e respondeu que, enquanto o jovem estivesse sob seu teto, não havia necessidade de pagamento, mas, se ele fizesse questão, podia saldar a dívida simplesmente respondendo algumas perguntas. Sing Fat balançou a cabeça, declarando-se disposto a responder todas as indagações do anfitrião.

O Fat mais velho queria muito saber das aventuras do rapaz. Estava impressionado com sua linhagem e educação e lamentava a destruição de uma família tão ilustre. Sabia perfeitamente da predação infligida pela classe ascendente dos senhores da guerra na China. E aprovava a decisão de Sing Fat de fugir da escalada da violência. Ele mesmo sofrera com as rivalidades militares que medraram no fim da Revolta dos Boxers e havia optado por se radicar nos Estados Unidos a fim de socorrer os patrícios que trabalhavam como bestas na construção das estradas de ferro. Mas ficou entusiasmado com o método pelo qual Sing Fat acumulou sua pequena fortuna. Separar os fragmentos de ouro descartados com a ganga das minas de aluvião exigia destreza, paciência e atenção ao detalhe. Tais qualidades indicavam um senso de diligência e pertinácia bastante incomum nos jovens trabalhadores. Então, com muito tato, perguntou o que Sing Fat esperava do futuro e, pela primeira vez, detectou nele certo grau de confusão. Seu hóspede admitiu acanhadamente que não sabia ao certo o que fazer. Sua primeira prioridade tinha sido fugir do trabalho letal das minas. Pensava em empreender algum tipo de negócio, mas, conhecendo tão mal o país e as possibilidades ao alcance de um estrangeiro, resolveu deixar a matéria de lado até obter mais informações. Reconheceu francamente que optava por enfrentar um desafio por vez e que, quando encontrasse refúgio entre os patrícios, esperava que um homem mais velho e digno o aconselhasse sobre o caminho a seguir. Não vacilou em se autocriticar, reconhecendo que ignorava totalmente o funcionamento do comércio ocidental. Tinha sido educado para assumir a responsabilidade pelas propriedades de seus ancestrais e estava pouco preparado para outras atividades. Agora que isso já não era possível, teria de aprender um ofício e começar tudo de novo. Ficaria satisfeito com qualquer ocupação, exceto a mineração, acrescentou rindo. Na sua opinião, a própria escravidão devia ser preferível ao trabalho nas minas. O Fat mais velho também riu e concordou.

Durante essa entrevista informal, Sing Fat teve muita vontade de perguntar ao boticário acerca da misteriosa jovem que cuidara dele, mas sabia que a etiqueta e o costume condenavam esse tipo de curiosidade nos forasteiros. Esperava que o anfitrião acabasse mencionando sua presença ou seu nome, mas tal expectativa não se concretizou; a idéia de nunca mais voltar a ver a moça o atormentava em um grau que lhe parecia simplesmente impossível.

Sing Fat tinha pouca ou nenhuma experiência com mulheres, a não ser com as diretamente ligadas a sua família. Nunca fora aconselhado sobre o que esperar de suas próprias emoções. Aliás, na adolescência, havia sido escrupulosamente instruído para sempre dar rédea curta aos sentimentos para com as mulheres. Um homem suscetível às vicissitudes do temperamento e do desejo era considerado vulnerável e sujeito a todo tipo de adversidade na vida. Agora lhe parecia quase impossível superar esse obstáculo de orientação parental, sobretudo porque ele o tinha livrado de calamidades pessoais no passado.

O Fat mais velho refletiu sobre o que acabava de ouvir, ergueu os olhos e lhe perguntou qual era a profissão que mais o atraía. Confuso, Sing Fat tornou a sacudir a cabeça. Em todo caso, disse, qualquer atividade que o habilitasse a ganhar a vida, dando-lhe a possibilidade de sustentar uma família, merecia ser levada em conta. Ele não era orgulhoso nem excessivamente ambicioso, não alimentava o desejo de voltar a seu extinto *status* social. Mas queria dar continuidade a sua mutilada árvore genealógica, ainda que modesta e solitariamente. Já que não podia fazê-lo no seio do Império do Meio, junto de seu povo, tentaria ressuscitar seu clã no estrangeiro. Lá mesmo, no sopé da Montanha de Ouro, ele se reconciliaria com os antepassados e o destino.

O boticário, que já retornara a sua bancada, tirou os olhos dos preparados e passou algum tempo examinando o rapaz. Disse que talvez os deuses o tivessem conduzido às circunstâncias presentes com um objetivo. E afirmou que estava procurando uma pessoa justamente como ele para iniciá-la em seu ofício. Sem dúvida alguma, este exigia uma natureza estudiosa e disciplinada, mas o futuro podia ser reluzente para um jovem capaz de compreender a importância de semelhante empresa. As pessoas precisavam muito de mestres da arte medicinal. Ele havia alimentado a esperança de cultivar esse talento em seus filhos, mas isso jamais aconteceria. Esta última afirmação foi evidentemente dolorosa para o Fat mais velho, e ele demorou um pouco a se recompor. Contou que, oito anos antes, seus queridos filhos tinham passado para o mundo das sombras para se reunir com os veneráveis ancestrais. Sucumbiram a uma exótica doença dos brancos. Desgraçadamente, a enfermidade se mostrou invulnerável e imune a todo seu conhecimento médico. Um ano depois, sua pobre esposa morreu de angústia crônica, tristeza e vergonha. Todo seu amor, seu talento e seu conhecimento foram ainda mais inúteis no caso dela. Com a morte dos dois lindos filhos, a desesperada mulher do boticário perdeu a vontade de viver. E acabou morrendo do pior dos flagelos humanos, disse: a auto-recriminação, o remorso e o sentimento de culpa. Desde então, ele vinha prosseguindo sozinho. Sing Fat notou que essas confidências torturavam muito o velho boticário, mas preferiu não interrompê-lo com condolências formais antes que ele concluísse o relato.

Chow Yong Fat acrescentou que tinha alguns parentes distantes, mas moravam no norte, em Santa Cruz. Depois de trabalhar na estrada de ferro de Monterrey e Salinas, dedicaram-se ao comércio de peixes, ainda que sem muito sucesso. Tendo abandonado essa atividade perigosa e pouco lucrativa, alguns deles se entregaram a uma ocupação ainda mais arriscada na Fábrica de Pólvora da Califórnia, na margem do rio San Lorenzo, e os outros foram ser empacotadores na Cal e Cimento Henry Cowell. Infelizmente, em seus empreendimentos, tinham uma forte tendência a concentrar a atenção na saúde do bolso. Não se interessavam por quase mais nada. Seus filhos, confessou, tiveram uma educação precária e pareciam querer ganhar a vida exatamente como os pais. Disse ainda que, ao longo dos anos, havia introduzido vários jovens promissores nos mistérios de seu ofício, mas todos se revelaram ineptos e sem vontade de avançar. Acabaram retornando ao lugar de onde vieram ou a suas plantações de beterraba. Naturalmente, isso entristecia o velho, mas ele atribuía esse proceder à mentalidade do exílio. Era como se a existência em meio aos bárbaros hostis tivesse solapado todo o vigor intelectual e a resolução espiritual de suas almas. Não os culpava. Sabia muito bem da angústia e do sofrimento que sua raça tinha sofrido no Ocidente. Compreendia que a mera sobrevivência era um grande desafio para semelhantes criaturas. Talvez no futuro elas se reencontrassem e retomassem o caminho, mas, por ora, o boticário continuava precisando de um jovem em condições de abraçar sua profissão. Havia muito mais trabalho do que tempo, e os candidatos aceitáveis eram mais raros do que panelas voadoras.

O Fat mais velho se pôs a picar folhas secas de *gotakola* em uma tigela de latão, como se não tivesse dito nada importante.

Sing Fat ficou surpreso com aquela proposta informal. Quando trabalhava nas minas, não se atrevia a esperar mais do que vir a ser dono de uma tinturaria ou de uma quitanda de vilarejo. Ocupações honradas, sem dúvida, mas incapazes de estimular o intelecto ou promover uma posição social venerável que pudesse deixar para os filhos. A idéia de servir bem seu próprio povo também sugeria recompensas intrínsecas impossíveis nas profissões mais modestas. Se a proposta do boticário merecesse crédito, e não havia motivo para duvidar disso, era bem provável que Sing Fat voltasse a ver a bela e enigmática moça. E isso bastou para eliminar quaisquer reservas que ele ainda pudesse ter. Conquanto não tivesse certeza de sua capacidade de abraçar um ofício tão singular, a idéia o estimulou a sonhar com as possibilidades.

Abandonando os agradáveis e reluzentes devaneios, Sing Fat assumiu uma expressão solene e perguntou se o anfitrião estava dizendo seriamente que um mineiro refugiado e foragido era aceitável como aprendiz de uma profissão tão nobre e elevada como a medicina. À parte o grau de instrução e o talento inato para a matemática, pouca coisa o recomendava a esse escrupuloso ofício. Sem dúvida, ele sempre estivera disposto a estudar e aplicar-se com diligência a toda tarefa de que se incumbira. Semelhante conduta fazia parte da natureza de um patrício educado, mas isso era coisa do passado e já não tinha importância. E, procurando ser delicado e gentil, afirmou que, se estivesse no lugar do boticário, seria muito mais cauteloso para tomar uma decisão tão grave. Acrescentou que seu pai e seus numerosos tios eram muito exigentes no tocante às credenciais sociais, políticas e profissionais. Talvez a culpa fosse de sua própria educação rigorosa, mas ele foi obrigado a reconhecer que estava decepcionado com a precipitação com que o anfitrião atribuíra a um recém-chegado aptidão para um ofício tão importante. Principalmente pelo fato de ele ser um forasteiro cuja única qualificação notável era ter desmaiado à porta de seu benfeitor. E, sorrindo, disse que nunca tinha visto um médico pedir ao cliente que envergasse o manto da própria arte que o salvara.

O Fat mais velho também achou graça na observação. Reconheceu que aquilo ainda precisava ser estudado com vagar, mas a necessidade costumava levar às decisões espontâneas e, nesse caso, ele preferia confiar na intuição.

A conversa agradável, bem-humorada e cautelosa prolongou-se durante algum tempo, às vezes interrompida por um gostoso chá, mas no fim, Sing Fat se viu comprometido em tempo integral como aprendiz e aluno privilegiado da mais valiosa das profissões. Chegou a sentir uma ligeira vertigem ante a idéia fugaz de que talvez ainda estivesse delirando de exaustão. A seqüência singular dos acontecimentos, a começar pela fuga das minas, parecia ter sido determinada pelos deuses com um relevante propósito. Só se estivesse louco ele se oporia à lógica do céu. Em sua opinião, o destino estava selado. Não podia senão se sentir honrado e agradecido pelo desfecho.

* * *

À decisão de Sing Fat de abraçar o ofício de médico, seguiram-se meses de trabalho complexo e árduo. O boticário exigia que ele entretivesse minuciosos diários sobre todos os itens e temas discutidos. Dizia que os apontamentos lhe seriam de muita ajuda nos anos vindouros. Anotar as coisas nos mais ínfimos pormenores era um grande reforço para a memória visual.

O Fat mais velho providenciou acomodações modestas para o novo aprendiz na pensão de Yee Get, que ficava na esquina da rua East Lake com a Soledad. O bairro era conhecido como a Nova Chinatown, já que a antiga tinha se incendiado em 1893. Também providenciou para que Sing Fat tivesse a sensatez de depositar seu ouro na venerada Quang Sang Company. A ligação desta com a prestigiada Ning Yeung Association de San Francisco não só garantia a segurança de seu patrimônio como também lhe permitia sacar em dólares americanos. O Fat mais velho também se encarregou de pedir ao barbeiro Fong Kee que cuidasse da aparência do rapaz, sendo que o comerciante Sam Wah se encarregou de provê-lo de roupa nova a preços módicos. Em poucos meses, Sing Fat se integrou à paisagem e ficou conhecido pela atitude cordial, discreta e modesta.

Quando julgou o aprendiz em condições de entender tais coisas, o boticário começou a levá-lo consigo às incursões coletoras. Muitos ingredientes medicinais podiam ser obtidos ali mesmo ou em Monterrey, porém outros dependiam exclusivamente de mercadores chineses como o velho Ham Git ou Ham Tung, da Wing Sing Company, de Santa Cruz.

Uma infinidade de ervas exóticas, serpentes marinhas em conserva e ovos de tartaruga salgados, seis variedades de cavalos-marinhos secos, pele de sapo asiático, chifre de veado persa, ossos de tigre, tinturas de ópio medicinal e centenas de outros ingredientes indispensáveis só podiam ser adquiridos de importadores autorizados, que os embarcavam na Ásia.

Como tratava principalmente dos operários pobres, o Fat mais velho não podia ser tomado por um homem rico. Achava necessário regatear com o venerável Ham Git para renovar seu modesto estoque de medicamentos. Isso não era tão difícil quanto podia parecer, uma vez que o mestre de Sing Fat tinha acesso a diversos produtos medicinais locais dificílimos de conseguir mesmo na China, de modo que sempre se chegava a um acordo. Ele sabia onde obter localmente todo tipo de preciosas substâncias, mas concentrava o esforço em selecionar e aprimorar os itens que, sem a menor dúvida, eram desconhecidos para os leigos. Às vezes, levava dias para colher, selecionar e preparar umas poucas fangas de pequeninas esponjas-de-raiz, lapas azuis secas ou sementes de mostarda preta. A qualidade e a potência desses bens conferiam-lhes valor comercial, e gente como Ham Yin ou Ham Git sabiam apreciá-los tão bem quanto o Fat mais velho.

Agora contando com a ajuda do aprendiz, ele passou a percorrer de carroça a zona rural de Salinas e Monterrey a fim de colher, comprar ou permutar os gêneros que lhe interessavam. Também contratava diversos agricultores chineses para o cultivo de itens especiais como a azeda-miúda vermelha, a raiz de alcaçuz, a flor-tigre preta, o capim-limão e o pé-de-galo. Em Point Alones ou Pescadero Village, às vezes adquiria fígado e barbatana seca de tubarão de águas profundas. Freqüentava muito o mercado em busca de diversos espécimes marinhos necessários a seu trabalho. Outros ingredientes singulares só podiam ser obtidos nas montanhas e nas praias rochosas de Big Sur. Tais produtos tinham muito valor de mercado devido a sua raridade.

Sing Fat gostava dessas aventuras. Estava aprendendo coisas maravilhosas em um ritmo admirável. Não havia um só dia que não oferecesse novos mistérios e segredos assombrosos. Como o boticário era muito conhecido e respeitado em virtude de sua perícia, Sing Fat teve muitas oportunidades de entrar em contato com gente influente nos enclaves chineses de Watsonville, Santa Cruz, Castroville e Monterrey.

O Fat mais velho costumava estimulá-lo a anotar por escrito os nomes e as profissões desses homens. Muitas vezes lhe pedia, a título de rigoroso exercício, que registrasse as observações que eventualmente fizera acerca de seu estado geral de saúde. Naturalmente, o rapaz devia basear os diagnósticos nos Doze Princípios Celestiais da Saúde Equilibrada. Esses antigos cânones eram relembrados e discutidos reiteradamente. O fato de dois terços das respostas de Sing Fat serem erradas não aborrecia muito o mestre. Ele sabia que o exame prático e o estudo acabariam aprimorando as avaliações do aluno. Com uma piscadela, afirmava que, com muito estudo e muito trabalho, dentro de vinte anos Sing Fat elevaria sua média de acertos a aproximadamente três em cinco. E sempre achava graça no chiste, por mais que o repetisse.

Sing Fat nunca se atrevia a contestar o amável mestre em questões médicas, muito embora a ignorância e a superstição às vezes lhe dessem vontade de fazê-lo. Quaisquer reservas que porventura tivesse eram registradas em seu diário para considerações particulares. Entretanto, na maior parte das coisas, sentia-se profundamente satisfeito com o trabalho que fazia e se empenhava em absorver o máximo possível do estudo formal. Estava começando a perceber que aquilo que muitas vezes lhe parecia simplesmente óbvio não passava de baboseira quando desprovido da autoridade da longa experiência. Anotava tudo mentalmente e se esforçava para refrear sua credulidade inata. Tarefa nada fácil para um jovem aristocrata provincianamente ingênuo.

Foi depois de uma das mais bem-sucedidas expedições de abastecimento a Big Sur que Sing Fat se encerrou na sala dos fundos do boticário, selecionando cortiça seca de salgueiro e bolsas de veneno de abelha para um preparado especial. Ouviu o tilintar dos sininhos da porta da rua que se abria e, dali a alguns instantes, a voz do Fat mais velho a chamá-lo. Interrompendo o trabalho, limpou as mãos com um pano úmido e foi para a frente da botica. O sol forte da tarde, entrando pelas janelas empoeiradas, o ofuscou momentaneamente. Quando sua vista se adaptou à claridade, ele se congelou e derreteu-se em rápida sucessão, pois *ela* estava lá. A doce visão que Sing Fat passara meses cultivando se achava na mesma sala novamente. O gato branco olhou para fora do cesto que ela trazia no braço. A moça lhe pareceu ainda mais linda do que ele se lembrava ou imaginava, caso isso fosse possível. Durante um breve momento, Sing Fat acreditou que ia desmaiar de admiração. Quando seus olhares se encontraram, ela sorriu, inclinou-se e olhou modestamente para o chão.

O Fat mais velho pigarreou para chamar a atenção do discípulo. Sem jeito, Sing Fat corou e gaguejou uma saudação canhestra, mas por nada neste mundo conseguiu tirar os olhos do objeto sublime de seus sonhos. O boticário apresentou formalmente a beldade como Sue May Yee, a filha viúva de um primo distante que vivera e morrera em San Francisco. Sue May Yee atualmente cuidava do idoso sogro em Point Alones Village, nas praias da baía, em Pacific Grove. A família de seu falecido esposo trabalhava na pesca de lulas e no comércio de peixe seco. Infelizmente ele, seus três irmãos e um empregado tinham desaparecido dois anos antes, vítimas da tormenta que enfurecera as águas e afundara muitos barcos.

Ouvindo as explicações do mestre, Sing Fat se curvou diante da moça e lhe deu os pêsames, conquanto estivesse secretamente satisfeitíssimo por saber que ela não tinha marido. Esse conflito de sentimentos não contribuiu para aliviar seu embaraço. Pelo contrário, intensificou-lhe ainda mais o vermelho do rosto e o impediu de pronunciar qualquer outra palavra.

Reparando a situação do jovem discípulo, o Fat mais velho sorriu e prosseguiu na apresentação. Disse que Sue May Yee às vezes ia a Salinas buscar remédios especiais para o sogro e os vizinhos. Também era muito habilidosa em colher anêmonas-do-mar, cujas agudas gavinhas às vezes eram usadas no combate dos sintomas da artrite aguda. Acrescentou que ela era muito versada no emprego de outros medicamentos naturais e colhia espécimes para ele quando não estava ocupada com outras obrigações. Foi a vez de a moça corar. Tal elogio na boca de um homem tão querido e respeitado não era habitual em sua vida.

Chow Yong Fat ainda contou que Sue May Yee o estava visitando na ocasião em que Sing Fat apareceu inesperadamente. E teve a gentileza de ficar para assistir sua recuperação. Afirmou que tinha tanta intuição e habilidade inatas quanto qualquer outro médico que ele conhecia. Infelizmente, o costume proibia às mulheres o acesso à profissão, coisa que, em sua opinião, prejudicava muito a todos. Sue May Yee fez uma reverência para agradecer o elogio, mas não disse nada.

O Fat mais velho interrompeu o festival de rubores que o cercava e pediu ao aprendiz que fosse ao restaurante de Ah Kit averiguar o que a cozinha podia oferecer à guisa de humilde jantar para comemorar a chegada de Sue May Yee.

Dando-lhe umas moedas, mandou-o embora com um fingido pontapé. Sing Fat sorriu e foi cumprir a missão.

Anos depois, lembraria que, naquele dia remoto, ele andou como se estivesse calçando sandálias mágicas, seus pés mal tocaram o solo. Descansar do trabalho lhe pareceu desnecessário, e sua noite se povoou dos sonhos mais harmoniosos e auspiciosos.

O Fat mais velho só tomava as refeições na companhia do aprendiz quando estavam trabalhando na sala dos fundos ou viajando. Via de regra, preferia comer a sós ou com velhos amigos. Por isso Sing Fat imaginou que o mestre ia jantar em seu quarto, no andar superior. Sue May Yee serviria a comida do modo tradicional, mas Sing Fat ficaria sozinho. Por isso, enquanto os cozinheiros de Ah Kit preparavam os pratos prediletos do boticário, ele tratou de atacar um delicioso peixe cozido, reforçado com ovo batido e bolinhos de camarão. Foi uma decisão oportuna, pois, ao voltar à botica, encontrou o mestre animadíssimo e com ordens a serem executadas imediatamente.

Enquanto Sue May Yee servia o peixe condimentado e o guisado de jibóia, o Fat mais velho o encarregou de diligências urgentíssimas. Devia ir ao estábulo de Ah Sing e mandar preparar carroça e mula para uma longa excursão. A carroça devia estar coberta com um toldo de lona fechado dos lados. O boticário riu e comentou com Sue May Yee que o tempo andava esquisito nos últimos meses. Era melhor resguardar-se na estrada. Voltando ao tema em questão, recomendou ao aprendiz que comprasse dez dias de ração de aveia para a mula e examinasse o estado dos arreios, do freio e do eixo. Que desse muita atenção ao eixo. Devia estar muito bem lubrificado, e convinha levar um balde cheio de graxa na viagem. Sing Fat também devia tomar o máximo cuidado com a mula. A pobre criatura certamente aprovaria a aventura se recebesse uma generosa propina de cenouras, maçãs e aveia doce. Era bom providenciar para que fosse bem almofaçada. Afinal de contas, o caprichoso animal tinha lá suas vaidades e preferia se apresentar com boa aparência em público. Por último, a carroça devia estar nos fundos da loja dentro de duas horas, pronta para ser carregada. Eles viajariam naquela mesma tarde. E sem dar tempo ao aprendiz para fazer as muitas perguntas que queria, começou a comer e fez um gesto para que ele fosse cumprir as ordens.

Sabendo que seria grosseiro insistir, Sing Fat olhou para Sue May Yee em busca de pelo menos um sinal de compreensão, mas ela estava ocupada em servir o jantar e não ergueu a vista. Com uma leve mesura e um resignado encolher de ombros, Sing Fat deu meia-volta para sair. O mestre o chamou e, com um sorriso paternal, ofereceu-lhe um fumegante enrolado de porco agridoce. Disse que o estômago do aprendiz ficaria grato. Sing Fat agradeceu, olhou uma vez mais para a moça, riu e, sempre flutuando, desceu a escada.

Duas horas depois, voltou com tudo que lhe haviam pedido. Até mesmo a mula parecia relativamente satisfeita com o pêlo escovado e brilhante e os arreios recém-lubrificados. Tudo foi preparado exatamente como o boticário queria, inclusive com o acréscimo de alguns itens que ele tinha esquecido. Sing Fat havia lavado as pequenas pipas antes de enchê-las de água fresca. Tomara a iniciativa de comprar duas ferraduras extras para a mula e examinar a caixa de viagem para se certificar de que as ferramentas estavam em ordem. Também tinha passado por sua pensão para pegar um colchonete enrolado, roupa limpa e algumas provisões para a viagem.

O Fat mais velho se declarou satisfeito com as diligências do discípulo e, sem dar mais nenhuma explicação, mandou-o carregar a carroça. Primeiro, devia colocar atrás da boléia um bom conjunto de colchonetes, almofadas e edredons, tudo muito protegido. Era imprescindível que Sue May Yee viajasse com o máximo conforto. A seguir, foi preciso dispor cuidadosamente os pequenos baús repletos de ervas e tinturas medicinais à frente do eixo, para suavizar a viagem, e prender a comida e outras provisões entre os sacos de ração da mula. Por fim, teve de acomodar a inteligente combinação de bancada e arca de medicamentos do velho Fat, toda cheia de gavetas, complicadas balanças e bandejas de instrumentos. Era transportada na traseira da carroça, de modo que, quando baixavam os taipais, o conjunto se transformava em uma ampla superfície de trabalho, na qual era possível medir, pesar e preparar as receitas mais complexas.

Com o acréscimo da bagagem do mestre, tudo ficou pronto para a viagem. Por volta das três e meia, a carroça já estava rumando para o oeste na estrada velha de Monterrey, em meio ao tráfego rural. O sol ainda ficaria alto durante algum tempo, mas o Fat mais velho disse que, se fossem obrigados, podiam pernoitar na propriedade de Kee Wah, o irmão caçula de Sam Wah, dono de um próspero sítio produtor de frutas a leste de Monterrey. Estava em dívida com o boticário por serviços prestados na primavera anterior.

Na humilde opinião de Sing Fat, o mundo estava na mais perfeita ordem, e, embora ele quisesse muito saber mais a respeito da viagem, estava satisfeitíssimo com a agradável presença de Sue May Yee atrás dele. Sempre que possível, olhava furtivamente para a moça instalada no fundo da carroça, o gato branco no colo.

Enquanto Sing Fat conduzia, ou melhor, estimulava a mula, seu mestre consultava o caderno de anotações, aparentemente empenhado em achar determinado artigo.

A despeito de sua enorme curiosidade, Sing Fat não fez nenhuma pergunta enquanto o mestre não guardou as notas; então, sim, crivou-o de uma infinidade de interrogações. O boticário olhou para o discípulo com ar perplexo e disse que achava que já tinha explicado tudo. O rapaz concordou, mas alegou que faltava saber o destino e o motivo da viagem. Mostrando-se um tanto confuso, Chow Yong Fat coçou a cabeça e pediu desculpas. Resmungou qualquer coisa sobre a velhice que avançava, a falta de memória, e se pôs a esclarecer seu propósito como se estivesse recordando uma página lida havia muito tempo. Contou que Sue May Yee lhe entregara uma carta secreta de um velho amigo e cliente. O homem morava e trabalhava em um enclave mineiro a sudeste da serra de Carmel. Chamava-se Foo Yeung, possuía e operava diversas concessões de "cozinha chinesa" e tinha contrato com várias minas prósperas. Seu discípulo devia saber melhor do que ninguém como os chineses recentemente imigrados ou contrabandeados adoeciam e morriam com a dieta local: carne-seca, feijão, legumes enlatados e bolacha. Essa constatação — depois de perder muitos cules e muito dinheiro — levou os donos de mina a contratar outros chineses da região para fornecer a bóia dos operários. Esses pequenos empresários, por sua vez, montaram cozinhas chinesas a fim de preparar pelo menos uma refeição por dia para cada cule. Contando com o apoio de uma empresa forte, como por exemplo a Hop Wo Association, era possível auferir lucros sólidos e constantes.

O boticário piscou um olho e acrescentou que esses nobres mercadores ganhavam muito dinheiro atendendo as necessidades dos patrícios menos favorecidos. É claro que também convinha dar de ombros para seu sofrimento. Han Foo Yeung era o melhor de todos. Um homem honrado, em sua opinião. E contou que ele lhe escrevera, dizendo que alguns chineses recém-contrabandeados haviam contraído uma doença tão desconhecida que os mineiros brancos tinham até medo de se aproximar das vítimas, quanto mais de tratar dos sintomas. Haviam confinado os enfermos em um barraco caindo aos pedaços e, à parte dar-lhes água e um pouco de comida, preferiam deixar que a natureza se encarregasse deles, evitando a despesa de uma duvidosa intervenção médica e a divulgação do fato.

Com a promessa de uma recompensa justa, os chineses doentes aceitaram a sugestão de Han Foo Yeung e pediram humildemente ao mestre Chow Yong Fat que fosse ajudá-los o mais depressa possível. Este não sabia o que fazer, à parte aliviar um pouco aquela gente, mas estava mais do que disposto a opor seu talento à reação praticamente nula dos proprietários de mina.

Han Foo Yeung também se referira a outros estímulos. Tinha se apossado de vários tesouros naturais e se dispunha a abrir mão desses valiosos artigos em troca do serviço prestado. Qualquer uma das Seis Empresas daria muito por essas raridades naturais. A discrição impedia o remetente de enumerar esses itens por escrito, mas ele pedia indulgência em nome da boa-fé. O Fat mais velho enrugou a testa e observou que desconfiaria de qualquer outra pessoa em semelhantes circunstâncias, porém Han Foo Yeung tinha um olho astuto e experimentado para essas coisas. A situação devia ser muito grave para que um homem com as suas inclinações se dispusesse a trocar um tesouro por serviços.

Mudando de assunto e fazendo um gesto na direção de Sue May Yee, o boticário expressou o desejo de ter uma viagem tranqüila e imperturbável a Point Alones. Disse que a moça sempre trabalhava demais. Um ou dois dias de viagem ociosa, na companhia de cavalheiros confiáveis que cuidassem dela, seriam um merecido descanso. E, erguendo o dedo e uma sobrancelha para chamar a atenção do discípulo, pediu-lhe que satisfizesse todos os desejos de Sue May Yee. E recordou que ele tinha uma grande dívida com ela, que o velara e tratara com tanta dedicação.

O velho não precisava ter gastado tanta saliva. Sing Fat sentiu um calor nas faces com a lembrança, mas garantiu que tudo faria como o mestre desejava. Conhecia muito bem suas obrigações. Eles estavam cumprindo uma missão divina, e seu próprio desejo secreto era de mostrar-se digno do cuidado que ela tivera. Comprometeu-se a se empenhar para que a honrada hóspede tivesse a excursão mais confortável e segura possível. O boticário sorriu, aprovou com um gesto, fechou os olhos e, mesmo estando sentado, não tardou a cochilar.

Dez minutos depois, um buraco fundo na estrada sacudiu violentamente a carroça, e boticário adormecido quase caiu em uma vala pedregosa. Não fosse a rápida reação de Sing Fat, ele não teria sido poupado de um ferimento grave. Embora agradecido, o Fat mais velho continuou um tanto perturbado com o sonho que estava tendo no momento do incidente: havia caído do dorso de uma tartaruga de jade que voava entre as nuvens.

Acostumada a zelar pelo bem-estar dos idosos, Sue May Yee ficou preocupada e, levantando-se imediatamente, asseverou que sonhar, assim como dormir, era melhor na posição horizontal. Propôs ao boticário que trocassem de lugar e pediu-lhe que aproveitasse um pouco as acomodações que ele mesmo providenciara com tanta benevolência.

Sing Fat se lembrou da advertência anterior do mestre sobre a questão da branda condescendência e gostou de ver a política tão prontamente aplicada por ele em pessoa. Após uma rápida reorganização, o Fat mais velho se instalou confortavelmente em meio aos acolchoados, no leito da carroça, enquanto Sue May Yee ia se sentar na boléia — com cesto, gato e tudo —, ao lado de Sing Fat.

Com todos os seus devaneios e aspirações, este ficou subitamente sem fala, pueril e timidamente abalado. Ora se sentia tão eletrizado com a proximidade da moça que se acreditava capaz de saltar de dentro da própria pele, ora se punha a flutuar, tranqüilo feito uma nuvem, feliz por aspirar o vago perfume de chuva, rosas e fumaça.

O casal seguiu viajando em silêncio até que o animal, atraído pelo capim tenro à beira da estrada, obrigou Sing Fat a se dirigir a ele em termos bastante pessoais. Os pedidos e ameaças lhe saíram com um tom inocente e humorístico.

Sue May Yee achou tanta graça que riu alto, coisa que nunca fazia. Percebendo o cômico da situação, Sing Fat também riu. O feliz incidente abriu as comportas, e os dois jovens começaram a conversar, primeiro com cautela, depois continuamente.

Vez por outra, o Fat mais velho despertava e, com as pálpebras cerradas, ficava prestando atenção. Escutar furtivamente a inocente conversa dos dois deu-lhe um delicioso prazer eivado de culpa. Aquelas vozes delicadas lhe traziam a lembrança de um aguaceiro de verão a tamborilar mansamente na madeira.

Criada à sombra da Montanha de Ouro, Sue May Yee falou de sua vida. Nascera na Califórnia e não conhecia seu país de origem. Embora disposta a responder todas as perguntas com candura, parecia muito mais interessada em indagar. E mesmo sendo sempre cortês, mostrava-se insaciável, cheia de interrogações acerca da infância de Fat na China. Também queria saber de sua fuga das minas e da perigosa viagem para o sul.

Como a maioria dos homens, Sing Fat sentiu-se lisonjeado com tanto interesse. Contou tudo que Sue May Yee queria saber. Mas o boticário, escutando apenas fragmentos da conversa, ficou muito mais intrigado com as omissões do discípulo. Embora fosse aberto e franco em todas as outras coisas, Sing Fat não fez menção a seu tesouro de ouro em pó nem a como o havia adquirido. Chow Yong Fat tinha visto muitos jovens casais se cortejando e observara que os rapazes, tal como os pavões no cio, faziam questão de exibir toda a plumagem de uma vez. Sua experiência dizia que a riqueza era a peça principal dessa roupagem; no entanto, o aprendiz evitava tocar no assunto. O Fat mais velho achou aquilo interessante. Sentiu-se gratificado por descobrir dimensões ocultas sob o discreto verniz de seu jovem amigo. Tendo fixado essa nova observação para referência futura, entrelaçou os dedos no peito e adormeceu embalado pelo doce movimento da carroça.

Sing Fat sempre recordaria com carinho aquela tarde ao lado de Sue May Yee. Nunca tinha sido tão feliz na vida. A mera evocação daquelas primeiras horas suscitava nele a mais plena alegria.

Ao anoitecer, o casal ainda estava conversando sobre todos os temas que lhe vinham à mente; a mula seguia trotando para o oeste. Os interesses mútuos e a sensibilidade dos dois, refletidos em quase tudo que diziam, não tardaram a tornar desnecessárias as palavras quando bastava um sorriso ou um movimento da cabeça.

O sol já tinha se posto quando a mula enveredou pelo caminho do sítio de Kee Wah. A essa altura, a amizade dos jovens estava definitivamente selada. Eles compartilhavam tacitamente uma intuição que lhes dava a impressão de que se conheciam desde sempre. A confiança recíproca era espontânea e inocente, e mesmo o Fat mais velho pôde ver que sua estima mútua se alicerçava na admiração pela força e na compaixão pelas dificuldades e desgraças de cada qual.

Kee Wah proporcionou ao venerável boticário e seus acompanhantes o máximo de conforto que as circunstâncias permitiam e observou todas as formalidades da hospitalidade. Embora ele os tivesse convidado a ficar o tempo que quisessem, quando o sol saiu na manhã seguinte os três já estavam na periferia de Monterrey.

Tendo aceitado o convite para dormir, Sue May Yee viajava como uma carga de porcelana rara entre os fofos edredons estendidos em um macio colchonete de palha. O atento gato branco velava a dona e seus sonhos.

Sing Fat alimentou a esperança de passar mais algum tempo conversando com ela antes de chegarem, mas não teve oportunidade. Mais tarde, quando estava conduzindo a carroça no estreito caminho que cruzava o Pacific Grove rumo a Point Alones, suas reflexões se deixaram dominar pela iminência da separação. Ele tinha visto e vivido muita coisa para sua idade, e o perigo sempre presente da vulnerabilidade lhe ensinara a pôr as emoções em xeque. Muito cedo, havia descoberto que a sobrevivência geralmente exigia uma reação descomprometida ante os dilemas incertos, especialmente os dolorosos, mas a irrupção daquela moça perturbadora em sua vida lhe estava influenciando profundamente o pensamento. Seu senso de equilíbrio emocional se rebelava contra o caos do coração agitado. Mas era inútil. Sing Fat estava cativado e, portanto, indefeso. No fim, ia se resignar aos acontecimentos, como se realmente lhe coubesse escolher.

Observando o casal, o boticário não tinha nenhuma objeção a sua amizade, mas estava preocupado com as frias realidades do futuro. Sabia perfeitamente dos duros obstáculos que eles encontrariam no caminho, caso aquela afinidade se arraigasse e desse origem a uma afeição verdadeira. Todavia, como convinha a um homem de sua idade e com sua sabedoria, ele se calou judiciosamente e fingiu total indiferença. Entregou-se à esperança vã de que a paixão de seu encantado aprendiz passasse antes que se fizesse necessário uma intervenção mais séria. Tinha plena consciência de que muitos costumes e práticas se haviam alterado ou simplificado por força da vida que a Montanha de Ouro impunha. Naturalmente lembrava-se de que também fora jovem e de que, na mocidade, todas as coisas românticas pareciam possíveis na superfície. Admitia com satisfação que, pelo menos uma vez, tinha tido sorte na escolha do aprendiz, mas não queria perder o precioso achado para uma tempestuosa agitação do sangue. Apresentou para si mesmo os mais irrefutáveis argumentos contra tais inclinações, por mais que soubesse que a lógica era impotente diante do ardor e da obstinação juvenis.

Sue May Yee finalmente acordou e, levantando-se, colocou-se atrás da boléia justamente quando Point Alones estava aparecendo adiante. Agora que estava perto de casa, anunciou com orgulho que não deixaria seus benfeitores partirem antes que lhes tivesse preparado uma refeição decente, com o peixe mais fresco que o vilarejo podia oferecer. Muita gente notaria e comentaria a chegada de Chow Yong Fat a Point Alones. Seria uma vergonha para ela permitir que um benfeitor tão venerável se fosse sem receber sua gratidão culinária.

O Fat mais velho aceitou alegremente o convite porque sabia que Sue May Yee era uma excelente cozinheira — coisa que esperava que seu discípulo não tivesse oportunidade de verificar, pelo menos por ora. Afinal, não lhe interessava fazer reclame das virtudes da moça, muito embora soubesse que a última palavra era do destino e das circunstâncias. Tal como as coisas estavam, o boticário perdia terreno a cada nova revelação. E também sabia que Sing Fat não daria a mínima se descobrisse que Sue May Yee não sabia nem mesmo fritar um ovo. O Fat mais velho se lembrou de um provérbio árabe que afirmava: "Quem ama o feio bonito lhe parece". Preferia que não fosse assim, mas sabia que era.

O dia em que chegaram presenciou ondas adversas e uma terrível ventania na baía de Monterrey. Isso suspendeu o trabalho de todas as embarcações pequenas, de modo que a maior parte dos pescadores do vilarejo se dedicou a consertar redes ou recolocar anzóis nas linhadas, ao passo que outros trataram de calafetar os cascos das barcas e dos juncos. Os conserveiros foram salgar e embarricar lulas, enquanto as crianças se encarregavam de virar os peixes secos que se espalhavam por todos os estaleiros e rochas do vilarejo.

Sing Fat achou o cheiro de lula desidratada mais intenso do que esperava. Mesmo com lágrimas nos olhos e tendo de reprimir a tosse a cada instante, esforçou-se para não deixar transparecer o desconforto. Olhou para o mestre em busca de orientação, mas obteve apenas um sorriso de encorajamento e um tapinha no joelho.

Sue May Yee e seu idoso sogro moravam na extremidade sul da comprida aldeia de pescadores. Embora freqüentado por violentas tempestades e ondas inesperadas, o lugar tinha a vantagem de contar com a brisa marinha e, por isso, cheirava menos a lula do que qualquer outro povoado vizinho.

O velho Jong Yee ainda pescava uma vez ou outra, mas ganhava a vida principalmente selecionando e armazenando lulas secas. Também confeccionava bóias para rede e armadilhas de siri. Estava montando justamente uma dessas armadilhas em seu pequeno alpendre quando a carroça chegou. O Fat mais velho inclinou a cabeça e o saudou educadamente. Recebeu em troca um sorriso e uma ligeira mesura. Sing Fat apeou para segurar a cabeça da mula enquanto o boticário ajudava Sue May Yee a descer com o gato e o cesto. Ela se curvou, cumprimentou o sogro com afetuoso respeito e desapareceu no interior da velha cabana de madeira.

Sing Fat não pôde deixar de reparar que a metade traseira da instável construção, tal como a de muitas residências vizinhas, se equilibrava precariamente nas rochas lambidas pela maré. Todas as moradias se sustentavam em uma espécie de engradado irregular de estacas e madeira. A pouca distância do alpendre dos fundos, sustentado por travessas, as ondas arremetiam contra a praia irregular. O local dava uma impressão de perigo constante. Era como se todas as edificações do vilarejo corressem o risco permanente de ser arrastadas pelo mar. Mas, curiosamente, fazia gerações que continuavam de pé.

Sing Fat recebeu as instruções costumeiras quanto à mula e à carroça. O boticário parecia gostar de se repetir nos temas triviais, mas se esquecia de mencionar os tópicos de importância decisiva. Havia meses que Sing Fat cuidava da mula e da carroça. Conhecia todos os detalhes dessa tarefa e não precisava de nenhuma instrução. Esperava ter alguns preciosos momentos de conversa com Sue May Yee antes que o mestre anunciasse que estava na hora de seguir viagem para o sul, no entanto, essa perspectiva ficou comprometida com o empenho da moça em preparar o pequeno banquete prometido. Sing Fat desejou acompanhá-la quando ela foi consultar os peixeiros do bairro em busca da mais fresca das mercadorias, porém teve ordem de lubrificar uma vez mais o eixo da carroça e proteger a carga contra a predação dos moleques da vizinhança. Esses rapinantes eram um grupo gregário, mas muito ladrão, de pequenos vadios incapazes de resistir à tentação de ludibriar o aprendiz de boticário. Suas incursões exigiam muita vigilância, de modo que Sing Fat teve de bancar o *terrier* enquanto seu mestre e o velho Yee tomavam chá e assistiam aos tormentos do aprendiz com divertida indiferença.

O modesto banquete prometido por Sue May Yee foi servido primeiramente para os velhos. Ela seria a última a comer, como rezava a tradição. Mas o cheiro bom da comida e os rasgados elogios dos velhos, dentro da casa, fizeram Sing Fat salivar ainda mais. De acordo com as recomendações, ele foi servido no alpendre para não perder de vista a propriedade do mestre. Pensou em aproveitar a ocasião para conversar com a moça, mas ela não teve tempo senão para lhe entregar a comida e voltar a atender os velhos.

As tigelas de garoupa, siri e gengibre, arroz no vapor e enguia em conserva, tudo preparado com supremo primor, não fizeram senão confirmar os sedutores aromas da cozinha. Foi a refeição mais esplêndida que Sing Fat comeu em muitos anos. A nora de Jong Yee era, no mínimo, um tesouro que rivalizava com qualquer deus da culinária.

Ele se perguntou por que aquela preciosidade, mesmo sendo viúva, não havia atraído pretendentes aceitáveis. Tinha feito até mesmo bolinhos de arroz adoçados com mel, o prato favorito dele, e tudo em um mísero fogão a lenha que ao mesmo tempo que servia para cozinhar funcionava como fonte de aquecimento central da cabana. Central só à medida que, à noite, todos dormiam o mais perto possível de seu calor.

Sing Fat estava brincando com o segundo bolinho de arroz e procurando conceber um modo de falar com Sue

May Yee em particular quando seu mestre apareceu de repente, feito um raio, e o mandou iniciar imediatamente os preparativos para a partida. O tempo urgia por razões de segurança. E, como de costume, não deu mais nenhuma explicação.

Como, ao chegar, Sing Fat havia alimentado e dado de beber ao animal, bastou arreá-lo e atrelá-lo para que tudo estivesse pronto para enfrentar a estrada.

Chow Yong Fat e o velho Jong Yee trocaram algumas palavras e uma reverência formal de mútuo apreço.

Sue May Yee saiu acompanhada do gato branco. Entregou a Sing Fat uma pequena trouxa de pano. Inclinou-se, dizendo que era um lanche para o caso de o mau tempo os impedir de chegar a uma mesa farta durante a noite. Sing Fat guardou a trouxa debaixo da boléia e agradeceu. Sentindo-se pressionado pelo tempo, resolveu deixar a cautela de lado e falar de seu sentimento pessoal. Queria contar o quanto gostara da longa discussão que haviam tido. Queria dizer que contava com novas conversas no futuro, desde que ela estivesse disposta e o costume permitisse. Mas as palavras sumiram quando seu mestre subiu apressado na carroça, tomou as rédeas, grunhiu, bateu na anca da mula com autoridade e saiu rapidamente, as rodas a lançarem torrões de lama no ar.

Arregalando os olhos, o casal mal pôde trocar um sorriso acanhado, pois o velho Fat partiu aos solavancos para o leste, rumo à estrada da costa. Por vezes estimulava a besta, mas, à parte isso, foi guiando em silêncio.

Quando a carroça acabou de contornar uma curva, Sing Fat olhou para a baía e viu nitidamente a vasta e pesada tempestade que se aproximava, vinda do sudoeste. Agora empurrada pelo vento, a espuma branca coroava enormes e compridos vagalhões. No horizonte, viam-se a fumaça dos vapores e as velas das escunas costeiras, todos com pressa de encontrar abrigo em Monterrey antes que a borrasca se abatesse sobre eles. Sing Fat se lembrou dos pescadores de lulas dizendo que nunca tinham tido um ano tão prenhe de tempestades. Seus comentários lhe vieram à mente quando o vento começou a sacudir a copa dos pinheiros mais altos. Ele lambeu os lábios. Mesmo àquela distância da baía, o ar úmido tinha gosto de sal marinho.

O boticário continuou guiando a carroça de acordo com um cronograma que só ele conhecia. Como de hábito, não lhe ocorreu comunicar seu objetivo nem seu destino. Sing Fat imaginou que o mestre simplesmente tivesse esquecido de dar esses fragmentos de informação. Desde o momento em que embarcou na carroça, o velho Fat vinha se mostrando carrancudo e preocupado. Reagindo à ameaça do mau tempo com rosnadelas e gestos distraídos, fazia referência visual constante às mudanças no céu e à força crescente do vento. Mesmo assim, não se dignava a explicar nada ao aprendiz.

Como de costume, Sing Fat não se ofendeu. Por confuso que estivesse, achou melhor reclinar-se na boléia e ficar sonhando com a incomparável Sue May Yee. Mais tarde, quando a carroça passou por cima de um galho caído em um canto da estrada, quase jogando os dois ocupantes no chão, atreveu-se a sugerir respeitosamente que talvez fosse perigoso continuar viajando àquela velocidade.

O velho Fat se pôs a despejar justificações. Disse que detestava se repetir e perguntou por que seu discípulo não dava ouvidos às informações importantes logo na primeira vez. E, com um suspiro resignado, repetiu coisas que nunca tinha dito. A tempestade não tardaria. Será que Sing Fat, além de surdo, era cego? O venerável Jong Yee tinha mencionado isso. Na baía, fazia dias que não se falava senão na tormenta que se aproximava, mas agora sua chegada parecia tão iminente que até as gaivotas estavam se refugiando em terra. Estremeceu, sacudiu a cabeça e continuou resmungando. Uma coisa era passar uma ou duas noites chuvosas ao abrigo do toldo da carroça, mas enfrentar uma tempestade furiosa em plena estrada seria uma calamidade. Tudo se ensoparia em poucos minutos. O estoque de remédios ficaria arruinado, e ele sabia muito bem que a mula não ia enfrentar o lamacento desafio que a aguardava. Naquele exato momento, a pobre besta já estava agitando as orelhas compridas: sinal de nervosismo e disposição ao motim. E desfiou um enorme catálogo de possíveis catástrofes. As estradas do litoral e as trilhas da serra, difíceis de percorrer mesmo na seca, ficariam perigosas ou mesmo intransitáveis com a primeira chuva mais forte. Se o solo se encharcasse, o mais provável era que houvesse deslizamentos nos lugares mais inconvenientes. Era preciso achar um bom abrigo a tempo, e em seu itinerário só havia um lugar capaz de oferecer refúgio adequado. Um velho amigo, gabou-se, agora em tempos de vacas gordas, tinha comprado uma pequena fazenda litorânea um pouco ao norte da ponte da ravina, em Pescadero Village. Chamava-se Jung San Choy e, segundo o boticário, era um homem gentil e muito generoso. Sua casa podia parecer pequena com quatro crianças a correr de um lado para outro, mas ele acabara de construir um celeiro resistente, grande o bastante para acolher carroça, mula e tudo o mais. Se os deuses ajudassem, os dois ficariam abrigados no celeiro de Jung San Choy até a tempestade passar.

Afastando-se do litoral e rumando para o sul, na direção do Carmel Valley, a carroça atravessou um denso bosque de ciprestes retorcidos que não fez senão piorar a aparência ameaçadora do tempo. No percurso, Sing Fat ficou fascinado com a dicotomia do céu ocidental. Ao norte de determinada linha, tudo era sol forte e um verde mar coroado de alva espuma. Ao sul dessa mesma linha, o céu plúmbeo se fimbriava de nuvens ainda mais escuras que ferviam como lavas a partir do sudoeste. Aqui e ali, a negra chuva dardejava sob as nuvens que a geravam, avançando no oceano em uma feroz cavalgada. O mar, por sua vez, refletindo a sombria ameaça das nuvens, ganhava tonalidades de ferro fundido.

A carroça finalmente chegou a uma encruzilhada. O Fat mais velho virou à direita e chegou a uma construção rústica e inclinada, chamada Portão da Hospedaria. Forçando bruscamente a mula a mudar de rumo, enveredou por uma estrada que ele denominou a "Excursão de Trinta Quilômetros", rumando para o sul. Quando Sing Fat quis saber o porquê daquele nome, o boticário estalou as rédeas na anca da mula, sacudiu a cabeça e disse que também não sabia, uma vez que aquilo não tinha nenhuma relação com a distância percorrida.

Chegando a Stillwater Cove, bem próximos de seu destino, a mula, o mestre e o aprendiz sentiram no ar um cheiro elétrico muito característico. O odor primordial que precedia as piores tempestades. Em poucos momentos, a besta virou as orelhas para o rufar de um trovão distante. E tratou de apertar o passo, na esperança de que seu dono achasse um abrigo com que recompensar tanto esforço.

Tal como Point Alones, Pescadero Village, precariamente erigida nas praias rochosas de Stillwater Cove, podia ser detectada de longe pelo odor. A despeito do vento forte, o cheiro de peixe seco impregnava o ar. Sing Fat tinha certeza de que nem mesmo a chuva que se acercava era capaz de dispersar aquele fedor.

O boticário chegou à fazenda de Jung San Choy bem quando as primeiras gotas estavam começando a cair no chão empoeirado. Eram tão grossas que, ao atingir a terra seca, erguiam pequenas nuvens que pareciam descargas de artilharia em miniatura.

Jung San Choy possuía quatro grandes lotes que iam da estrada até o vale, ao norte da ponte da ravina. A casa ficava em um outeiro no sudoeste do terreiro, mas o celeiro e o curral tinham sido construídos no centro da propriedade, a sessenta metros do vale.

Jung San Choy ficou contentíssimo ao ver o velho Fat. Três dos seus filhos estavam com uma ligeira febre, de modo que naquele momento a presença do venerável boticário era uma verdadeira dádiva do céu. Disse que teria muita satisfação em oferecer o máximo de hospitalidade aos recém-chegados. Aliás, estes não precisavam se preocupar com a mula nem a carroça. Uma semana antes, Jung San Choy e seu primo Foo Chong, que morava ao sul da ponte, tinham despachado toda a diversificada safra de frutas, portanto não faltava espaço no celeiro. O palheiro estava repleto de feno recém-cortado, que serviria de cama, e, se eles desejassem, sua esposa se sentiria honrada em lhes servir todas as refeições. O Fat mais velho agradeceu a oportuna generosidade do anfitrião e informou que seguiriam viagem assim que o temporal passasse.

Ao levar a carroça ao celeiro, Sing Fat notou que usar tábuas retas ou do mesmo tamanho não tinha sido uma grande prioridade na construção do prédio. Aliás, pelas fissuras e frestas, entrava luz suficiente para ler, e o vento, que estava ficando cada vez mais forte, usava o mesmo caminho. A estrutura básica do celeiro parecia razoavelmente firme, e o telhado e o palheiro, enormes, se achavam em bom estado de conservação. Portanto, Sing Fat se pôs a trabalhar, murmurando um agradecimento ao céu. Apesar da situação, queria tornar aquela parada forçada o mais confortável possível para seu mestre.

Enquanto o boticário providenciava alguns medicamentos rudimentares para aliviar as crianças, ele tratou de cuidar da mula. Esta ficou contentíssima com o abrigo e a relativa segurança do estábulo seco, e a aplicação da escova em seu pêlo quase fez verter lágrimas de alegria dos olhos dela. Tendo acrescentado um balde de aveia à barganha, Sing Fat ficou convencido de que o impressionável animal se disporia a enfrentar com razoável vigor o esforço que o aguardava. Depois de agasalhá-lo com o seu próprio cobertor, empilhou fardos de feno na lateral do estábulo para que entrasse menos vento.

O mestre Chow Yong Fat anunciou que ia para a casa do anfitrião atender as crianças. Na sua ausência, o aprendiz que aproveitasse o tempo para tornar o ambiente o mais habitável possível.

Antes de sair, Jung San Choy tirou dois lampiões a querosene de um armário e os entregou a Sing Fat, com o inevitável alerta chinês contra os demônios do fogo, que atormentavam os negligentes e descuidados. Eles tinham um grande apetite pelos celeiros repletos de feno. Rindo com cinismo, piscou para o Fat mais velho e afirmou que os demônios do fogo sempre escolhiam os celeiros dos chineses quando alguma coisa deixava os bárbaros zangados. Sing Fat fez uma reverência e prometeu tomar cuidado. Quando o mestre se foi, tratou de montar uma tenda confortável. A ventania tinha aumentado, e a chuva iniciara um forte rufar no telhado. Na tentativa de criar uma boa proteção, Sing Fat tirou a lona de reserva da carroça e, com o uso de fardos de feno, construiu uma muralha coberta que se estendia até a traseira da carroça nivelada. Empurrando a arca de medicamentos para um lado e improvisando habilmente um colchão de palha e lona, conseguiu transformar o leito da carroça em uma aconchegante saleta protegida das violentas rajadas invasoras. No centro dessa paliçada de feno, abriu um espaço livre de material combustível, estendeu esteiras de bambu em torno a uma estufa central e lá instalou o pequeno braseiro de ferro fundido. Em vinte minutos, tinha fervido água para o chá e estava se sentindo satisfeitíssimo consigo.

Então a tempestade se intensificou. Não havia dúvida quanto à sinceridade de sua intenção que, na opinião de Sing Fat, era de deitar por terra tudo quanto estivesse de pé no litoral de Monterrey.

Todas as juntas e tábuas do celeiro começaram a oscilar e ranger, e o vento, que até aquele momento tinha sido uma gélida inconveniência, passou a gemer, assobiar e uivar nas inúmeras frestas. A força das lufadas introduzia uma boa quantidade de chuva pelas aberturas da madeira, molhando tudo que estivesse a menos de um metro das paredes. O manto de pesadas nuvens encobriu o que restava da luz do dia, de modo que Sing Fat acendeu e pendurou os lampiões e, à sua luz baça, ficou esperando o retorno do mestre.

Estava cochilando, embalado pelo ruído do temporal, quando a porta do celeiro se abriu estrepitosamente com o vento e um espectro encapuzado entrou. A aparição, surgida na esteira de um sonho, assustou Sing Fat. O vulto despiu a capa de encerado preto e revelou-se nada menos que o Fat mais velho com uma pilha de recipientes de bambu nos braços. A julgar pelo aroma que exalavam, todos deviam conter alguma coisa quente e deliciosa. Apesar do uivar cada vez mais forte do vendaval, do rugir da chuva e do ranger da madeira, o mestre e o aprendiz conseguiram ter uma ótima refeição, confortavelmente aquecidos pelo braseiro incandescente.

Quando o vento começou a esfriar bem mais do que se esperava, o boticário achou conveniente recorrer à sua arte a fim de combater os elementos. Vasculhando a bolsa, tirou uma garrafinha de elixir especial. Segundo suas palavras, bastavam algumas canecas daquele preparado para que qualquer um ficasse imune ao frio do inverno, mesmo estando completamente nu. E foi o que aconteceu. À medida que a temperatura caía, duas canequinhas do tamanho de um dedal se transformaram em quatro, depois em seis e assim por diante, até que os dois por fim puderam confirmar sinceramente o fato de que não estavam sentindo mais nada, nem mesmo frio. Com efeito, até o martelar estridente da tempestade no celeiro todo furado começou a perder a importância. A aura de segurança, calor e confiança parecia universal, apesar dos trovões constantes e dos ocasionais canhonaços das árvores derrubadas. Lá fora tudo podia ser caos e tumulto, mas dentro daquele abrigo de fardos de feno e lona, imperavam uma calidez e um bem-estar extraordinariamente confortáveis.

Outra imunidade colateral produzida pelo elixir não tardou a fazer efeito, e, passado algum tempo, Sing Fat se sentiu suficientemente encorajado para conversar com o mestre sobre o mais delicado dos temas: Sue May Yee.

O boticário se acautelou de pronto, muito embora soubesse que o preparado podia surtir exatamente aquele efeito, já que continha uma pródiga porção de conhaque chinês. Se bem que não desejasse parecer hostil, tampouco queria se envolver com uma questão obviamente fadada a lhe contrariar os interesses com o tempo. A idéia de seu promissor aprendiz e amigo casado com Sue May Yee e entregue à dura existência de pescador de lulas em Point Alones nada tinha de atraente ou necessária. Por essas e por outras, aquele estava longe de ser o tema que ele pretendia discutir no momento. Na sua douta opinião, sempre valia a pena deixar as deliberações de natureza romântica para o último momento. Era impossível saber o que as mudanças da fortuna podiam trazer consigo nesse meio tempo. Assim, em vez de sabotar o otimismo do discípulo e possivelmente magoá-lo, o Fat mais velho escolheu o menor de dois males e fingiu pegar no sono durante a desajeitada introdução de Sing Fat, enumerando os fantásticos atributos de Sue May Yee.

O rapaz não demorou a se dar conta de que havia ficado sem platéia. Não lhe restava senão discorrer sobre o tema em outra ocasião, caso ainda tivesse coragem. E, decidindo deixar isso de lado por ora, foi ajudar o Fat mais velho a se instalar em sua cama na carroça. Depois de apagar cuidadosamente os lampiões, preparou o seu próprio leito em um colchão de palha protegido contra os elementos. E deitado à luz mortiça do braseiro, ficou ouvindo o clamor da tempestade.

Aquela noite, as ondas estavam arremetendo com tal ímpeto contra a praia rochosa que Sing Fat chegou a sentir o chão vibrar sob o colchão de palha. O uivar do vento nas frestas entre as tábuas mudava de timbre e tom à medida que as agitadas rajadas mudavam de direção. A chuva não tinha uma cadência estável, pelo contrário, ganhava ou perdia intensidade com as variações das condições. O último pensamento de Sing Fat, antes que o sono o dominasse, foi sobre Sue May Yee. Talvez devido à intensidade de seus sentimentos, singularmente reforçada pelo tônico extraordinário do mestre, ele adquiriu uma inabalável certeza quanto ao futuro, e a pedra fundamental dessa visão só podia ser a incomparável Sue May Yee. Independentemente do que acontecesse ou das resistências que se opusessem, Sing Fat sabia que um dia eles se casariam. E, envolvido nessas idéias felizes como em uma coberta acolchoada, adormeceu em meio ao rumor da tempestade que abalava a noite.

A manhã, que chegou cedo para o mestre e o aprendiz, presenciou a obstinada fidelidade do temporal a seus propósitos. Era um milagre que tudo continuasse de pé. Espiando por uma abertura na madeira, Sing Fat viu, admirado, o oceano se espedaçar furiosamente na pequena baía, como um redemoinho em um balde. A normalmente tranqüila Stillwater Cove se havia transformado em uma grande agitação de ventos e ondas. A arrebentação espumosa investia furiosamente contra a praia e, ao retornar, colidia com as ondas seguintes. Era a própria encarnação do caos.

A ravina ao sul do pomar e do barracão de ferramentas de Choy, que permanecia seca a maior parte do ano, convertera-se em um rio de consideráveis proporções, com fortes correntezas em ambas as direções ao mesmo tempo. O choque resultante das enxurradas, das marés e das vagas inundou boa parte da propriedade de Foo Chong, localizada em um ponto mais ao sul. Todavia, apesar do dano superficial causado pela ventania e a chuva, queimaram-se feixes de incenso nos santuários de todos os lares, em sinal de gratidão pelas vidas poupadas. Pescadero Village continuava sã e salva por ora, conquanto a tormenta não se mostrasse nada inclinada a arrefecer tão cedo.

Como era impossível seguir viagem, o Fat mais velho decidiu que a melhor maneira de aproveitar mais um dia de confinamento era dedicarem-se à revisão, à instrução e ao estudo. Em parte, queria avaliar a capacidade de concentração do discípulo. Era muito comum os jovens na sua situação esquecerem até o próprio nome quando uma mulher lhes anuviava a mente.

Ficou agradavelmente surpreso quando Sing Fat recitou os vinte e seis princípios do diagnóstico, os quarenta e oito pontos primários e os trinta e dois secundários de pressão nos nervos, assim como as fórmulas dos remédios indicados no tratamento da melancolia puerperal. Aliás, deu respostas seguras e confiantes a todas as perguntas do velho. Isso o agradou e tranqüilizou. Se o aprendiz se havia deixado enfatuar pela bela Sue May Yee, pelo menos isso não lhe havia embrutecido o cérebro a ponto de inutilizá-lo. Talvez ainda houvesse algum espaço para a esperança e a aspiração. Pelo menos Sing Fat continuava manifestando uma inteligência sadia. Por mais que se achasse apalermado, nada indicava que isso tivesse chegado ao ponto de lhe arruinar o futuro. Os sinais eram bons, mas quem podia ter certeza quando se tratava de um jovem?

O temporal se deslocou para o norte pouco depois da uma da tarde. Passada mais uma hora, Chow Yong Fat concluiu que convinha reiniciar a peregrinação. Depois de se despedir de Jung San Choy e receber de presente alimento para a viagem, empunhou as rédeas e tomou o rumo das minas da serra. As estradas não estavam muito obstruídas com escombros nem havia árvores tombadas ou lamaçais a bloquear o caminho, de modo que eles não tiveram de enfrentar senão pequenas inconveniências aqui e acolá. O céu começou a se despejar à medida que a trilha subia para o alto das montanhas.

A carroça se achava a pouca distância das minas quando Sing Fat avistou uma carreta de carga puxada por dois cavalos que vinha descendo o caminho no sentido contrário. Era evidente que os dois veículos não poderiam passar ao mesmo tempo, por isso o boticário propôs que saíssem da estrada para dar passagem à carreta maior. Quando este se aproximou, reconheceu o amigo Han Foo Yeung, o homem que havia mandado chamá-lo.

Parecia muito preocupado. Uma tristeza sombria e introspectiva o envolvia qual uma mortalha. O Fat mais velho o saudou, despertando-o instantaneamente de seus devaneios. Ao reconhecer quem o havia cumprimentado, ele teve um sobressalto, seus olhos se iluminaram por um instante, mas logo voltaram a assumir o ar preocupado. Han Foo Yeung parou ao lado da carroça e sacudiu a cabeça. Quando o boticário lhe perguntou o que lhe estava causando tanta aflição, ele quase chorou. E, profundamente perturbado, disse que os generosos serviços do boticário já não eram necessários. Todos os seus clientes potenciais estavam mortos. Tinham morrido como cachorros doentes. Voltando-se para o leito da carreta, disse alguma coisa. Dois assustados e confusos trabalhadores chineses saíram de baixo de uma lona suja. Han Foo Yeung tornou a olhar para o amigo e explicou que aqueles eram os únicos que haviam escapado à doença fatal. Agora, os estava ajudando a fugir da mina e refugiar-se entre os compatriotas, possivelmente em Watsonville. Confessou que receava que os mineiros descobrissem sua cumplicidade na fuga. Aquela gente seria capaz de qualquer coisa para impedir que a história fosse divulgada. E Han Foo Yeung sabia que teria grandes problemas.

Depois de pedir desculpas pelos inconvenientes que o Fat mais velho certamente enfrentara na viagem, pegou uma trouxa grande e um cesto de vime, que estavam debaixo da boléia e os entregou, dizendo que aqueles eram os itens mencionados em sua carta, mas que agora o boticário devia considerá-los um presente, uma recompensa por sua piedosa e inútil viagem. Acrescentou que tinha intenção de entregá-los pessoalmente quando passasse por Salinas, mas aquela ocasião também era boa, já que ele não sabia quando voltariam a se encontrar.

Sing Fat não conseguia atinar o porquê, mas havia alguma coisa esquisita na história daquele homem. O problema estava mais em sua voz do que nos fatos narrados, tudo parecia ensaiado para merecer credibilidade. Mas, como não tinha um motivo justificável para duvidar do relato, ele guardou a suspeita para si. Afinal, não conhecia Han Foo Yeung e por certo não queria causar problemas a um estranho. Olhando para o mestre em busca de uma resposta, surpreendeu-se com o modo como ele reagiu à situação.

Depois de refletir alguns instantes, o Fat mais velho se ofereceu para levar os refugiados ao norte. Eles viajariam até Salinas escondidos na carroça e, depois, seguiriam para Watsonville sem risco de perseguição. Livre da perigosa carga, Han Foo Yeung podia retornar às minas sem que ninguém desconfiasse de nada.

Agradecendo profusamente ao boticário, ele prometeu enviar-lhe todas as descobertas importantes que chegassem a suas mãos. A seguir, instruiu os dois trabalhadores para que se escondessem na carroça do mestre Fat e fizessem tudo que ele mandasse. A segurança dependia da mais estrita obediência ao benfeitor.

Os mineiros se inclinaram em sinal de respeito, pegaram as miseráveis trouxas e obedeceram de pronto. Então Sing Fat virou a carroça, não sem dificuldade, e voltou pelo caminho por onde tinham vindo. Han Foo Yeung fez o mesmo, despedindo-se com um aceno e uma bênção.

Cinco quilômetros adiante, os quatro homens acamparam em uma clareira acessível, mas bem escondida, para pernoitar. Segundo o cálculo do Fat mais velho, a distância em que se encontravam das minas era suficiente para que não fossem descobertos. Sing Fat esperava que fosse verdade.

Os dois assustados mineiros chineses improvisaram uma tenda para si com a lona de reserva que Sing Fat sempre levava na carroça; depois receberam ordem de ir buscar lenha para a noite. Enquanto eles se ocupavam disso, Sing Fat preparou uma refeição simples com as provisões que levavam. O boticário se instalou perto do braseiro e abriu o cesto que Han Foo Yeung lhe havia dado. De repente, Sing Fat ouviu um gemido lancinante e, erguendo a vista, deu com o mestre, as mãos na cabeça, evidentemente às voltas com uma aflição.

A pequena folha de papel que ele acabava de ler tinha caído no chão. No começo, Sing Fat pensou que o boticário estivesse passando mal, mas, quando indagado, ele se limitou a sacudir a cabeça e apontar para o papel. Sing Fat pegou-o, mas não conseguiu decifrar o escrito. Os caracteres rabiscados a lápis, embora evidentemente chineses, eram incompreensíveis. Aquilo só podia ser um código, coisa, aliás, que não tardou a ficar comprovada.

Quando finalmente conseguiu se recompor, o Fat mais velho releu o bilhete de ponta a ponta para verificar se não o havia compreendido mal. E tornou a sacudir a cabeça. Com uma expressão de profunda melancolia, deixou escapar mais um gemido.

Sing Fat indagou a causa de tanta contrariedade.

Com voz embargada pela emoção, o velho disse que Han Foo Yeung escrevia que os doentes tinham de fato morrido, mas que não podia contar abertamente como. Segundo ele, os mineiros italianos e portugueses, tanto quanto um grupo de bárbaros ignorantes, suspeitos e perigosos, sem compreender a causa da enfermidade que assolava os colegas chineses, temeram o contágio imediato. Por isso, perpetraram uma vilania inominável, a qual provavelmente ficaria impune. Como os chineses tinham sido importados ilegalmente, ninguém sabia da sua existência, de modo que não havia a menor necessidade de notificar o incidente. Com medo de uma peste estrangeira, os mineiros não hesitaram em encerrar os doentes em uma cabana abandonada, convencendo-os de que aquele era um isolamento seguro. Segundo os bárbaros, tinha havido um acidente, uma misteriosa explosão destruíra o túnel. Todos os chineses ou tinham perdido a vida, ou tinham sido enterrados vivos. Não se sabia ao certo.

As implicações eram tão óbvias que Han Foo Yeung nem teve necessidade de entrar em detalhes. Contou que estava empenhado em ajudar os compatriotas a fugir. Temia que fossem assassinados por haver testemunhado o crime.

Por razões de segurança, o bilhete não estava assinado. O Fat mais velho tratou de entregá-lo à voracidade do fogo quando os dois cules mineiros retornaram com os feixes de lenha. À parte, recomendou ao discípulo que não dissesse uma palavra sobre aquilo. Han Foo Yeung devia ter boas razões para escrever a mensagem em código. Se a informação que ela continha caísse em mãos erradas, a conseqüência certamente seria a desgraça e o derramamento de sangue. Aquelas circunstâncias especiais exigiam um véu de silêncio. A ignorância era a melhor defesa contra a suspeita. Se os mineiros desconfiassem que gente de fora estava a par da verdade, a vida dos chineses não valeria um centavo. Sing Fat jurou não tocar no assunto sem autorização.

Ao amanhecer, a carroça já estava a caminho. Felizmente, não havia ninguém na estrada que pudesse se interessar pelos movimentos deles, e, um dia depois, chegaram à periferia de Monterrey. Foi lá que, contrariando os conselhos mais sensatos, os dois cules resolveram dispensar a companhia do boticário e seu aprendiz. O mais velho deles disse que tinha sido pescador na juventude. Achava-se mais apto para ganhar a vida fisgando lulas do que capinando em uma plantação de beterraba. Seu jovem colega preferiu acompanhá-lo a enfrentar o mundo sozinho, em uma comunidade estranha, onde não conhecia ninguém. A vida entre os bárbaros já era muito difícil, mas trabalhar sem amigos era bem mais do que ele estava disposto a aceitar.

O Fat mais velho achou melhor não discutir. Aqueles homens conservavam as longas tranças, o que significava que esperavam voltar à China um dia, levando dinheiro para a família. Tinham o direito de escolher seu destino, mas o boticário lembrou-os de que a vida nos pesqueiros dificilmente levava à longevidade.

Os dois concordaram, porém, mesmo assim, pediram ao Fat mais velho que tivesse paciência e os ajudasse. Chow Yong Fat se dispôs a escrever uma breve carta de recomendação a um amigo que possuía barcos de pesca e trabalhava na área de McAbee Beach e Point Alones, mas, à parte isso, nada podia prometer. Os dois cules concordaram que essa era a melhor atitude e agradeceram a ajuda do venerável ancião. Acrescentaram que, se fosse possível, um dia retribuiriam o favor.

Sing Fat, embora tenha guardado seus sentimentos para si, ficou profundamente comovido com a triste situação daqueles homens. Recordou o sofrimento perpétuo de seus colegas nas minas de aluvião. Conhecia bem a solidão daqueles que enfrentavam a morte diariamente, sem o apoio de amigos ou familiares. Também estava determinado a evitar que isso lhe acontecesse. Se fosse possível escapar a esse destino, não deixaria que sua linhagem fenecesse na servidão solitária. Precisava de uma família se quisesse que sua linhagem sobrevivesse às incertezas do futuro, e, assim, a imagem de Sue May Yee voltou a lhe dominar os pensamentos.

Tendo deixado os dois homens nas proximidades de McAbee Beach, com um bilhete de apresentação para Ng

Tung, o chefe dos pescadores, Sing Fat virou a carroça na direção de Salinas. Teve vontade de pedir autorização para visitar Sue May Yee em Point Alones, que ficava perto, mas o mestre parecia tão ansioso por voltar à botica que lhe pareceu mais prudente não tocar no assunto. Porém, decidiu discutir o tema do seu futuro conjugal o mais breve possível. Embora tivesse ouro mais que suficiente para adquirir uma esposa e abrir seu próprio negócio sem pedir autorização a ninguém, queria continuar estudando medicina sob a astuta tutela de seu mestre e não pretendia fazer nada que abalasse a confiança que este havia depositado nele.

Chegaram a Salinas tarde da noite e encontraram oito importantes mensagens pregadas na porta da botica. Era como se todo mundo tivesse esperado que eles viajassem para contrair as mais variadas doenças. Não teriam descanso aquela noite. O Fat mais velho mandou o aprendiz avisar os que haviam deixado bilhetes que ele estava de volta. Se fosse preciso, a botica ficaria aberta a noite toda para atendê-los. E foi justamente isso que aconteceu.

Sing Fat teve autorização para cessar o trabalho pouco antes do amanhecer, porém, mesmo assim, demorou muito a pegar no sono. Agora os devaneios em torno de Sue May Yee lhe ocupavam todos os momentos de vigília que escapavam à concentração exigida pelo trabalho. Não tinha liberdade de se distrair, já que todos os seus movimentos estavam sob o escrutínio constante do eminente mestre.

Mas o destino não quis que Sing Fat fosse o primeiro a propor o tema Sue May Yee. Na noite seguinte, quando a velha e silenciosa criada estava preparando um jantar modesto de legumes e arroz condimentado, o próprio boticário se encarregou de temperar a garganta e perguntar que ambições seu discípulo tinha para o futuro. Acrescentou que a situação requeria que ele avaliasse a profundidade da dedicação do aluno a um estudo complexo como o que teria de enfrentar dali por diante.

Sing Fat ficou surpreso, mas acolheu de bom grado a oportunidade de expressar candidamente suas esperanças. Pelo menos, não podiam acusá-lo de impor considerações de ordem pessoal ao generoso benfeitor. Este o havia convidado a falar de si. Tardou alguns momentos a ordenar os pensamentos, procurando alicerçar seu propósito em um raciocínio sólido, pois não queria soar como um simplório enfeitiçado pela paixão. Então abriu o coração com a sinceridade e o respeito que a pergunta direta exigiam, mas falou como uma pessoa decidida a enfrentar qualquer intervenção dos demônios da oposição. Quando se tratava de fazer o necessário, quando se tratava de sonhos e esperanças, ele se equiparava a qualquer outro homem. Como era de esperar, começou com um longo rol de agradecimentos. Tinha um compromisso profundo com os estudos; ambicionava ser aprovado, caso se mostrasse capaz. Mas impunha uma condição, uma condição indispensável para aceitar deveres profissionais incomensuráveis. Queria se ancorar na segurança das alegrias domésticas de uma família e, para tanto, precisava de uma esposa. E esta não podia ser senão aquela que ajudara a lhe salvar a vida: Sue May Yee. A incomparável Sue May Yee e mais ninguém.

O Fat mais velho simulou uma expressão de assombro e reflexão profunda. Colocando a tigela de arroz e os palitos na mesa, examinou a postura e a compostura do discípulo. Estava preparado para o sincero entusiasmo do amor, é claro, mas não para um propósito de tal modo racional nem para uma afirmação tão veemente. Era evidente que Sing Fat estava disposto a tudo ou nada. Se bem que nada, na companhia de Sue May Yee, era preferível a tudo sem ela. Ele se dispunha a assumir a responsabilidade pelos dois mundos, e a verdade era que tinha dinheiro suficiente para lutar por suas ambições. Chow Yong Fat ergueu a caneca, tomou o chá e fechou os olhos, absorvendo a fragrância e o sabor da bebida. Pois que seja, pensou. Era inegável que aquele parente distante tinha demonstrado muita coragem no rude processo de simplesmente sobreviver em um mundo virado de ponta-cabeça, e o fizera usando a inteligência e o corpo. Que mulher não ficaria feliz com um marido de tanto caráter, inteligência e tenacidade? O Fat mais velho pousou a caneca na mesa, pegou a tigela de arroz e comeu um bocado de legumes. Mastigando lentamente, endereçou um olhar neutro ao jovem aprendiz. Sua expressão não denunciou a menor emoção. Sing Fat ficou arrepiado de tensão. Por fim, o mestre engoliu, tomou mais um gole de chá verde e fez outra prolongada pausa. Então inclinou a cabeça e perguntou a Sing Fat se podia ter a honra de pedir a moça em casamento.

Embora não pudesse se dar ao luxo de chorar de alegria e felicidade, Sing Fat engoliu em seco e disse que tal honra ia muito além do que ele merecia. Afirmou que seus próprios méritos eram insignificantes nos padrões celestiais, mas a virtuosa e nobre Sue May Yee certamente impregnaria aquela dádiva com a devida graça e radiância. E, inclinando-se uma vez mais, declarou alto e bom som que o apoio do mestre lhe dava o maior prazer desde o dia em que seu pai lhe confiara o primeiro livro e o ensinara a ler.

Chow Yong Fat se levantou e foi buscar uma garrafa de vinho de arroz e dois translúcidos cálices de jade. Alegou que a tradição exigia um brinde à ocasião. Curvando-se ligeiramente, disse que teria enorme prazer em substituir o nobre pai de Sing Fat. Seria o primeiro a invocar, segundo o costume, a longevidade matrimonial e a bênção de muitos filhos sadios e virtuosos. Sing Fat ergueu o brinde seguinte, e, depois de algumas rodadas de vinho comemorativo, a sala adquiriu uma cálida luminosidade de regozijo familiar. Ele sentia falta da presença de tais sentimentos, de tais momentos. Riu alegremente, pensando em realizar o sonho de ser chefe de família.

Depois de mais algumas libações aos deuses do lar e da casa, Chow Yong Fat determinou que o melhor era iniciar imediatamente os preparativos do casório. Propôs que Sing Fat sacasse algum dinheiro a fim de comprar presentes para Sue May Yee e seus parentes. A despesa não seria tão grande assim, já que a família da moça se reduzia a uns poucos gatos-pingados. Naturalmente, o sogro assumiria os interesses de Sue May Yee, e, se Sing Fat autorizasse, o boticário se encarregaria de representar o noivo nas negociações costumeiras. Infelizmente, não se podia falar em dote. O clã Yee vivia precariamente desde que os demônios do oceano tinham arrebatado tantos membros da família.

Sorrindo, Sing Fat declarou que não abriria mão do dote. Um dote de seis conchas. Uma para cada filho que ele esperava criar e ver homens feitos. Disse ainda que pretendia alugar uma casinha perto da botica e continuar cumprindo seus deveres e avançando nos estudos, tal como antes. Sue May Yee por certo também ajudaria na farmácia. Tudo nele irradiava esperança de prosperidade e boa sorte. O solo fértil de seus sonhos estava repleto de verdadeiras raízes espirituais e bons propósitos: Sing Fat era o homem mais feliz do mundo.

A semana seguinte foi repleta de atividade. Além do trabalho intenso na botica, havia as excursões diárias com o padrinho de casamento para comprar os presentes adequados aos futuros parentes. Alguns desses presentes eram considerados tradicionais, ao passo que outros se destinavam a satisfazer certas necessidades. Todavia os mais importantes e escolhidos com mais cuidado tinham por objetivo virar a cabeça de qualquer moça de qualidades modestas, e Sue May Yee se encaixava justamente nessa categoria.

Para simbolizar seu afeto singular, Sing Fat comprou um antigo leque de marfim filigranado, com numerosos dragões de ouro e articulado com um macaco de prata que portava um cajado. Custou cem dólares, e ele não teria hesitado em pagar o dobro, não fosse a firme e sensata intervenção do boticário.

Depois de embrulhar o leque em pele de coelho e seda vermelha, Sing Fat o guardou em uma caixa de sândalo toda lavrada com grous em pleno vôo. A caixa, juntamente com um pente de tartaruga todo ornamentado, foi envolta em um caro xale bordado. A seguir, o futuro noivo teve o senso de humor de tornar a embalar tudo com papel do Japão e barbante, como se o conteúdo do pacote não tivesse grande valor. Por fim, fez um embrulho de seis latinhas de fígado de ganso cozido para o gato de Sue May Yee. Tinha concebido esse curioso detalhe na esperança de que o bichano ficasse contente com o presente e não o tomasse por um suborno deslavado, coisa que de fato era.

O amanhecer do sábado seguinte surpreendeu o mestre e o discípulo muito bem-vestidos e instalados na carroça recém-pintada. Até mesmo os arreios e acessórios de latão da mula brilhavam de tão bem polidos. Sing Fat se encarregara de fazer tudo isso pessoalmente no pouco tempo de descanso que lhe cabia. Por motivos óbvios, tivera dificuldade para dormir aquela semana e, decidido a não perder tempo com irritantes expectativas, comprou tinta com seu próprio dinheiro e pintou a carroça à luz de lampião.

Achando o futuro noivo excessivamente perturbado, o Fat mais velho prescreveu banhos frios no rio. Sing Fat se limitou a sorrir da recomendação e continuou fazendo o que queria. O boticário deu de ombros, sacudiu a cabeça e foi cuidar de suas próprias coisas. A experiência lhe dizia que, enquanto toda a história do contrato de casamento não tivesse terminado de um modo ou de outro, não valia a pena esperar do discípulo senão as tarefas mais simples. Em tais circunstâncias, não havia por que adiar a união inevitável. Quanto antes isso ficasse resolvido, com as imposições da propriedade e do costume, tanto mais cedo todos poderiam voltar a se ocupar das coisas realmente importantes.

Os dois tiraram a carga habitual da carroça. Em seu lugar, puseram numerosos embrulhos e pacotes, todos acondicionados em caixotes forrados com palha moída para evitar danos. Acrescentaram uma caixa de finíssimo vinho de arroz, cada garrafa envolta em uma capa de palha trançada. O equipamento de viagem e a roupa extra, cuidadosamente dobrada, ficaram guardados nos acolchoados. O pequeno baú de remédios, que o boticário costumava levar para emergências na estrada, viajou debaixo da boléia. Tendo calculado que ficariam três dias ausentes, o Fat mais velho deixou um recado na porta, informando quando estariam de volta.

Posto que claro e ensolarado, o outono daquele ano às vezes trazia a friagem do litoral, que alfinetava subitamente os pulmões de quem respirava. Essas frentes frias foram se tornando mais persistentes à medida que os viajantes se aproximavam da baía de Monterrey. O sol estava quase sumindo no horizonte quando eles avistaram o instável povoado de Point Alones, que parecia ainda mais frágil com o clarão do poente por trás das palafitas.

Mas agora os ventos do Pacífico começavam a trazer o frio do Norte, obrigando os dois homens a se agasalhar com os sobretudos pretos e acolchoados. Cheio de compaixão juvenil, Sing Fat não hesitou em parar demoradamente a carroça para agasalhar a mula e protegê-la da friagem do mar. O boticário se limitou a virar os olhos e contemplar a lua cheia no leste. No seu entender, estava genuinamente propícia. Ele tinha esperança de concluir as negociações matrimoniais na tarde seguinte. Com mais um dia de modestas comemorações, os dois podiam retomar o trabalho, ao mais tardar, na tarde de quinta-feira.

Sue May Yee e seu idoso sogro ficaram surpresos ao abrir a porta e dar com o venerável boticário carregando uma pilha de presentes. Seguindo as instruções do padrinho, Sing Fat levou a carroça para trás da cabana e, protegendo-a do vento, lá ficou com a preciosa carga. Tinha planos de acampar do lado de fora, ao abrigo da lona de viagem. Estava tão inseguro que nem desatrelou a mula, já que seu pedido podia ser rejeitado no primeiro instante. Não via motivo para que isso acontecesse, mas queria estar em condições de enfrentar a eventualidade, por dolorosa que fosse.

Como ditava a tradição, o Fat mais velho se encarregou de fazer a introdução preliminar do tema casamento. Se a proposta fosse recusada logo de saída, pelo menos o pretendente não passaria vergonha em público. Quando o assunto tivesse sido discutido seriamente e se a futura noiva concordasse com o arranjo, o envergonhado noivo seria recebido na casa para, como geralmente acontecia, ostentar sua idéia imatura do que lhe reservava o futuro. Por fim, ele e o padrinho dariam os presentes e serviriam o vinho para selar o contrato verbal. O compromisso mais formal seria celebrado no dia seguinte, na presença dos poucos parentes que restavam a Sue May Yee. Então se distribuiria o resto dos presentes e todos tomariam generosas doses de vinho.

Talvez o casal tivesse a sorte de trocar algumas palavras, mas seria preciso furtar esses poucos momentos, já que tal coisa não estava inscrita nos costumes. Naquele recinto tão exíguo, o mais provável era que não tivessem oportunidade de intercambiar mais do que olhares furtivos e acanhados.

Sing Fat se acomodou em um acolchoado estendido sobre a palha no leito da carroça. A lona armada protegia-o do vento e dos olhares curiosos da vizinhança. A única coisa que lhe faltava naquele momento era paz de espírito. Daria tudo para saber o que estava se passando no interior da casa. Embora, pensando bem, talvez não.

Sue May Yee ou seu sogro podiam opor objeções embaraçosas à união. E se os parentes se recusassem a deixá-la sair de Point Alones? Será que valia a pena mudar-se para lá e abraçar a carreira de pescador ou comerciante de lulas? A idéia o contrariou tanto que ele fez um sinal mágico contra os demônios da dúvida e, deitando-se, tratou de tirar uma soneca.

Acordou com um sobressalto ao ouvir baterem na lateral da carroça. Ergueu cautelosamente a lona e, olhando por cima do anteparo, deu com o sogro de Sue May Yee sorrindo à luz de um lampião. Com a boca desdentada, o velho pronunciou algumas palavras, que se perderam com o vento, e fez sinal para que ele o acompanhasse. Apeando, Sing Fat pôs a concha da mão no ouvido. Jong Yee disse que tinha mandado chamar o primo Choo para tomar conta da mula. O filho do primo Choo descarregaria a carroça imediatamente. Ele que entrasse na casa para conversar com o mestre. O velho balançou a cabeça, e falando mais consigo mesmo, enalteceu a sabedoria e a habilidade de Chow Yong Fat, como se o rapaz não o conhecesse. Surgidos aparentemente do nada, o primo Choo e seu filho puseram-se a desatrelar a mula e a nivelar a carroça com um pé-de-cabra.

Depois de alisar a roupa e sacudir os fiapos de palha do casaco, Sing Fat entrou na cabana e ficou surpreso ao encontrar unicamente o boticário na sala da frente, sentado em uma almofada, diante de uma mesinha iluminada por pequenas lamparinas de latão. Ao ver o discípulo, apontou para a almofada à sua direita e, levando o dedo aos lábios, pediu silêncio.

Confuso, Sing Fat endereçou um olhar interrogativo ao mestre e, como resposta, recebeu um gesto afirmativo e um sorriso reconfortante. Seus negros presságios desapareceram instantaneamente, e ele sentiu a própria medula óssea vibrar de agradável expectativa. Mas onde estavam os outros? Acaso ele já tinha cometido uma gafe? O Fat mais velho ficou olhando fixamente para ele.

A porta da rua se abriu com a força do vento, dando passagem ao sogro de Sue May Yee que, seguido dos Choos, entrou e se curvou ligeiramente. Todos traziam cestos repletos de pacotes embrulhados com capricho e os depositaram e arrumaram em um canto da sala, onde ficariam em segurança, mas expostos à vista de qualquer um.

Foram necessárias duas viagens para trazer todos os presentes do noivo. O clã Yee ficou visivelmente impressionado com a generosa abundância, exatamente como previra o Fat mais velho. Até ali, tudo estava progredindo conforme o antiqüíssimo protocolo tradicional, apesar do ambiente exíguo e modesto.

Entrementes, acatando a orientação do boticário, Sing Fat ficou em silêncio, os olhos fitos em um pequeno vaso de flores do campo na mesa, como que a meditar sobre as virtudes da simetria natural. Tinha sido aconselhado a permanecer totalmente alheio ao tempo presente, custasse o que custasse, em sinal de modéstia. Convencido de que conseguiria adotar essa atitude mental, saiu-se muito bem até o momento em que Sue May Yee entrou na sala, vinda do cômodo contíguo e parecendo nada menos que a própria

Princesa da Lua de Jade, apesar da simplicidade de sua roupa.

Sing Fat não foi mais capaz de tirar os olhos dela, e seu empenho em se conservar emocionalmente apartado da situação dissolveu-se como açúcar em chá quente.

Por baixo do casaco comprido de Sue May Yee, surgiu a serena figura do gato branco. Quando sua dona se ajoelhou em uma almofada em frente à pilha de presentes, assumiu uma pose formal junto a seus joelhos, feito um leão a custodiar um templo. Com os olhos semicerrados, ficou olhando diretamente para Sing Fat com expressão crítica. Sue May Yee endireitou o corpo, juntou as mãos no regaço, mas não ergueu a vista. O lugar que ocupava tinha sido escolhido propositadamente para indicar simetria. A futura noiva de um lado, os presentes do pretendente do outro. Aos olhos do mundo, o valor dos mimos honrava a família, mas nada permitia esquecer a antiga tradição do dote. O benefício estimado de um contrabalançava o valor do outro, e, assim, tudo ficava resolvido mediante uma troca justa.

Sing Fat se sentiu mal com o insensível formalismo da negociação. Não queria senão olhar nos olhos doces de Sue May Yee e averiguar se a proposta nupcial a agradara. Mas ela não erguia a vista. Assim rezava a tradição e o respeito, ele sabia, mas era um tormento não poder lhe falar. Queria desesperadamente saber o que dizia o coração de sua amada. Sua autoconfiança precisava muito de um estímulo, mas tudo indicava que ainda teria de esperar um bom tempo. Somente o Fat mais velho sabia como tinham ficado as cartas do baralho, mas nada dizia.

Enfim, Jong Yee voltou à mesa, curvou-se diante dos dois visitantes, abriu um sorriso nervoso e, com mãos trêmulas, serviu o dourado vinho de arroz que Sing Fat trouxera. A conversa ficou circunscrita a temas superficiais e engraçados, e não houve a mais remota menção à questão do matrimônio. Pouco depois, chegaram o primo Choo e Jong Po Yee, o cunhado mais moço de Sue May Yee. Serviu-se mais vinho, e a conversa seguiu seu curso banal. Durante todo esse tempo, Sue May Yee continuou ajoelhada na almofada, em silencioso contato com o elegante gato. Todos se mostravam alheios a sua presença, assim como à pilha de embrulhos dispostos em frente à bela moça.

Chegaram dois pescadores curtidos de sol. Eram primos do sogro de Sue May Yee e, embora também idosos, mostraram-se animadíssimos e cheios de imaginação. Prenderam a atenção de todos com fantásticas histórias de dragões marinhos e naufrágios.

Serviram-se novas rodadas de vinho de arroz, e, a cada cálice, Sing Fat foi se instalando mais confortavelmente na paz da noite. A verdade era que pouco tinha a dizer, já que a maior parte das perguntas importantes se endereçava a seu padrinho, o mestre Chow Yong Fat.

A julgar pela atenção que lhe davam, o querido afilhado podia ser substituído por um manequim de madeira. Pensando bem, seus recursos capitais estavam tão expostos quanto a própria Sue May Yee, a única diferença era que ele tinha sido obrigado a pagar pelo privilégio de se colocar naquela situação desconfortável e absurda.

Sing Fat ergueu os olhos para fitar sua pretensa noiva e surpreendeu-se ao constatar que ela e o gato branco haviam desaparecido. Somente as marcas de suas pernas na almofada provavam que havia estado lá.

Ele mal conseguia esperar que aquela noite interminável de tortuosa conversa fiada chegasse ao fim: queria falar francamente com o mestre. Era enlouquecedor continuar sem ter a menor idéia da única coisa que realmente importava.

Segundo dispunha a tradição, quando todos tivessem consumido seis cálices de vinho, assim como os doces e bolinhos ao vapor, os parentes começariam a sair exatamente na ordem em que haviam chegado. A despedida foi cortês e um tanto formal, uma troca de sorrisos largos, reverências e amenidades convencionais. Ninguém deixou transparecer sua opinião. Tudo parecia querer deixar a cabeça do noivo à deriva naquele mar de minúcias sem o menor significado.

Assim que o último convidado se retirou, Sing Fat sentiu um cheiro picante de comida que vinha do fundo da casa. Subitamente, deu-se conta de que não tinha tido uma refeição decente aquele dia. Foi justamente nesse momento que Sue May Yee entrou na sala com o primeiro prato: enguia defumada e salmão grelhado com cebola, mexilhões e gengibre quente. O arroz, feito com perfeição, fumegava na travessa. Cinco minutos depois, voltou com lagostim cozido e pombo assado com uma cobertura de pimenta e mel. Por último, serviu postas de garoupa fritas em óleo aromatizado com gengibre e guarnecidas de uma artística composição de legume cozido no vapor. Até mesmo seu velho sogro, normalmente omisso nessas questões, viu-se obrigado a reconhecer com orgulho que a nora se havia superado. Os ingredientes mais exóticos do jantar haviam sido providenciados pelo ansioso pretendente, mas tinham sido preparados com tanto esmero e regados tão prodigamente a vinho de arroz que ninguém se atreveria a ofender os deuses da cozinha com uma palavra de reprovação.

Desde menino, Sing Fat não sabia o que era abundância, de modo que tanto vinho e tanta comida boa deixaram-no simplesmente zonzo. Sabendo que já era tarde, pediu licença para se recolher. O sogro de Sue May Yee riu, fez que sim e disse que a carroça tinha sido especialmente preparada para seu conforto. O mestre Chow Yong Fat ia dormir na casa, perto do fogão. Jong Yee se levantou, pegou um lampião e se ofereceu para iluminar o caminho do rapaz. Sing Fat aceitou com humildade, curvou-se diante do mestre e saiu com o velho. Sue May Yee tinha desaparecido.

A carroça estava posicionada de modo que a traseira, coberta pela lona, ficasse voltada para o lado oposto à fria brisa marinha. Os varais tinham sido atados a um cavalete para que o veículo se mantivesse em posição horizontal. Quando o dono da casa ergueu o lampião, Sing Fat viu que a carroça tinha sido totalmente limpa e que haviam estendido um pequeno tapete em seu leito. Sobre este, havia um colchão acolchoado e cobertores. No fundo da carroça, apoiado em tijolos, um pequeno braseiro se encarregava de afastar o ar úmido. Sing Fat agradeceu, deu boa-noite ao sogro de Sue May Yee e, aceitando o lampião oferecido, subiu na carroça. Tendo arrumado a cama macia, estava vestindo o camisão de dormir quando reparou em uma coisa colorida no travesseiro. Era um pequeno ramalhete de flores do campo preso com uma fita. Esta também prendia um anel de ouro de criança, com uma pequena ametista. Junto a esse tesouro, havia outro ainda mais valioso. Uma pequena bolsa de pano bordado contendo seis lindas conchas quase iguais.

Sing Fat soube imediatamente a origem do presente. Aquele era o único dote que Sue May Yee podia oferecer, mas como ela soubera das conchas? O único que podia ter falado nisso era seu padrinho.

Obviamente, aquilo indicava que Sue May Yee aceitava a sua proposta, e nenhum presente deste mundo o teria deixado mais feliz. Em todo caso, eram os parentes que tinham a última palavra. Deitando-se no fio de uma navalha implacável, Sing Fat, exausto e repleto de vinho de arroz, mergulhou em um sono profundo e sem sonhos.

De manhã, acordaram-no bruscas pancadas do lado de fora da carroça. Pouco depois, a voz do mestre o exortou a se levantar imediatamente. Era tarde e havia muito que discutir. Assim que ele terminasse as abluções, que fosse ter com o boticário, e quanto mais cedo, melhor.

Sing Fat se levantou e encontrou duas bandejas na boléia. Uma continha água quente e um trapo com que se lavar; a outra, uma pequena chaleira e um prato de bolinhos de arroz. Ao lado da bandeja do chá, havia uma pequena rosa silvestre sobre o guardanapo. Com um sorriso nos lábios, ele começou a se lavar.

Encontrou o mestre às voltas com as perguntas incessantes dos meninos da aldeia, que achavam que podia haver alguma coisa interessante para eles nas negociações dos adultos. Ante a iminência das comemorações, aglomeravam-se como pardais famintos, na esperança de que o céu derramasse a parte que lhes tocava de quitutes de arroz e bolos de mel. Avistando o aprendiz, o Fat mais velho lhe fez um sinal impaciente e se pôs a caminho do centro do vilarejo, apressado como se estivesse fugindo dos mosquitos.

Com o coração repleto de ansiosas perguntas, Sing Fat correu para alcançá-lo, porém antes que pudesse articular uma sílaba, seu mentor o felicitou pela conclusão bem-sucedida do contrato nupcial. Disse que a generosidade de seu jovem amigo praticamente anulara qualquer objeção que os parentes de Sue May Yee porventura pudessem opor. Aliás, como a futura noiva era viúva, a liberalidade do pretendente podia ser considerada um tanto conspícua naquelas circunstâncias assimétricas, é claro. E, como ele já havia dito, a situação difícil eliminava qualquer possibilidade de um dote em retribuição.

Naquele momento, Sing Fat se deteve e contradisse educadamente o mestre. O dote havia sido oferecido, disse, e ele o aceitara alegremente. O boticário girou sobre os calcanhares com ar de perplexidade. Ninguém tinha mencionado um dote. Como era possível? Com um sorriso radiante, Sing Fat tirou de baixo da túnica o buquê de flores do campo com o anel de criança e o saquinho bordado de conchas. O Fat mais velho balançou a cabeça, riu e deu um tapa nas costas do discípulo com uma expressão de admiração e aprovação. Sem dúvida, ele era uma grande alma com coração de poeta, disse. Confessou que estava orgulhoso e contente com o aluno tão empreendedor.

Perto do centro do vilarejo, havia um pequeno santuário ao ar livre, construído pro Chee Kong Tong e dedicado à paz, à longevidade e à felicidade geral da comunidade. Lá o Fat mais velho se deteve e propôs que acendessem um pequeno feixe de incenso em homenagem a Tong e lhe pedissem que abençoasse a opulenta cerimônia daquela tarde.

Sing Fat concordou e depositou algumas moedas na caixa das almas. A seguir, cada um deles pegou um feixe de incenso, acendeu os bastões de cheiro adocicado em um pequeno braseiro e colocou a oferenda na tigela cheia de areia sob a invocação caligráfica que pedia ao céu que abençoasse e preservasse a população da aldeia.

Feito isso, o mestre boticário propôs um passeio até a praia, onde talvez pudessem comer um pouco num dos pequenos e instáveis barracos que serviam refeições perto da baía. Lá, ele orientaria o discípulo sobre os procedimentos na cerimônia de noivado, as estipulações do contrato nupcial e outros protocolos pertinentes que reclamavam atenção.

Encontraram uma boa lojinha de macarrão e se instalaram à mesa feita com uma velha porta de escotilha. A tábua ainda conservava parte do nome do infeliz barco à qual pertencera: Saint Paul era tudo que se podia ler.

O mestre e o discípulo comeram ouriço-do-mar recém-cozido no vapor e ovas diretamente da concha, e ficaram observando a atividade na praia. Posto que o dia ainda estivesse ensolarado, os pescadores estavam puxando os juncos para a parte mais alta da praia, onde várias mulheres limpavam e esquartejavam tubarões.

Sing Fat achou curioso que, embora ainda fosse tão cedo, ninguém se dispunha a pescar. Pelo contrário, os homens estavam empenhados em tirar a isca dos anzóis e enrolar as centenas de metros de linhada de pesca no fundo do mar, enquanto outros despojavam seus juncos dos botalós e das tochas. Quando ficaram bem afastadas do mar, as embarcações foram viradas de ponta-cabeça por cima das toras sobre as quais rolavam, firmadas com cordas e grandes estacas enterradas meio metro na areia. Era como se os pescadores temessem que os juncos acabassem flutuando misteriosamente no céu se não estivessem bem amarrados à terra.

A curiosidade de Sing Fat aumentou ainda mais quando ele viu os homens puxando as redes, que secavam nos estaleiros, para amontoá-las nos barracos à beira da praia. Perguntando a um pescador que passava o motivo daquela atividade, foi informado que dois navios, chegados recentemente, acabavam de ultrapassar outra borrasca que vinha do sul. Aquele tinha sido um ano muito estranho e infeliz, acrescentou o pescador. Surgiam tormentas fora de época, e peixes que normalmente só eram encontrados muito mais ao sul estavam aparecendo na baía, ao passo que o salmão e o arenque, que costumavam ser abundantes naquela estação, tinham se deslocado para o norte. E acrescentou que a última tempestade forte pilhara o vilarejo de surpresa, e eles tinham perdido alguns juncos valiosos. Dessa vez, não iam se arriscar.

Essa conversa instigou o Fat mais velho a dizer que deviam tratar de selar o acordo o mais depressa possível. Queria voltar a Salinas antes que o tempo mudasse. E, instando o rapaz a se apresentar pontualmente à uma hora, apressou-se a cuidar dos preparativos da tarde. Isso permitiu a Sing Fat ficar passeando à vontade até a hora marcada. Ele resolveu voltar pela praia, observando o trabalho das pessoas.

Caminhando na orla, viu uma mulher estripar e esfolar um leão-marinho com tanta habilidade que terminou a operação em menos de cinco minutos. Viu muita gente ocupada em acondicionar a lula seca de modo que a tempestade não destruísse aquele fétido tesouro. Também observou os coletores de algas guardarem o produto seco para que fossem ensacados e armazenados sob um telhado.

Quando chegou à extremidade sul do vilarejo, ergueu a vista e viu Sue May Yee sentada no alpendre do fundo com o gato branco. Estava debulhando feijão-soja e cantarolando distraída. Era a oportunidade que ele tanto esperava. Afastando-se da praia e subindo pelas pedras, aproximou-se do alpendre. Ao vê-lo, Sue May Yee sorriu e o convidou a lhe fazer companhia enquanto ela trabalhava. Não precisou insistir, em poucos segundos, Sing Fat estava sentado nas tábuas soltas da varanda, sendo que apenas o gato separava o casal. Este pouco se importou com a presença do rapaz. Parecia concentrado nos movimentos sutis de um louva-a-deus empoleirado em um broto de alecrim que nascera no vasinho quebrado de mostarda que se equilibrava na beira do alpendre.

No começo, o casal ficou enredado em uma nervosa troca de sorrisos acanhados, rubores e frases inconclusas, um a pedir desculpas por interromper o outro. Depois mergulharam em um silêncio feliz e ficaram observando as ondas arremeterem contra as rochas ao longe. Sing Fat estendeu a mão para acariciar o gato, que aceitou o afago sem tirar os olhos da fastidiosa imobilidade do inseto. O louva-a-deus esfregou as patas dianteiras, sinal de que acabava de deglutir um suculento banquete. Sing Fat pensou que o gato seria o próximo a se banquetear caso o louva-a-deus continuasse distraído.

Para puxar conversa, perguntou a Sue May Yee se o bichano tinha nome. Ela ergueu os olhos e, corando modestamente, riu. Disse que o animal, uma gata, aliás, tinha o nome dela. Não o nome verdadeiro, é claro, mas o apelido que seu pai lhe dera quando ela era menina. E confessou que ele a mimava muito, chamava-a de "Duquesa Imperial de Woo".

Quando ganhou a gatinha branca de uma prima, ela recordou aqueles dias remotos e felizes e, em homenagem ao pai, assim como aos perdidos prazeres da infância, deu ao bichinho o nome de Duquesa Imperial de Woo.

Sing Fat abriu um largo sorriso e concordou com um gesto. Disse que o nome combinava perfeitamente com uma gatinha tão patrícia. E esta olhou para ele como se tivesse entendido todas as palavras. Depois, levantando-se, bocejou escandalosamente, espreguiçou-se e, satisfeita, instalou-se em seu colo. Sing Fat se pôs a lhe acariciar o pêlo alvíssimo. Segundo Sue May Yee, esse foi um grande triunfo para o pretendente a noivo. O gesto de confiança e aceitação, por parte de sua inseparável companheira, deixou-a sumamente satisfeita. Ela comentou o fato, pois a Duquesa não costumava aceitar ninguém, a não ser a dona. Sue May Yee sentiu que aquele gesto inocente tinha um significado profundo e alvissareiro. Se a Duquesa de Woo, que estava mais próxima que os seres humanos dos deuses da intuição e da fortuna, aceitava Sing Fat de bom grado, talvez sua futura união já estivesse abençoada.

Sue May Yee achou melhor deixar que a sorte assim traçasse seu caminho. A roda do destino havia girado uma vez mais, e ela estava satisfeita com o que lhe fora reservado. Os deuses finalmente tinham sorrido para sua solidão. Ela conheceria a alegria de ser mãe e a força transmitida pelo amor e a família.

O casal passou uma hora ali, discutindo questões aparentemente triviais, mas tratando de se acercar lentamente do assunto do casamento iminente. A cada momento que passava, os dois iam se sentindo mais à vontade com o tema, e isso permitiu a Sing Fat discutir seus planos para o futuro do casal.

Disse que, quando retornasse a Salinas, arrendaria uma casa modesta com um pedaço de terra para uma horta. Conhecia um bom lugar, no norte da cidade, não muito longe das belas Montanhas Gabilan. A propriedade era de um amigo do mestre boticário. Com o passar dos anos e a saúde fraca, esse senhor idoso havia decidido mudar-se para Castroville e morar com o filho mais velho, que tinha uma pequena mercearia na esquina da rua McDougall com a Speegle. O pai tinha planos de arrendar a propriedade, com uma promessa de compra, por um preço bastante razoável. Fazia anos que seu mestre, o boticário, tratava do velho e o mantinha vivo, de modo que eles contavam com a gratidão deste para facilitar o negócio.

Passado um momento, Sing Fat acrescentou que, se Sue May Yee concordasse e achasse conveniente, ele teria muito prazer em cuidar também de seu idoso sogro. Fazia muito mais calor em Salinas. Longe do vento frio do oceano e da neblina da baía, os ossos do velho recuperariam um pouco da flexibilidade, e Sing Fat e seu mestre estariam sempre por perto para cuidar da saúde de Jong Yee se necessário. Afinal, o velho Yee haveria de se sentir muito mais à vontade e mais satisfeito cuidando de sua própria horta do que enfrentando o duro trabalho de empilhar lulas secas em troca de alguns centavos.

Sue May Yee o fitou, e Sing Fat viu as lágrimas brilharem nos cantos de seus olhos. Disse que a consideração de Sing Fat pelo bem-estar de seu sogro era uma honra muito singular e o melhor presente que ela podia esperar. Sem dúvida, seu futuro esposo era um homem de moral e princípios filosóficos elevados, tão digno da bênção da boa sorte quanto qualquer filho do céu. Somente uma grande alma dava mais valor à compaixão que à prosperidade. E, inclinando a cabeça, disse formalmente e pela primeira vez que se sentiria honrada em vir a ser sua esposa e amiga em toda adversidade. Dessa vez foi Sing Fat que corou e ficou com os olhos cheios de lágrimas.

Talvez fosse a isso que os poetas e cantores se referiam quando falavam em devoção duradoura. Fosse o que fosse, ele soube imediatamente que aquela moça simples, mas forte, agora era dona de cada partícula da sua existência. E, olhando para a gata, ficou surpreso ao dar com aqueles olhos verdes fitos nos seus. Passado um momento, o bichinho piscou e, a seguir, para a grande surpresa de Sing Fat, lambeu-lhe a mão e voltou a adormecer em seu colo.

Esses gostosos devaneios foram interrompidos por vozes animadas no interior da casa. Ele reconheceu entre elas a de seu mestre. E sentiu a intrusão como uma picada de abelha. Queria que aqueles momentos felizes durassem o dia inteiro. Sacudiu a cabeça, como que para se livrar de um sonho indesejável. Compreendendo de pronto que não aprovariam encontrá-lo a sós com Sue May Yee, tirou a gata do colo e a depositou delicadamente ao lado da dona. Deu um tapinha reconfortante na mão da moça, sorriu com confiança e saltou do instável alpendre para as rochas mais abaixo. Voltou-se e viu o sorriso alegre que Sue May Yee lhe endereçava. Era como se ela pudesse ler seu pensamento. Refletindo um instante, Sing Fat compreendeu que não se sentia tão bem desde a infância. Pela primeira vez em muitos anos, podia dizer que era uma felicidade estar vivo. Despedindo-se com um aceno, contornou a casa para entrar pela porta da rua e dar a impressão que acabava de chegar.

À tarde, a modesta cerimônia de noivado decorreu perfeitamente bem, com mais uma distribuição de presentes e gentilezas. Depois da assinatura do contrato nupcial, serviu-se a todos um despretensioso jantar comemorativo. Uma vez mais, o casal ficou separado, mas Sing Fat conseguiu suportar a provação. Sua impaciência juvenil abrandou-se com a consciência de que, dentro de quinze dias, ele e Sue May Yee seriam marido e mulher. O Fat mais velho propôs esse prazo para que tudo ficasse convenientemente preparado em Salinas. Depois disso, o casal teria todo o tempo do mundo para desfrutar a companhia um do outro.

No fim da festa, o boticário ordenou ao discípulo que deixasse tudo pronto para viajarem ao amanhecer do dia seguinte. Seus planos originais eram de viajar logo depois da cerimônia de noivado, mas a esposa de um pescador veio bater na porta de Jong Yee e, em prantos, implorou que o boticário fosse socorrer seu marido doente. O pobre homem tinha sido fisgado por um anzol, quando um tubarão mordeu a isca prematuramente, e, puxado por sua própria linhada, caíra do junco e fora atacado pelo feroz peixe. Infelizmente, muitas feridas tinham infeccionado, e o pescador estava com muita febre. Desesperada, a mulher pediu ao sábio curandeiro que atendesse seu marido, coisa que o ocupou até tarde da noite.

Embora preocupado com o ferido, Sing Fat ficou secretamente satisfeito com o adiamento da viagem. Teve mais uma oportunidade de ver a futura esposa e conversar com ela.

A neblina do amanhecer se dispersou, descortinando um céu claro, sem o menor sinal da tempestade iminente. Embora a viagem ocupasse a maior parte do dia, o tempo parecia não existir pra Sing Fat. Falou pelos cotovelos e grasnou feito um corvo durante toda a jornada. O boticário reparou naquela mudança de disposição. Tudo indicava que os longos anos de decepções e sofrimentos brutais tinham se esfumado, deixando atrás de si um rapaz alegre, com um mundo de infinitas oportunidades a sua espera. Ele reconsiderou o casamento iminente do discípulo pensando na estabilidade que tal união proporcionaria. Agora que Sing Fat tinha assumido responsabilidades matrimoniais, era de se esperar que se empenhasse ainda com mais diligência em melhorar sua situação pelo bem da recém-inaugurada família.

Chegaram à botica ao anoitecer, e Sing Fat se ocupou da mula e da carroça antes de voltar para casa e ter um merecido descanso. No dia seguinte, foi para a farmácia mais cedo que de costume; trazia uma canção nos lábios e um espasmo de ansiedade no peito juvenil. O boticário ficou satisfeito ao vê-lo trabalhando com tanto entusiasmo e alegre diligência.

O estabelecimento teve uma jornada movimentadíssima. A ausência do Fat mais velho criara um acúmulo tão grande de solicitações que nem o mestre nem o discípulo tiveram tempo de comer durante todo o dia. A chuva chegou à noite e veio com fúria vingativa. A água se precipitou em torrentes, transformando as ruas e avenidas sem calçamento em um verdadeiro mar de lama.

Choveu assim durante dois dias e duas noites. O vento às vezes soprava a uma velocidade assombrosa, causando danos consideráveis às casas mais modestas da cidade. As tabuletas foram arrancadas, e a mais insignificante imperfeição no telhado fazia com que a água jorrasse pelas rachaduras e goteiras. Mas nada disso afetou o alegre e bem-humorado aprendiz. Sing Fat andava na chuva como se estivesse tostando ao sol. Seu coração e seu pensamento estavam longe, na companhia da noiva, e nenhum véu de tristeza ou preocupação era capaz de lhe encobrir o fulgurante otimismo. Seu estado de espírito tornou-se contagioso, e até mesmo o velho boticário se pôs a rir e brincar bem mais que de costume.

O temporal finalmente amainou, e os raios quentes do sol começaram a secar a cidade. O vapor subia das ruas encharcadas como se a terra estivesse borbulhando de calor. Cada poça se converteu em uma bacia para o ruidoso banho dos estorninhos migrantes.

No que dizia respeito a Sing Fat, o mundo gozava da mais perfeita ordem e os deuses estavam em paz em seu palácio de jade no céu. Quando não trabalhava na botica, ele se entregava aos detalhados preparativos do casamento. A festa seria pequena, dela participariam apenas os parentes imediatos de Sue May Yee, o Fat mais velho, é claro, e o sacerdote taoísta encarregado de celebrar a cerimônia. Organizou-se um banquete modestamente elaborado, mas, para comemorar sua verdadeira felicidade e seu orgulho pela esposa, Sing Fat também contratou um trio para tocar música chinesa tradicional. Esse detalhe saiu bem caro, mas ele sabia que Sue May Yee adoraria a música, de modo que se recusou a regatear e pagou um terço do valor adiantado a fim de garantir a participação entusiasta dos músicos.

Também deu uma contribuição ao templo taoísta para evitar negligência espiritual durante o ritual. Na infância, Sing Fat ouvira muitas vezes o ditado que afirmava que a gente só recebia o equivalente ao valor verdadeiro do dinheiro, portanto concluiu que a generosidade, nesses casos, nada tinha de impetuoso ou temerário. O mestre boticário concordou. Em requisitos tão importantes, não valia a pena ser frugal, disse. Os deuses detestavam a sovinice e só davam conforme recebiam. Sing Fat estava decidido a não ser considerado faltoso no tocante à mão aberta da liberalidade e cuidou para que tudo se realizasse de acordo com as melhores tradições do Império do Meio. Não deixaria faltar à noiva nada que ele tivesse a possibilidade de providenciar. A mera idéia de ver um sorriso nos lábios adoráveis da sua pretendida o enchia de felicidade. Em nome da modéstia, o boticário procurava frear as inclinações mais sofisticadas do discípulo. Afinal de contas, ia se casar com uma viúva, de modo que o protocolo era um pouco diferente.

Essas bem-intencionadas admoestações pouco fizeram para arrefecer o ardor de Sing Fat, e ele continuou gastando o ouro ganho com tanto sacrifício em presentes para a futura esposa. Fazia-o, disse, porque lhe dava prazer, e ele tinha o direito de experimentar alguns prazeres na vida. Não era demais pedir um pouco de indulgência nesse aspecto.

O Fat mais velho compreendeu e deixou de fazer restrições a cada aquisição. Reconheceu o direito do afilhado de fazer o que bem entendesse com seu ouro e apreciou-lhe a generosidade. Confessou que tinha visto desperdícios muito piores em nome de meras extravagâncias, e a relação de Sing Fat com Sue May Yee estava longe ser uma extravagância desmiolada. Ele confiava no aluno como um jovem compassivo, dono de uma experiência sóbria e estável. Não era o tipo de pessoa que se deixava levar por influências irresponsáveis ou desregradas.

No sexto dia após o retorno a Salinas, Sing Fat e seu mestre estavam trabalhando na botica. Era um dia luminoso e agradável. O recente temporal dera ao ar o brilho de uma jóia, e o cheiro da aveia e da alfafa recém-colhidas pairava na cidade como um doce perfume de terra. Sing Fat achava que nunca tinha visto um dia tão lindo, conquanto reconhecesse que a maior parte do que sentia se devia à sua recém-descoberta percepção da felicidade e da perspectiva de realização. Nada lhe alteraria o estado de espírito. Ele estava acima do assédio dos preconceitos sórdidos e de má índole. Dominado pela devoção e o altruísmo para com seus semelhantes, nada era capaz de lhe abalar o entusiasmo espiritual e o bom humor.

Por volta das duas horas, quando Sing Fat estava separando um carregamento de raiz de *ginseng* vermelho e folhas de *gotakola* da Índia, um homem um tanto descabelado entrou na botica, trazendo um cesto de vime no braço. Devia ter passado muito tempo viajando, pois estava coberto da poeira que as carroças levantavam na estrada.

Como não identificou o viajante de pronto, Sing Fat retomou o trabalho. O homem avançou alguns passos e parou no centro da farmácia. Sing Fat ergueu a vista ao ouvi-lo dirigir-se ao mestre boticário, chamando-o de "querido benfeitor". Só então reconheceu o recém-chegado: era um dos mineiros que eles tinham salvado e transportado a Monterrey. Pretendia ser pescador e, a julgar pela sua aparência, conseguira o que queria.

O Fat mais velho o saudou gentilmente e lhe perguntou em que podia servi-lo. Uma expressão de grande tristeza se estampou no rosto do pescador antes que ele começasse a falar. As lágrimas que lhe escorreram dos olhos criaram um fluxo lamacento em suas bochechas sujas, mas ele não conseguiu dizer nada. De súbito, seu pesar se manifestou em um prolongado gemido de dor, e ele caiu de joelhos e se pôs a soluçar amargamente. O boticário contornou rapidamente o balcão e se curvou para ajudá-lo a se levantar, mas o coitado estava inconsolável e se limitou a baixar a cabeça e chorar. A primeiras palavras que se conseguiu tirar da pobre criatura jogada no chão foram pedidos de perdão e, durante alguns momentos, isso foi tudo que conseguiu dizer.

Quando o mestre boticário disse que ele nada tinha feito que precisasse ser perdoado, o sujo pescador estremeceu e gemeu ainda mais alto, enquanto suas lágrimas pingavam no piso de madeira.

Sing Fat ficou absorto com a cena. Nunca na vida tinha visto um homem tão devastado pela dor e a aflição, nem mesmo nas minas.

Por fim, o pescador recuperou algo vagamente parecido com autocontrole e tornou a pedir perdão. O boticário insistiu para que ele se explicasse, e o homem coberto de poeira se levantou, agarrou o cesto e, com a voz entrecortada por soluços intermitentes, começou por dizer que ninguém devia carregar o fardo de semelhante notícia. Mas sentia que devia a vida aos dois veneráveis cavalheiros, de modo que viera a pé de Point Alones para dá-la. Não queria que a notícia lhes chegasse da boca de um estranho, o que seria a pior das mágoas. Tinha empreendido aquela viagem em sinal de respeito. Repentinamente, Sing Fat teve um pressentimento, e o sangue pareceu incendiar-se em suas veias. Exigiu saber o que tinha acontecido e a quem.

O pescador soluçou uma vez mais e começou a contar. Disse que, um dia depois que eles tinham partido de Point

Alones, a tormenta esperada se abateu com ventos pavorosos e um mar monstruosamente revoltado. Disse que, embora ninguém tivesse certeza absoluta do que de fato acontecera, a pequena aldeia de pescadores viveu algo parecido com um terremoto, mais ou menos às três horas da madrugada. As ondas arremeteram contra a praia com tal ferocidade que ninguém sabia ao certo se era a terra ou o mar que provocara tamanho abalo. As pessoas tiveram de sair para não ser esmagadas por suas próprias casas. Poucos momentos depois, uma onda enorme se ergueu na baía, feito um dragão vingativo. Subiu a uma altura assombrosa e se precipitou diretamente sobre o povoado. Devido à escuridão, o tamanho da onda só pôde ser avaliado por sua crista luminosa. Parecia chegar às nuvens.

O pescador chorou uma vez mais e tentou concluir a terrível narrativa. Antes que alguém pudesse dar o alarme, a violenta onda se abateu sobre as rochas, destruindo as três residências erigidas bem ao sul da aldeia. Desgraçadamente, a de Jong Yee desapareceu com as outras duas. O que dela restou foi arrastado para o mar como palitos de fósforo.

Ao amanhecer, deram com o corpo de Sue May Yee destroçado nas rochas. Não acharam mais ninguém. Sete adultos e seis crianças desapareceram completamente. Sue May Yee sobreviveu apenas algumas horas antes de ir se reunir a seus veneráveis ancestrais, mas conseguiu enfeixar forças para pedir que enviassem um legado a seu futuro esposo com uma mensagem. Que pedissem ao jovem mestre que não ficasse triste. Ela voltaria para ele um dia. Era a vontade do céu, o mandamento do amor. Até lá, Sing Fat devia ser o guardião de sua emissária. Com isso, a Duquesa Imperial de Woo abriu a tampa do cesto, sacudiu de leve a cabeça, olhou para Sing Fat e soltou um longo miado de agradecimento.

O choroso pescador contou que a gata tinha sido encontrada em um cipreste não muito distante da praia, molhada, assustada, mas intata. Ele trouxera o animal, atendendo o pedido de Sue May Yee, mas ninguém conseguia entender como o pobre bichinho sobrevivera se todos os outros haviam desaparecido.

O Fat mais velho olhou para o aprendiz e sobressaltou-se com o que viu. O corpo e a forma do rapaz continuavam lá, sem dúvida, mas sua alma e seu coração desapareceram instantaneamente, fugiram nas asas do choque, da incredulidade, da raiva. Sing Fat ficou olhando para a bonita gata branca, mas não disse uma palavra nem expressou a menor emoção.

O aflito viajante tornou a pedir perdão por ser o portador de uma notícia tão triste. Preferia ter perdido o braço direito a ser o arauto de semelhante tragédia, mas tinha sido essa a vontade do céu.

Sing Fat continuou calado, não disse uma palavra.

Chow Yong Fat ficou profundamente perturbado ao constatar que a expressão de seu discípulo não manifestava uma reação humana normal. Não se detectava a mais remota emoção por trás do petrificado silêncio do aprendiz. A luz do seu espírito havia se apagado, a experiência lhe dizia que aquilo era sinal de perigo. Um passo adiante, e Sing Fat se precipitaria facilmente no abismo sem fim da loucura espicaçada pela angústia.

O boticário já tinha visto o efeito de semelhante choque e semelhante dor, sabia que estava além do alcance dos recursos medicinais. Tratava-se de uma dor que nenhuma poção era capaz de mitigar e nenhum sacrifício ou cuidado conseguiria abrandar. O curandeiro se sentiu totalmente impotente para alterar o curso dos acontecimentos.

O que acontecesse nos momentos seguintes, por extremo e drástico que fosse, definiria os parâmetros da reação. Chow Yong Fat agarrou-se ao balcão, conteve a respiração e aguardou. Temeroso, o pescador ergueu os olhos e também aguardou.

Sing Fat ainda passou alguns momentos imóvel, depois, sem dizer uma palavra nem alterar a expressão, agachou-se e pegou delicadamente a gata. Estreitou-a ao peito e lhe acariciou a cabeça com a bochecha. A seguir, saiu da botica.

O incidente deixou o Fat mais velho extremamente amargurado, sentindo que a sua participação em tudo merecia ser considerada demasiado intrusiva. Como os desígnios do céu obviamente não coincidiram com os fatos que ele havia planejado, o mínimo que se podia dizer era que sua percepção profissional era um fracasso. Devia ter agido mais cedo. Se não tivesse aconselhado Sing Fat a ser paciente e esperar, o casal agora estaria unido e a desgraça não o teria atingido. Ele devia ter pressentido o desastre vindo do mar e tratado de garantir a segurança dos dois. Muitas auto-acusações parecidas lhe visitaram o pensamento e os devaneios.

Depois de esperar uma semana o retorno do jovem amigo, mas sem saber de seu paradeiro, o boticário começou a investigar. Alguns disseram que um rapaz de descrição semelhante fora visto em Watsonville, em um antro de ópio. Outros tinha ouvido dizer que o jovem estava trabalhando na estrada de ferro. Mas todos esses relatos resultaram falsos. Um dia, um velho cliente contou que vira uma pessoa parecida com Sing Fat comprar uma pequena charrete, uma mula e um burro em uma cocheira de Monterrey. Esse observador acrescentou que o homem em questão já não vestia roupa chinesa, e sim um macacão, botas de marinheiro e um comprido guarda-pó de brim. Também usava um chapéu-coco preto. Diziam os boatos que levava uma espingarda calibre doze debaixo do guarda-pó.

O Fat mais velho achou difícil acreditar em tal história. Nada disso se parecia com o Sing Fat que ele conhecia, mas esta era a única notícia que lhe chegara. Talvez fosse verdadeira. Talvez a loucura tivesse se instalado na alma do rapaz.

O único indício que finalmente o convenceu de que essa identificação podia ser exata foi a notícia de que o indivíduo descrito sempre viajava em companhia de um bonito gato branco. Essa última informação arrolhou a garrafa da especulação.

Enfim, Chow Yong Fat, boticário e curandeiro de prestígio local, enterrou definitivamente a esperança de que seu talentoso discípulo e amigo um dia voltasse a ser o homem que ele conhecera. A aflição que costumava afetar as vítimas de tais cataclismos consumira seu aluno mais promissor, e não havia remédio para tamanha desgraça, a não ser a oração. As pessoas ou sobreviviam, ou feneciam ante um tão tremendo desgosto.

Com razão, o velho imaginou que nunca mais voltaria a ver Sing Fat. Sendo as coisas como eram, ele não seria o último filho do Império do Meio a enlouquecer na terra dos bárbaros.

Era triste pensar, mas nenhum solo sagrado acolheria seus ossos, seu túmulo não receberia o cuidado das futuras gerações da família que ele esperava fundar.

Chow Yong Fat tornou a sua antiga solidão. Perdeu a esperança de encontrar alguém a quem transmitir seus conhecimentos e sua experiência, mas a decepção fazia parte da moeda circulante no comércio com o céu em troca do dom da vida. Decidido a aceitar esse fato, retomou o trabalho como de costume. Por respeito à perda que sofrera, ninguém voltou a mencionar seu trágico aprendiz.

Sete meses depois da morte de Sue May Yee, no Ano-Novo do calendário chinês, o mestre Chow Yong Fat foi ao distrito de Brooklyn de Watsonville para participar das comemorações como hóspede de um velho amigo, o dr. Lee Wah. Era tradicional pagar dívidas no Ano-Novo, e esse foi um dos motivos da viagem. Ele tinha negócios com os donos da Fon Lee Look Company, da Ling Fook Company e da Quong Wo Company, e havia importantes dívidas a cobrar e a pagar naquela época propícia do ano.

Também pretendia fazer uma visita a um antigo benfeitor, T. M. Shew, que agora possuía um armazém na estrada de San Juan. Shew se tornara sócio de um cinema chinês, nas proximidades de Pajaro River, e o velho Fat queria muito conhecer aquela estranha novidade.

O boticário retornou a Salinas dois dias depois da comemoração do Ano-Novo. Era tarde da noite e não se via vivalma na rua. Mal ele fechou a loja e subiu para o quarto, começaram a bater com força na porta da rua.

Chow Yong Fat naturalmente acreditou que se tratava de uma emergência médica rotineira e desceu para atender. Ao abrir a porta, teve um choque, pois deu com um sinistro caubói que lembrava os bandidos que apareciam estampados nas publicações baratas. Ia bater a porta na cara do desconhecido quando avistou um bonito gato branco saindo de baixo do guarda-pó de viagem do recém-chegado.

Tornou a erguer a vista e, à luz fraca, viu que, por trás da barba hirsuta, do bigode e do cabelo comprido e despenteado, brilhavam os olhos de seu ex-aprendiz, Sing Fat. Tinha mudado tanto que o boticário quase não o reconheceu.

Atrás de Sing Fat, na rua, havia uma carroça puxada por uma mula, com um burrinho cinzento amarrado na traseira. Aos pés do rapaz, viam-se alguns sacos grandes, muito cheios, e um pequeno cofre de ferro. O Fat mais velho escancarou a porta e o convidou cordialmente a entrar. A Duquesa de Woo passou à frente, seguida por Sing Fat, que arrastou consigo os sacos e o cofre.

Houve alguns momentos de acanhado silêncio antes que Sing Fat saudasse o antigo mestre. Este constatou de pronto que não era só na aparência que ele havia mudado. Já não falava no seu modo rápido e juvenil. Sua voz engrossara muito, e ele falava com uma cadência lenta, estudada, dando a impressão de que acabava de aprender seu próprio idioma.

Sing Fat pediu desculpas por ter chegado tão tarde da noite. Estivera lá no Ano-Novo para pagar suas dívidas, como rezava a tradição, mas o informaram de que o mestre Chow Yong Fat estava em Watsonville. Disse que esperaria até o dia seguinte, mas tinha negócios de que cuidar e queria viajar o mais depressa possível.

Confuso, o velho sacudiu a cabeça e disse que não se lembrava de nenhum débito. O ex-aluno já o havia pagado a sua maneira e não lhe devia nada. Mas Sing Fat contrapôs que certas dívidas eram questão de opinião e, na sua, ele lhe devia muito por tudo quanto o Fat mais velho lhe ensinara. Considerava que o serviço prestado pelo mestre tinha um valor imenso e, portanto, era digno de remuneração, ainda que o boticário não pensasse assim. Tirando um facão de sob o guarda-pó, começou a abrir os sacos e a depositar seu conteúdo no balcão.

Chow Yong Fat ficou surpreso e admirado com a variedade e o valor dos presentes. Havia sacos de *ginseng* silvestre da Índia, quilos de ervas raras da serra, ouriço-do-mar em conserva, frutos secos de zimbro e raríssimas barbatanas de tubarão de águas profundas em feixes secos de cinco quilos. Também deu ao antigo mestre rolos de pele de gamo muito bem defumada, raiz de naja, cortiça de salgueiro da melhor qualidade e bexiga curtida de javali da serra, assim como suas presas recurvadas, cujo brilho rivalizava com o do mais fino marfim. Além disso, empilhou potes lacrados com cera de enguias verdes em conserva, e jarros cheios de favos de mel silvestre, assim como grandes abelhas pretas da mata preservadas em seu próprio mel. Por fim, colocou o pesado cofre no balcão e o abriu com uma chave de ferro. Dele tirou cinco tubos de pena de ganso recheados de ouro em pó, totalizando aproximadamente cento e cinqüenta gramas. Disse que o ouro era para ajudar a botica do mestre e financiar o recrutamento de ajudantes qualificados.

Sing Fat se deteve, olhou para a Duquesa trepada no escalfador e disse que aquilo era o mínimo que ele podia fazer depois de ter abandonado o mestre de uma hora para outra. Acrescentou que pretendia voltar periodicamente com mais ingredientes úteis à arte da medicina. Os lucros que suas contribuições eventualmente rendessem deviam ser reinvestidos na botica. Abriu um sorriso. Explicou que já não precisava muito de dinheiro. Sua vida agora era mais simples, quase sem gastos.

O Fat mais velho quis saber o que ele fazia e onde estava morando, mas o ex-discípulo se esquivou da pergunta, pedindo desculpas pelo transtorno, a decepção e a preocupação que devia ter causado ao querido mestre. Disse que, embora continuasse muito interessado pela medicina e pela coleta de espécimes úteis à sua prática, já não conseguia suportar a companhia de outras pessoas. Preferia viver longe da sociedade humana e não queria estar com ninguém, à parte a sua querida Duquesa de Woo. Esta, juntamente com a mula Po Lin e o burro chamado General Sing, era toda a companhia de que ele precisava na vida.

Para morar, preferia as montanhas de Big Sur. Lá se sentia protegido das devastações deste mundo injusto e dos terríveis flagelos do céu.

Dito isso, estalou a língua, e a Duquesa retornou de suas explorações felinas e, com um salto ágil, subiu em seus braços. Sing Fat se curvou diante do mestre e lhe desejou um Ano-Novo próspero e fértil.

Segurando o cofre debaixo de um braço e carregando a gata no outro, desapareceu na noite, deixando seu assombrado benfeitor a refletir sobre o poder do sofrimento sobre a vida dos homens. Teve a impressão de que, quanto mais envelhecia, menos compreendia os meandros e a fragilidade do coração humano. Para ele, bastava saber que o órgão bombeava o sangue e mantinha as pessoas vivas apesar dos caprichos da natureza.

Seja como for, Sing Fat fugiu das malhas da sociedade chinesa e do contato com a humanidade em geral. Passou trinta e nove anos peregrinando nas serras e no litoral de Big Sur. Todos os moradores da região se lembravam de tê-lo visto a caminho de suas enigmáticas expedições de coleta, sempre acompanhado da gata branca. Ninguém sabia nem estava interessado em saber como ele ganhava a vida ou onde morava. Era sempre exageradamente cortês com todos, mas nunca procurava a companhia de ninguém. Não tinha amigos e raramente falava, a não ser quando lhe dirigiam a palavra.

Havia umas poucas almas que Sing Fat considerava úteis e merecedoras de um pouco de atenção. West Smith, Horace Hogue, J. W. Gilkey e os Post entravam nessa categoria; à parte isso, não tinha senão vagos conhecidos que pouco lhe importavam, a não ser os infreqüentes parceiros comerciais.

Depois da morte do mestre Chow Yong Fat, seu ex-aprendiz comprou uma charrete maior e entrou no comércio de algas. Às vezes se detinha no rancho dos Post para comprar maçã, açúcar, fumo e um pouco de carne quando os veados escasseavam. Mas, fora isso, o chinês e os motivos que o levavam a ter uma existência tão isolada, no agreste litoral de Big Sur, continuaram sendo um mistério para todos.

Um dia de primavera, um vaqueiro que ia passando deu com Sing Fat, então já muito velho, sentado debaixo de um carvalho grande, perto de sua charrete. Dava a impressão de que dormia, mas na verdade estava morto. Parecia tranqüilo e finalmente em paz com o mundo. Foi sepultado no flanco de uma montanha, não muito longe do lugar onde o encontraram.

Alguns anos depois, acharam a cabana de Sing Fat no alto da serra. Em uma clareira bem preservada, com vista para o mar, perto de sua tosca morada, descobriram um pequeno túmulo enfeitado. Era do tamanho adequado para um gato. Coroava-o um santuário chinês muito simples, habilmente construído com madeira e pedra. O texto intrincadamente gravado e pintado na lápide estava escrito em chinês. Traduzido, dizia: "Aqui jaz o verdadeiro coração e espírito de Sing Fat. O humilde servo da Princesa Imperial de Woo".

Abaixo, lavrado e pintado de dourado, havia um provérbio em inglês: "Aquilo que a compaixão e a glória do céu uniu, nenhum poder do universo há de separar".

Sobre o Autor

Thomas Steinbeck iniciou sua carreira nos anos 60 como cinegrafista e fotógrafo da imprensa no Vietnã. Além das atividades de escritor, palestrante e produtor, dá aula de literatura americana, *creative writing* e comunicações em cursos universitários. Faz parte do conselho diretor do Stella Adler Theatre Los Angeles e do National Steinbeck Center. Escreveu diversos roteiros e documentários, assim como adaptações da obra de seu pai. Mora no litoral da Califórnia com a esposa. Atualmente está preparando seu primeiro romance.

Visite o nosso site:
www.editorabestseller.com.br